ZHONGGUO XIAOSHUO
100 QIANG

中国小说100强（1978—2022）

妇女闲聊录

林 白 著

北京联合出版公司
Beijing United Publishing Co.,Ltd.

图书在版编目（CIP）数据

妇女闲聊录 / 林白著. -- 北京 ： 北京联合出版公司，2023.9
（中国小说100强）
ISBN 978-7-5596-6984-1

Ⅰ.①妇… Ⅱ.①林… Ⅲ.①长篇小说－中国－当代 Ⅳ.①I247.5

中国国家版本馆CIP数据核字(2023)第111301号

妇女闲聊录

作　　者：林　白
出 品 人：赵红仕
出版监制：张晓冬　范晓潮
责任编辑：李　伟
特约编辑：和庚方　刘沐雨
封面设计：武　一

北京联合出版公司出版
（北京市西城区德外大街83号楼9层　100088）
北京兴星伟业印刷有限公司印刷　新华书店经销
字数163千字　650毫米×920毫米　1/16　17.5印张
2023年9月第1版　2023年9月第1次印刷
ISBN 978-7-5596-6984-1
定价：58.00元

中国小说 100 强（1978—2022）丛书

编委会

丛书总策划

张　明　著名出版人

张　英　资深媒体人

编委主任

吴义勤　中国作协副主席

　　　　中国小说学会会长

编　委

吴义勤　中国作协副主席、中国小说学会会长

宗仁发　《作家》杂志主编

谢有顺　中山大学教授、中国小说学会副会长

顾建平　《小说选刊》副主编

张　英　资深媒体人

文　欢　作家、出版人

总　序

　　"中国小说100强"（1978—2022）是资深出版人张明先生和腾讯读书知名记者张英先生共同策划发起的一套大型文学丛书。他们邀请我和宗仁发、谢有顺、顾建平、文欢一起组成编委会，并特邀徐晨亮参与，经过认真研讨和多轮投票最终评定了100人的入选小说家目录。由于编委们大多都是长期在中国文学现场与中国文学一路同行的一线编辑、出版家、评论家和文学记者，可以说都是最专业的文学读者，因此，本套书对专业性的追求是理所当然的，编委们的个人趣味、审美爱好虽有不同，但对作家和文学本身的尊重、对小说艺术的尊重、对文学史和阅读史的尊重，决定了丛书编选的原则、方向和基本逻辑。

　　从文学史的角度来说，1978年以后开启的新时期文学是中国当代文学的黄金时代，不仅涌现了一批至今享誉世界的优秀作家，而且创造了许多脍炙人口的文学经典，并某种程度上改写了20世纪中国文学史的版图。而在中国新时期文学的经典家族中，小说和小说家无疑是艺术成就最高、影响力最大的部分。"中国小说100强"（1978—2022）就是试图将这个时期的具有经典性的小说家和中国小说的经典之作完整、系统地筛选和呈现出来，并以此构成对新时期文学史的某种回顾与重读、观察与评判。呈现在读者面前的这套丛书是对1978—2022年间中国当代小说发展历程的一次全面、系统的整体性回顾与检阅，是中国当代文学经典化的重要成果，从特定的角度集中展示了中国新时期文学在小说创作方面的巨大成就。需要说明的是，与1978—2022年新时期文学繁荣兴盛的局面相比，100位作家和100本书还远远不能涵盖中国当代小说的全貌，很多堪称经典的小说也许因为各种原因并未能进入。莫言、苏童、余华等作家本来都在编委投票评定的名单里，但因为他们已与某些出版社签下了专有出版合同，不允许其他出版社另出小说集，因而只能因不可抗原因而割爱，遗珠之憾实难避免，而且文学的审美本身也是多元的，我们的判断、评价、选择也许与有些读者的认知和判断是冲突的，但我们绝无把自己的标准强加于别人的意思。我们呈现的只是我们观察中国这个时期当代小说的一个角度、一种标准，我们坚持文学性、学术性、专业性、民间性，注重作家个体的生活体验、叙事能力和艺术功力，我们突破代际局限，老、中、青小说家都平等对待，王蒙、冯骥才、梁晓声、铁凝、阿来等名家名作蔚为大观，徐则臣、阿乙、弋舟、鲁敏、林森等新人新作也是目不暇接，我们特别关注文学的新生力量，尤其是近10年作品多次获国家大奖、市场人气爆棚的新生代小说家，我们秉持包容、开放、多元的审美立场，无论是专注用现实题材传达个人迥异驳杂人生经验、用心用情书写和表现时代精神的现实主义作家，还是执着于艺术探索和个体风格的实验性作家，在丛书里都是一视同仁。我们坚信我们是忠实于自己的艺术理想、艺术原则和艺术良心的，但我们并不认为自己的角度和标准是唯一的，我们期待并尊重各种各样的观察角度和文学判断。

当然，编选和出版"中国小说100强"（1978—2022）这套大型丛书，除了上述对文学史、小说史成就的整体呈现这一追求之外，我们还有更深远、更宏大的学术目标，那就是全力推进中国当代文学"经典化"的历程和"全民阅读·书香中国"建设。

从1949年发端的中国当代文学已经有了70多年的发展历程，但对这70多年文学的评价一直存在巨大的分歧，"极端的否定"与"极端的肯定"常常让我们看不到当代文学的真相。有人认为中国当代文学达到了前所未有的高度和水平。王蒙先生在法兰克福书展上就说：中国当代文学现在是有史以来最繁荣的时期。余秋雨、刘再复甚至认为中国当代文学的成就远远超过了现代文学。也有人极端否定中国当代文学，认为中国当代文学都是垃圾。他们认为现代文学要远远超过当代文学，中国当代文学连与现代文学比较的资格都没有。比如说，相对于鲁（迅）、郭（沫若）、茅（盾）、巴（金）、老（舍）、曹（禺）这样大师级的人物，中国当代作家都是渺小的侏儒，根本不能相提并论，两者比较就是对大师的亵渎。应该说，与对中国当代文学的肯定之声相比，对当代文学的否定和轻视显然更成气候、更为普遍也更有市场。尽管否定者各自的角度和出发点不同，但中国当代作家、作品与中外文学大师、文学经典之间不可比拟的巨大距离却是唱衰中国当代文学者的主要论据。这种判断通常沿着两个逻辑展开：一是对中外文学大师精神价值、道德价值和人格价值的夸大与拔高，对文学大师的不证自明的宗教化、神性化的崇拜。二是对文学经典的神秘化、神圣化、绝对化、空洞化的理解与阐释。在此，我们看到了一个非常有趣的悖论：当谈论经典作家和文学大师时我们总是仰视而崇拜，他们的局限我们要么视而不见要么宽容原谅，但当我们谈论身边作家和身边作品时，我们总是专注于其弱点和局限，反而对其优点视而不见。问题还不在于这种姿态本身的厚此薄彼与伦理偏见，而是这种姿态背后所蕴含的"当代虚无主义"。这种"虚无主义"的最大后果就是对当代作家作品"经典化"的阻滞，对当代文学经典化历程的阻隔与拖延。一方面，我们视当下作家作品为"无物"，拒绝对其进行"经典化"的工作，另一方面又以早就完全"经典化"了的大师和经典来作为贬低当下泥沙俱下的文学现实的依据。这种不在同一个层面上的比较，不仅毫无意义，而且只能使得文学评价上的不公正以及各种偏激的怪论愈演愈烈。

其实，说中国当代文学如何不堪或如何优秀都没有说服力。关键是要进行"经典化"的工作，只有"经典化"的工作完成了才有可能比较客观地对当代的作家作品形成文学史的判断。对当代的"经典化"不是对过往经典、大师的否定，也不是对当代文学唱赞歌，而是要建立一个既立足文学史又与时俱进并与当代文学发展同步的认识评价体系和筛选体系。当然，我们也要承认，"经典化"问题是一个非常复杂的问题，并不是凭热情和冲动一下子就能完成的，但我们至少应该完成认识论上的"转变"并真正启动这样一个"过程"。

现在媒体上流行一些对于中国当代文学经典化冷嘲热讽的稀奇古怪的言论，其核心一是否定中国当代文学有经典、有大师，其二是否定批评界、学术界有关"经典化"的主张，认为在一个无经典的时代，"经典"是怎么"化"也"化"不出来的，"经典化"是一个实实在在的"伪命题"。其实，对于文学，每个人有不同的判断、不同的理解这很正常，每一种观点也都值得尊重。但是，在"经典"和"经典化"这个问题上，我却不能不说，上述观点存在对"经典"和"经典化"的双重误解，因而具有严重的误导性和危害性。

首先，就"经典"而言，否定中国当代文学早就不是什么新鲜事，对当代文学的虚无主义态度在很多人那里早已根深蒂固。我不想争论这背后的是与非，也不想分析这种观点背后的社会基础与人性基础。我只想指出，这种观点单从学理层面上看就已陷入了三个巨大误区：

第一个误区，是对经典的神圣化和神秘化的误区。很多人把经典想象为一个绝对的、神圣的、遥远的文学存在，觉得文学经典就是一个绝对的、乌托邦化的、十全十美的、所有人都喜欢的东西。这其实是为了阻隔当代文学和"经典"这个词发生关系。因为经典既然是绝对的、神圣的、乌托邦的、十全十美的，那我们今天哪一部作品会有这样的特性呢？如果回顾一下人类文学史，有这样特性的作品好像也没有。事实上，没有一部作品可以十全十美，也没有一部作品能让所有人喜欢。在这个问题上，我们应该明确的是，"经典"不是十全十美、无可挑剔的代名词，在人类文学史上似乎并不存在毫无缺点并能被任何人所认同的"经典"。因此，对每一个时代来说，"经典"并不是指那些高不可攀的神圣的、神秘的存在，只不过是那些比较优秀、能被比较多的人喜爱的作品而已。从这个意义上说，当今中国文坛谈论"经典"时那种神圣化、莫测高深的乌托邦姿态，不过是遮蔽和否定当代文学的一种不自觉的方式，他们假定了一种遥远、神秘、绝对、完美的"经典形象"，并以对此一本正经的信仰、崇拜和无限拔高，建立了一整套关于中国当代文学的伦理话语体系与道德话语体系，从而充满正义感地宣判着中国当代文学的死刑。

第二个误区，是经典会自动呈现的误区。很多人会说，是金子总是会发光的。但对文学来说，文学经典的产生有着特殊性，即，它不是一个"标签"，它一定是在阅读的意义上才会产生意义和价值的，也只有在阅读的意义上才能够实现价值，没有被阅读的作品没有被发现的作品就没有价值，就不会发光。而且经典的价值本身也不是固定不变的。如果一个作品的价值一开始就是固定不变的，那这个作品的价值就一定是有限的。经典一定会在不同的时代面对不同的读者呈现出完全不同的价值。这也是所谓文学永恒性的来源。也就是说，文学的永恒性不是指它的某一个意义、某一个价值的永恒，而是指它具有意义、价值的永恒再生性，它可以不断地延伸价值，可以不断地被创造、不断地被发现，这才是经典价值的根本。所以说，经典不但不会自动呈现，而且一定要在读者的阅读或者阐释、评价中才会呈现其价值。

第三个误区，是经典命名权的误区。很多人把经典的命名视为一种特殊权力。这有两个层面的问题：一，是现代人还是后代人具有命名权；二，是权威还是普通人具有命名权。说一个时代的作品是经典，是当代人说了算还是后代人说了算？从理论上来说当然是后代人说了算。我们宁愿把一切交给时间。但是，时间本身是不可信的，它不是客观的，是意识形态化的。某种意义上，时间确会消除文学的很多污染包括意识形态的污染，时间会让我们更清楚地看清模糊的、被掩盖的真相，但是时间同时也会使文学的现场感和鲜活性受到磨损与侵蚀，甚至时间本身也难逃意识形态的污染。此外，如果把一切交给时间，还有一个前提，那就是对后代的读者要有足够的信任，要相信他们能够完成对我们这个时代文学的经典化使命。但我们对后代的读者，其实是没有信心的。我们今天已经陷入了严重的阅读危机，我们怎么能寄希望后代人有更大的阅读热情呢？幻想后代的人用考古的方式对我们这个时代的文学进行经典命名，这现实吗？我不相信后人对我们身处时代"考古"式的阐释会比我们亲历的"经验"更可靠，也不相信，后人对我们身处时代文学的理解会比我们亲历者更准确。我觉得，一部被后代命名为"经典"的作品，在它所处的时代也一定会是被认可为"经典"的作品，我不相信，在当代默默无闻的作品在后代会被"考古"挖掘为"经典"。也许有人会举张爱玲、钱钟书、沈从文的例子，但我要说的是，他们的文学价值早在他们生活的时代就已被认可了，只不过很长时间由于意识形态的原因我们的文学史不谈及他们罢了。此外，在经典命名的问题上，我们还要回答的是当代作家究竟为谁写作的问题。当代作家是为同代人写作还是为后代人写作？幻想同代人不阅读、不接受的作品后代人会接受，这本身就是非常乌托邦的。更何况，当代作家所表现的经验以及对世界的认识，是当代人更能理解还是后代人更能理解？当然是当代人更能理解当代作家所表达的生活和经验，更能够产生共鸣。因此，从这个角度来说，当代人对一个时代经典的命名显然比后代人更重要。第二个层面，就是普通人、普通读者和权威的关系。理论上，我们都相信文学权威对一个时代文学经典命名的重要性，权威当然更有价值。但我们又不能够迷信文学权威。如果把一个时代文学经典的命名权仅仅交给几个权威，那也是非常危险的。这个危险表现在什么地方呢？就是几个人的错误会放大为整个时代的错误，几个人的偏见会放大为整个时代的偏见。我们有很多这样的文学史教训。在这个问题上，我们既要相信权威又不能迷信权威，我们要追求文学经典评价的民主化、民主性。对一个时代文学的判断应该是全体阅读者共同参与的民主化的过程，各种文学声音都应该能够有效地发出。这个时代的文学阅读，最理想的状态应该是一种互补性的阅读。为什么叫"互补性的阅读"？因为一个批评家再敬业，再劳动模范，一个人也读不过来所有的作品。举个例子：现在我们一年有5000部以上的长篇小说，一个批评家如果很敬业，每天在家读二十四小时，他能读多少部？一天读一部，一年也只能读三百部。但他一个人读不完，不等于我们整个时代的读者都读不完。这就需要互补性阅读。所有的读者互补性地读完所有作品。在所有作品都被阅读过的情况下，所有的声音都能发出来的情况下，各种声音的碰撞、妥协、对话，就会形成对这个时代文学比较客观、科学的判断。因此，文学的经典不是由某一个"权威"命名的，而是由一个时代所有的阅读者共同命名的，可以说，每一个阅读者都是一个命名者，他都有对经典进行命名的使命、责任和"权力"。而作为一个文学研究者或一个文学出版者，参与当代文学的进程，参与当代文学经典的筛选、淘洗和确立过程，更是一种义不容辞的责任和使命。说到底，"经典"是主观的，"经典"的确立是一个持续不断的"过程"，"经典"的价值是逐步呈现的，对于一部经典作品来说，它的当代认可、当代评价是不可或缺的。尽管这种认可和评价也许有偏颇，但是没有这种认可和评价，它就无法从浩如烟海的文本世界中突围而出，它就会永久地被埋没。从这个意义上说，在当代任何一部能够被阅读、谈论的文本都是幸运的，这是它变成"经典"的必要洗礼和必然路径。

总之，我们所提倡的"经典化"不是要简单地呈现一种结果，不是要简单地对一个时代的文学作品排座次，不是要武断地指出某部作品是"经典"，某部作品不是"经典"，不是要颁发一个"谁是经典"的荣誉证书，而是要进入一个发现文学价值、感受文学价值、呈现文学价值的过程。所谓"经典化"的"化"实际上就是文学价值影响人的精神生活的过程，就是通过文学阅读发现和呈现文学价值的过程。可以说，文学的经典化过程，既是一个历史化的过程，更是一个当代化的过程。文学的经典化时时刻刻都在进行着，它需要当代人的积极参与和实践。因此，哪怕你是一个对当代文学的虚无主义者，你可以不承认当代文学有经典，但只要你还承认有文学，你还需要和相信文学，还承认当代文学对人的精神生活具有影响力，你就不应该否定当代文学经典化的重要性。没有这个"经典化"，当代文学就不会进入和影响当代人的生活，就失去了存在的意义。每一个人，哪怕你是权威，你也不能以自己的好恶剥夺他人阅读文学和享受文学的权利。

从这个意义上说，当代文学的经典化当然是一个真命题而不是一个伪命题。在一个资讯泛滥的时代，给读者以经典的指引是文学界、出版界共同的责任，而这也是我们编辑出版这套书的意义所在。

最后，感谢张明和张英先生为本套书付出的辛劳，感谢北京立丰天文化传播有限公司、北京金圣典文化有限公司的资金支持，感谢全体编委和北京联合出版公司各位编辑，感谢所有对本套丛书的出版给予大力支持的作家和他们的家人。

是为序。

吴义勤

2022 年冬于北京

目　录
Contents

卷一　回家过年

时间：2004年3月

地点：北京

讲述人：木珍，女，三十九岁

第一段　坐火车

过完年坐火车来北京，车上没水喝，笔直（一直）没有。大家都带的可乐，我也带可乐，在滴水车站旁边买的，让我弟弟买的，可能是五块钱一瓶，没喝完。一块来的有七个人，做木工的，油漆工，做缝纫的。王榨一个女的，她弟弟在北京开服装厂，做羽绒服，是麻城的，在火车上坐在一块儿，她身上穿的羽绒服可能就是这个厂出的，质量不好，羽绒蹭得到处跑，妯娌两人，衣服都一样，羽绒从针眼里跑出来，到处都是白的，满身都是。那女的，带她外甥女到厂里干活，去了肯定有活干，收入多少不知道，她不是王榨的。

在火车上饿了就吃咸鱼，我和那女的都是吃鱼，家里带的。她吃武昌鱼，我吃胖头鱼。她拿着一大块啃，没啃完，渴了就喝水，带了苹果、鸡蛋、香肠，糖、饼干、蛋黄派，都有人带。我就带了苹果和鸡蛋和鱼。在车上打扑克，打七，两副扑克，108张，后来借给人家一副，剩一副，就打斗地主。

回去的时候车上没暖气，冻得要死，冻死人了。我就想，到了下一站，要是近一点，我就马上回北京。后来穿上两双袜子，两件大衣，还不怎么好，脚就跟放在冰上一样。临时加的车，硬卧车改成硬座车，84块钱一张票，加上五块订票费。

回去的车上没上厕所，来的时候挤了一趟厕所，排队，下脚的地方都没有。滴水的人最多，后来黄岗、麻城上来的人都一路站着，以后上车的都一路站着，到了坝州，全下光了，就有位置了。

晚点了两个多小时，本来七点半就该到北京的，我们的车晚了，就等人家的车过去，才让我们进站，坐了快十八个小时。

第二段　小王作俏想要钱

过年小王（木珍的丈夫）躺了好几天，二十八下午就躺着不起来，不干活，也不说话。就想要钱，他不说，我也不知道，这是他作俏（闹别扭）。后来大姐说我才知道。他跟我大姐说的，大姐打电话告诉我妈，我妈再告诉我，我才知道。后来给了钱他就好了。

三十晚上，我给孩子压岁钱，一人一百，给他五十，我还说，我嫁过来十九年了，你还没给过我一分钱压岁呢，我们那叫压金钱。我说我一下子给你五十，他说这钱我留着，留着充手机卡去。

三十下午吵了一架，他把椅子举起来，我一点都不慌，他没敢打我，把椅子摔垮了。他就说他要出去，要跑掉，不在家了，我就想，有你没你都一样。他就找衣服，我就赶紧进去，把钱拿在手上再说。我怕他把钱拿走了，我就没钱花了。拿到钱我就不怕，你爱上哪你就上哪。

他找衣服，村里的嫂子扯着他，让他别走，我说你别扯了，他走不了，最多就在王榨。后来那嫂子就不扯了。他就一直在屋里八门儿（到处）找他的衣服。我在那扫地，跟老嫂说，他跑不了，能跑到哪儿去。他都没钱，往哪跑。要是我还跑得了。

落了（后来）他根本就没出房门，又躺下了。七筒（儿子的外号）吃完中午饭，没有叫他，七筒自己就把门口的土弄好了。我和小王吵的时候，七筒正好也在那，他说，让我学手艺，我学个鸡巴！他二妈说：这你不管，与你不相干。

儿子很好，上山打了很多柴，放到二楼码得好好的，小王不管，全是七筒弄的，贴对联，也是我和儿子，女儿不知上哪儿去了，宠坏了，她就比七筒小一岁。我边做饭边贴对联，七筒烧火，我买的对联，大门的六块钱一幅，大的长的，在三店买的，一共买了十四块钱的，门斗都有。去年兄弟媳妇贴了一个短的，她不甘心，今年非得跟我一起去，她也要买一样长的。

后米那椅子摔垮了，他又钉上了。最后出来，钱全给他了，女儿上学的钱我交了，剩下的钱全部给他了。不给我就怕他打女儿，七筒出来了，他也打不着，不怕。2002 年还是 2001 年，他把女儿的脚都打坏了，在床上躺了两天。女儿脾气倔。他没钱花就拿女儿出气，说女儿老要钱花。

我弟说，他去年卖鸭子，有一千多块呢，就不知道这钱上哪去了。肯定是给他的相好了，上次他还要向我弟借钱，我让不要借给他了，他老想他借，让我还。以前我伯（爸爸）还喜欢他的，现在，我伯看见他恨不得一口吃掉，不理他了。

第三段　初一小王想见他的相好

再就是初一，我在家包包面，拜年，先上庙里，王榨除了土地庙，还有两个庙，先上林师傅那个庙，慈灵观，就是每个人给十块钱，每个菩萨面前磕个头，大人小孩磕，林师傅把供菩萨的苹果，每个孩子给一个。我们就喝点茶，往年是米酒，今年是茶。再回来吧，就是自己屋里，像玩龙灯似的，一帮人，就家里留一个人。

又上那个庙，我都没记住叫什么庙，我说不去算了，他妈信佛，去年跑到庙里，要在那过年不回来，不是我不在家吗，大嫂二嫂去接她回过年，她不回。过完年她才回。去年初一上那拜年去，一大帮人。

今年我说不去了，小王老说要去要去，我就说，你是不是想看一眼冬梅（他的相好）啊？

我说去年去了，那是因为你妈在那，今年去干吗呀？你无非就是想看一眼冬梅呗！那就走呗，去呗！

他说：算了算了，我就不去了，你们去！

我说走吧，一块去，免得你老想着。

就去了，见着了冬梅了。去年不是一大帮人去了吗，全都上她家去了。小王跟冬梅还挺有默契的，冬梅一拿爆竹，一撑出来，小王就知道接过来放。

他大嫂还有意瞟了我一眼，我就装傻，装自己没看见。后来回家我说：你们俩还挺好的。他说我瞎说。他不承认，他说人家给你你不放啊。

我说大哥也在那啊，他怎么不接。他说我话无脾味（无聊的意思）。

所以今年我说，上庙里可以，但是不要去冬梅她家。他说他也没想去啊。回的时候冬梅就在门口站着，到家了我就说，这下舒服了吧。看见了吧。每句话我都是笑着说。

第四段　今年的年货

二十九，我就上马连店办年货，买了饼干，五斤，四块钱一斤，云片糕，也是四块一斤，葡萄干，六块钱一斤，还有白瓜子，也是六块钱一斤，都买了两斤。还买了瓜子，一口袋，再买了蚕豆，还有山楂片，蚕豆便宜，两块一斤，山楂片七块钱一斤，还买了一袋苹果，十三块钱一袋。两袋奶粉，十五一袋，什么牌子都忘了，里面是单个包装的。

肉小王在家已经买了，酱油味精还有健力宝，五块一瓶，买了四瓶。霞牌龙须酥，买了六盒，全都是吃的。瓜子炒得七八黑的，吃的人，嘴一圈梗是（全是）黑的，那手上梗是黑的。蚕豆就是我吃，买的火腿肠，黑木朵，干香菇，还买了粉丝，火锅吃。买了鸡腿，还有鸡爪子，白木耳，红枣，安南看我买什么，他就买什么，安南跟我一年生的，也是六五年，三十九岁。我还在那笑，我买么西，你买么西，你回去不怕你香芽打你。买的都是挺贵的，我平时不在家，给孩子买点好吃的。他说没事，你怎么吃我怎么吃。

买爆竹、对联、门斗，都是这天买回的，烟花，都是。连同吃的，一共，四百多，比别人肯定多一点，别人就是买点蚕豆，瓜子，再就是糖，糖我在这带了七斤。北京的糖价钱差不多，北京有软糖，家里的全是硬的。孩子爱吃软的，全把软的挑来吃了。软糖还便宜，吃到后来来客了，吃的全都是硬糖。

第五段　过年的时候

亲戚都来，初一，牛皮客儿子做十岁生日。那天来的，都是小王那边的亲戚，他姐夫就是拿了一包糖，酥糖。外甥女婿拿了一包糖和一块肉，生的，肥瘦都有，骨头也有。三毛，也是一块肉，一包糖。来一个放一包，一千头的爆竹。小王放，家里烧着火盆，也不冷。还放一个小桌子，有吃都拿出来，用一个盆装着。没有烧汤待客的了。有的就是划一下，就是站一会儿就走了，给他泡一杯茶，他一边喝一边走，一次性的杯子，走到哪扔到哪。有的茶都不喝，放下东西就走，好像是就是给你送东西来的。

初二我们全都上我妈家。七筒八筒跟着小王的弟媳上街（上县城）拜年，坐小面的，一个人四块钱，讲价，说，都是小孩子，后来每人两块。我就坐小王的摩托去的。

带了一块肉，在县城买了老人喝的麦片，十五块一袋。后来我想换，换成脑白金，后来懒得回去了，就没换。

我们到了，孩子还没到。我们从北城这边来，我妈在南城那边，要穿过整个县城。有环城的公汽，一块钱一个人。我伯就生气了，担心俩孩子弄丢了。他说：那是么搞法的。他的脸就沉下来了，小王就赶紧骑摩托去找，没找着，他又回来了。我就说：落不了（丢不了），落不了，多大两个伢，还落得了。我伯没吭声，叹了一口气。

我说我看看去吧。刚出去，他们两就来了，是等公汽，等了半天。

中午他们喝酒，吃涮羊肉，再就是鸡胗子，肉丸、鱼丸。聊天，东聊西聊，细胖哥说他喜欢北京的馒头，一顿吃四个，大个的。他在北京打工，去年，就那几个月，他也是坐那趟冻得要死的车回家。他说坐到麻城下的。到滴水也是，全是宰人的，他本来只要四块，面的，结果一个人要十块，他们五个人不干，后来他们东找西找，在大市场停的，上那边等去，后来细胖哥看见他的同学了，同学的车，就说还是四块一个，还说细胖哥的不要钱，同班同学，细胖哥还是给了，说这不比平常。

第六段　细胖哥在北京打工

细胖哥说这次去北京，把木玲（木珍的妹妹）烧了一下，就是说花了木玲的钱。他打工的工地很偏，真难找，木玲真找到了，给他买了鞋、袜子、内衣，就是我们那叫秋裤秋衫的，还拿了一件旧的羽绒服，他说怎么北京果冷（这么冷），我说你以为跟屋里（家里）一样啊。

我说你那车是怎么坐的，他本来说二十号走，没拿到票。我说以为你们在车站还要待好几天呢，票真难买，他也说，几个人急得，他们八个人一块回麻城的。只有五个是滴水的。干什么活？干泥工的，工资没欠，全都是给的现金，给私人盖的别墅，那房主真有钱，说北京人真有钱，说房子盖成之后，还要盖院子，院子里头养花养草，还请一个保姆看房子，平时不怎么住。工钱给他，三个月了，吃的住的除开，拿到家里有一千八百块。他觉得还可以。

我说你怎么也那么迟，他说是想早点回，那房子没成功，他说那北京人也真是，冬天水泥冻上了，做的墙是松的，那北京人还非要做，干完了才帮他们买票，后来没有了，就在车站里待着。

其实他也不是特意出来打工的，他来找一个人，那人借了他两万块，没还，他来讨，只知道那人在北京，不知道在哪，他就来。幸亏一起出来的有五个人，那人以前是做电工的，电工只养了两个女儿，都出嫁了，他不用回家了。老婆跟着女儿去了，带孩子，大女儿有工作，在武汉。电工不管家。那时候说是出来做生意，借两万，后来全都赔了，赔了他更不回家了。

细胖哥来北京找，还是没找着，钱还是没给。

我问钱怎么办，钱么搞法的，他说：落了再说。

细胖哥说没有玩，哪都没去，天天出工。全都住一个屋里，睡地上，冷得买张电热毯，老弟买的，木玲本来说想买，他说别人买了。可能就是吃馒头，他说哎呀真好吃。细胖哥是部队回来的，当过民兵连长，再就是村长，再就是书记。

第七段　现在种田快活

现在种田可舒服了。小麦都不用种了，谁知道，麻烦呗，割小麦的时候呛人，灰尘最大，鼻孔是黑，脸也是黑的，哪哪都是黑的，八面都是黑的。就是打小麦的时候就得最大的太阳晒，才好打下来。那上面的那个毛，我们叫须，那个到身上挺痒的，再个，以前吃的面粉都是自己家种的，自己吃，我们叫馒头叫做发粑，都是自己的面粉。后来有面粉卖了，还白，就没人种小麦了，现在铺天盖地的，全都是油菜。它也不用你薅，就打点除草剂，就没草了，追肥，以前是一个桶里抓一把尿素，一棵一棵地泼，现在就等天下雨，反正我们那雨水多，下雨了，拿一袋尿素，一撒，就完了。现在种田多快活。

第八段　人快活了，就想更快活

我说人快活了，就想更快活，红薯片也不做了。以前是割完二季稻就开始做薯片，家家都做，像比赛似的，在稻场上，铺上稻草，有的就挑上两桶红薯泥，像土豆泥那样的，全都是隔夜弄好的，有的里面还放碎的橘子皮，就拿一个小桌子，一个地膜，盖秧用的，尼龙的，一个啤酒瓶，再就是一盆水，就在那擀。看那个桌子有多大，就弄多大，再往草上一铺，就揭下来，极好看哦。

有的时候，四五个人，围着，在那弄，稻场上没有鸡，不用看着。晒到不沾手的时候再换一个面。赶的时候，东聊西聊。罗姐、水莲、还有上面的那个二姐，还有是小王的堂嫂，我叫隔壁姐的，还有桂凤，全都在那聊，东扯一句，西扯一句，说做了有没有人吃还不知道呢。水莲说：没事啊，到二三月，天长，肚子饿，就有人吃了。有人说：那也不一定。再一个说：到那时候什么都吃。

现在不做了。以前还做一种叫花果的，现在也没人做了。花果就是用粉，做成一个红的，一个白的，炸炮的，炸得很大很脆，很好吃的。现在都没人做，现在做的可真是稀物（少有），一看见就抢。

现在的人买的瓜子，太贵了，没人买，都买的葵瓜子。再就是蚕豆，便宜，两块钱一斤，白瓜子六块钱一斤，葡萄干，六块钱一斤也没人买。

我老逗牛皮客的儿子，说你家有什么好吃的，偷出来我吃。他说我爹才奸哪，买一螺（男性生殖器）东西，放在楼上收倒，我找半天没找着。我说你爹果奸，他说：当然的。

第九段　打牌，小王的二老婆

回家打了几天牌。二十六到家，二十七没打，洗被子，二十八吃完饭，二十八吃饭我们叫发财，发完财，我还是在门口洗衣服，几个打牌的贩子就来了，小王的大嫂，叫老三，再就是冬梅，小凤，还有小王的弟媳妇，陈红，几个，一直在那喊，喊打牌了，快点啊。我就在那慢慢的，死不断气的，我心里想，我也不想打，我打不了，这牌我都不会了，新的，打晃的，不要东西南北风的，算账我都不会了，要庇（音），开口，开四口，都不会。

她们一直在那喊，让我打，我说我不用了反正我不会打。后来她们就走了，去找贩子去了。没找着，又回了。又在那喊。我说那么的啊，挨要我打。没打的时候不想打，打的时候又上。我还在家里磨呢，她们就把桌子椅子都搬出来了，牌都弄好了，就差你一个人。就打了。

还没怎么熟，尽输。她们喜欢赢我的钱，我的钱从北京带回的，全都是新的，家里的钱都是像猪油渣似的，拿出来一坨，窝在一块的。我就喜欢把钱抻开，也是破破烂烂的，真没好钱，农村真没好钱。

这是二十八的晚上，打了一天，打到做饭。晚上也是七筒做的，我没做。

二十九的下午在那聊天，也是线儿火问我跟谁打牌了，我就说是小王的二老婆（即冬梅，木珍到北京后，小王跟冬梅好，大家都知道），她说谁告诉你的，我说多早就知道，还要谁告诉。

她就说：那你知道了还跟她打牌！

我说：没事，我就装作不知道。

她说那可不行，要是我的话，我就不跟她打牌，你还跟她打牌。

宛珍在旁边说：没有这回事，哪有这回事啊。我说你别装了，满弯子的人都知道，你不知道？她说她不知道。她说别听人家瞎讲，小王不是那样的人。我说反正不管，我也不在家，管不了，我也不管。

打牌的时候有人讲，说冬梅，你苗（她女儿）回了，她就说，我苗没回我知道，她的干爹带她上北京玩去了。其实大家心里都明白，整个村子都知道，什么干爸，就是当二奶。

第十段　其实就是二奶

香苗初中念了半截，她爸爸死了，就是那个"半天"，也叫"牌圣"，得肺病死了，她就不念了。她就跟着那个细佬，就是叔叔，去了新疆，学做生意。过了半年又回了，回来人家介绍她到武汉，开始的时候说是在网吧，后来也不知道干什么，谁都不知道，她跟她妈说在网吧里帮人家看吧。后来她那个，前年回家，我还不知道，以为她还是一个挺老实的、挺好的孩子，她也挺白的，眼睛很大的，长得不错，后来我回家的时候看见她穿得很洋气的，她是年三十回家的，也是拖着一个旅行箱，她也是从我们门口过去，我就问那个陈红，说：苗干吗的，穿得果好，她说你还不晓得啊，我说我不晓得。

她说她外面做鸡呢，有的是钱。跟她妈买了金戒指金项链，我就说我不晓得。

后来我又跟隔壁姐说：真是天意啊，她爸爸死了，老天爷给她一碗饭吃。她就说：这碗饭啊，谁都不愿意吃。当婊子谁不会啊！我说那倒也是。

她去年穿得挺好的回来，就带着村里的小伙子，全都是十五六岁的，她也就是十七岁。上马连店，溜冰去了，她请客。打台球，买吃的，全都是她请客。

回家也就是待了两天，初一上外婆家拜年，带着小伙子打牌，她输了无所谓。她初二早上就走了。我后来问小王，我说苗到底在武汉干什么。小王说在那她认了一个干爸，干爸有两个儿子，说把她当女儿养着，说以后给他儿子做媳妇。小王说苗还不错的，那干爸把她弄到学校念书，去年夏天回家，把她自己的户口下了，弄走了。她去年让她妈不种田了，带到武汉来。

今年，那苗，二十九下午，我家门口，有一堆孩子玩，我家有一对羽毛球拍，每家都有，都打坏了，我家的是双杆的，在那打球，她就回了，又从我家门口过。

她一边拖着旅行箱，穿着大红的皮夹克，一边走，一边玩手机，也是一个红的手机，那么多孩子，都没人理她，就是大嫂看见了说，苗回来了苗，她就是抬头看了一下，也没吭声。走了。

第二天，三十，我就看着她在前面走，她妈，就是冬梅跟着她，有一段距离，人有问她妈：冬梅，你去哪儿去？她说我苗要买彩电，家里的小了。要买一个大的彩电。她们就走了，我就上塘里洗衣服，刚好，小莲也在洗衣服，她没多少了，我就站着等她。就在那聊，就聊苗。

她也是说，哎呀那个苗，有什么好看的，以为有多光荣啊，就是不要脸，我说刚才她妈说买彩电，说她干爸带她上北京玩了。她说：哎哟喂，亏她还说得出来。什么干爸啊，哪有那么好的干爸，去年一年丢了三个手机，丢了一个买一个，丢了一个又买一个。还说家里的房子就盖了一层，房子要再加个二层的，苗不干，她要上武汉买房子去呢！

她说：把那个脸不要，什么不干得出来。她说几十岁的老头，她也睡得下去。莲说话最直的，能说不能说的，她都说，这话她不是小声说，就在那大声说。塘那头还有人呢，肯定都听见了，她的干爸爸比她妈还大两岁，其实也不大，干爸是64年生的，她妈比我小一岁，66年生的，估计是64年的，苗是86年生的。

后来我洗衣服回来，她们彩电也买回来了。坐车上县城，买了就回来了。我那衣服不少，两桶衣服。多少钱，没问。

初几了，三十，她买完彩电就换了一身衣服，穿了长统的皮靴，才那么点长的超短裙，又约那些男孩，又上马连店玩去，又请他们溜冰，打台球，买吃的。后来我就跟陈红说：哎喂，冷不冷啊，穿果短点裙，还露一截腿胯子在外边。陈红说：你个傻瓜，她面边穿着肉色的袜子，我说哎哟我没看出来。她们玩到晚上回来，那些男孩上我家玩，我就问上哪玩来着。说马连店，全是苗请客。我说，哎哟，她哪能那么多钱啊？男孩说：苗烧包钱啊（就是说钱挺多的）。

今年不是初二走的，可能是初四走的。

第十一段　门对太小不好看

三十的晚上又打牌了，在牛皮客家里打的，现在都不守岁了，家里都烧着火盆呢，没人烤火，有的只有小孩在家，有的有男的在家，也有男的出来打牌，女的在家做包面，反正没有全家一块守着的了。

我们打七，扑克。贴门对子，就是对联，都是又长又大的门对子。楚汉的堂客，叫腊花，老爱管男人，不让他打，腊花进来，牛皮客就说：自己找个椅子坐下来。我们在下面一个细桌，上面有一桌是打麻将的。让他坐下来，说，今天三十，你未必今天还不让他打。腊花说：不是，你看他磕磕卡卡的，病夫子样儿，我不是不让他打，别打夜深了。牛皮客说：今天谁也别打夜深了。（因为都要封门啊。）最多打到十二点。说到了十二点都得走。

大家说行啊。

腊花说：你妈个逼头的，你果做人家，买果点细门对儿。（我们都是大的门对子。）

我们就说：他买多大的门对儿啊？

腊花说：一点细。你穷穷得果狠，买个对门子都不起来。

楚汉就说：怕么西，大门对儿也是果的过，小门对也是果的过。

腊花说：看的吧！（就是不好看的意思。）

我们就在那笑，说楚汉，你也真是的，买个大门对又么的！大家都笑。

打到十二点全都回家，牛皮客就放一千头的爆竹。

第十二段　烟花

后来出天方，放的烟花比那年，我在北京工体看到的，就是申奥成功，还是大学生运动会那次看到的，还要壮观。马连店街上放的，好几个村连起来的一条路，就像这（北京）平安大街似的，两边有房子，全全都是有钱的人家，放的烟花真是很好看的，放了也有半个多小时呢。我们就站在那看，八筒坚持不住。出天方，封门之后，再弄上蜡烛，敬上香，再拿炮子，全是一万头的，带电光的，牛皮客放的还是三万头的呢。

整个放起来，十二点，全村都是噼里啪啦的。我们村也有人放烟花，不多，今年有十户人没回家过年，我们的爆竹放完了，就全上河堤上看那边放烟花，那眼睛真是看不过来，二眼的儿子，一直在那喊，哎呀真过瘾，真过瘾！真有味。我就问：怎么样？壮观吗？他说：真壮观！十三岁的孩子。七筒也在那看，八筒睡着了，喊不起来，七筒去喊，她睡着了，喊不起来。那家伙没看见，我们看了半个小时。

后来那个李想就约七筒到社庙去，就是土地庙。出了天方就全都到那去。女的不能去，只有男的能去，带上香纸，不能讲话，带爆竹。要七筒一块去，我说行啊，你快点，跟着三伯，小王是三伯，一块去，他妈说：三伯多时就去了，赶不上了。我说那就算了，去不成了，不去，刚才你又没看见，看见你就让他等等。

第二天大家说昨天晚上真有味，到处都放着烟花，女儿说她哥没喊她，太可惜了。她哥说：我怎么没喊，你自己不起来。她说我不知道。往年也有，没这次好看。

第十三段　村里人对冬梅的印象还可以

这小王的二老婆吧，冬梅，她不怕，谁爱说谁说去，反正她死了丈夫，她没死丈夫的时候，她就那样。她丈夫有病，在武汉，修无线电，大家都知道她。她也挺喜欢打牌的，不论大小，她都打。她就上公路打去，立民的外父，有六十多岁，她就跟他好。那时候，她本来跟她婆婆一个大门里进，虽然分了家，但是没有另外开一个大门，有一天晚上，这个老头就上她家去了，后来，她公公婆婆就堵在那了，出不来了。这个老头是开店的，有钱，他的女儿儿子全都是拿工资的，他跟下弯子的人过伙（合伙）开一个店，他有钱，这下好了，让她婆婆捉住了。

那老头出不去，就跪在她公公婆婆面前，让他们莫作声，婆婆说他强奸，要送到派出所。后来他就说私了算了。讨价还价，后来给了两千块，够多的了。

村里人笑得要死，都说这下好了，这下冬梅又有钱花了，她不是喜欢打牌吗，说这下又润得好大时了。有人说，像她这样就要得，搞十回就有两万了，这个生意做得好。她没听见。

我们那时候真是天真，想着她出来怎么见人啊，有时候我们说着说着，她就来了，她也笑眯眯的跟你打招呼，跟没事一样。等她走了，我们就，哎呀她怎么不怕丑啊。

还有一个，她跟线儿火的丈夫昭明，这个村里头没人知道。昭明做得挺隐蔽的。那段时候，老是听昭明说丢钱了，后来吧，线儿火挺精的，她能觉察。晚上她就盯丈夫的梢，我们那叫捉错。她跟踪了好几个晚上，终于被她捉着了。那时候，冬梅家就另开一个门了，单开一门。线儿火进去的时候，门是掩着的，没插上。她就进去了，这时两人正在干好事，线儿火一把摁着她丈夫的光屁股，她就打那个屁股，让他回家，她说她丈夫不要脸，她没骂冬梅。

这时候冬梅的丈夫还没死，还在武汉。线儿火回家，两口子打架，第二天，我们那天做义务工，全村都出来了，线儿火就在那说，把晚上的事全说出来，昭明在家作俏（闹别扭），生气不出来。我们说：你这狗婆子，还挺精的，怎么就让你捉着了。我们怎么一点都不知道，一点都看不出他跟冬梅有什么事。说怪不得，你们家老说丢钱，今天五十，明天一百的。现在明白了，全都丢给冬梅了。又说线儿火，你这狗婆子，捉她干嘛呀，你就睁一只眼闭一只眼吧，多好呀，你们两口子互不干涉。她说，你个活狗婆子逼！

我们在那说的时候，就想着看那冬梅怎么出来见人，嘿，她照样没事。

还有呢，说她只要有大头羊，不管你胡子长。还有一个老头，七十多岁了，那个也是听她们说的，打牌，女的一边打一边说，那个老头叫什么样来着，她叫细爷的，那老头有点钱，不多，他女儿给的，女儿在县委的。油啊，一桶一桶的，补药什么的，反正能拿回来的，她都拿回来给她爸爸。冬梅就在细爷家拿十斤油，我们都不相信，那老头长得又不好看，又那么老，她也要啊，真不相信。

线儿火说，你们不信算了，跟你说，那天细爷在菜园里捂菜，菜园在村头，细爷的屋子也在村头，冬梅就上细爷的菜园子拿菜，菜园正好在四季山的脚下，山下全都是松树，山上放牛的看见细爷的手伸进冬梅的衣服里，在那摸。我们说，好坏还让他摸啊，还不赶紧把手打出来，她说，她没打，她还叉着两腿让他摸呢！

我们还是不信，她说，不信，不信问放牛的。我们就信了。

村里打麻将，我们女的就怕男的跟冬梅打，大莲跟我说，毛姐家里男的打牌，跟谁打毛姐都让，就不让他跟冬梅打，说冬梅塞牙婊齿的。大莲也不让丈夫跟她打，这些人偏偏就喜欢跟她打，有一次我问大莲男人，怎么喜欢跟冬梅打，他说跟冬梅打牌，跟她说，来，亲一下，她就跟你亲一下，还让人摸。到了她输了，她就可以不给钱。他说：跟你们不一样，你们不让人亲。

这下好了，丈夫死了，没人管了，放羊了。我这出来，前年回家，我侄媳妇跟我说：哎呀，我屋梗没钱用。说上马连店，有一个鸡窝，老板是个瞎子，叫瞎子六，他家就是鸡窝。几个女的一块说话，说，冬梅，咱们没钱花了，上瞎子六家做鸡去吧。她说，我才不上那呢，坐在家里，有人送钱给我。陈红说：我气得要死，这冬梅真值钱。六六年生的。长得也一般。她就是德性好，你怎么说她她不生气，你家有忙，她乐意帮。她从来不议论别人的风流事，她不像线儿火，自己是歪的，还老议论别人，冬梅不干。

第十四段　可能也是给人当二奶

我姐说，娘家村的一个女孩，可能也是给人家当二奶，她在发廊的，美容美发的，我没看见，我妈她们说，说她在武汉也是认了一个干爸，又有权又有钱，只听说她在外面有一个很好的工作，这工作挺有权的，帮她家里头，她弟弟考学，考得不好，她就把她弟弟弄到一个军校去了，就是那个干爸弄的。村里人还挺羡慕的，都不知道她是做鸡的，到现在还不知道，我想着都奇怪，怎么现在还不知道。

那天我跟我姐聊，说这就是做鸡的，这书上都讲了，干女儿都是二奶，我姐才明白，说：怪不得，她还把她妹妹给带去了。后来她妹也嫁了人，生了一个小孩，把小孩送给娘家养着，她嫁的是外县的人，后来，妹夫跟她闹，不让她上发廊去，她妹妹非要去，都闹翻了。我姐说，怪不得有一次那个女孩她妈，告诉她，有一次她大女儿给了她一个存折，正好她家盖房子，她妈又不认识字，就拿一个黑的塑料袋，包着放在床头柜里，搬家就搬到外面放着，不知放了有多长时间，可能有两三个月，都忘了。后来大女儿回了，家具还没搬进来。就问：妈，我那存折呢，她妈当时就蒙了，说哎呀，我放哪了，不记得了。后来，就找吧，找，还在那里头呢，让她找着了。

她妈问她，你这里头有几多儿啊？她就挺轻松地告诉她妈，说：有几多儿啊，就你做的这屋（盖的是两层楼呢），能有四五幢！她妈当时吓着腿都软了，说要是丢了可怎么办！

我姐就说，怪不得，她们都有钱。说哎呀，这个事儿啊，打死我也做不了。我宁可天天在家里做生活（就是干活），天天挑草头（就是挑稻谷，捆成一捆的那种），她说赚这个钱，么味啊！我说，人跟人不一样，她生出来，就是那个德性。

第十五段　王大钱又结婚了，找了个十七岁的

我姐又说王大钱，我在家也听别人说，王大钱，跟三丫离了又复，复了又离，弄了好几次，算命的说，三丫是带钱的，有财，说王大钱离了就没钱了，就反复几次，后来彻底离了，去年又结婚了。娘家村的外甥说，他这个三姨父是个老嫖客，极不要脸啊！去年，找了一个二十多岁的，生了一个儿子，又不要了，都不要了。我当时也没问他，这王大钱，跟三丫生了三个女儿，王大钱做了结扎手术，不能生育了，那个女的怎么可能生一个儿子，肯定有问题。要不就是那么有钱，做了一个试管的儿子？（木珍经常看报纸，知道试管婴儿。）

他一直在新疆做生意，有钱。去年找了一个，生了儿子又不要了，今年（就是 2003 年）又找了一个十七岁的，还是大学生，我姐也说是大学生。他带回滴水县了，大张旗鼓，办婚礼。王大钱有的是钱，在滴水县买的两套房子，跟三丫一人一套，两人老是离离分分的。这下好了，搬出去了，三丫自己买房子，三丫自己有车呢。自己会开。三个女儿长得可漂亮了。

我姐说王大钱，黑呼的钱，就是钱挺多的，没数。他姐盖房子，说盖起来了，没装修，王大钱说，给一点你装修吧，人家说：多少啊，王大钱就说：一点点，就两万。肯定够了，农村就够了。他外甥也有钱，给两万就是送一个礼。

他的钱，让新的老婆管住了。我心里想，管也没用，那三个女儿也得养吧。偷偷地还得给一点。小王的弟弟，在那赌输了，王大钱就

给他两万，让他再做点小生意。

第十六段　去年村里死了五个人

去年村里死了五个人，第一个死的是一个老太太，别的老太太死了没什么可惜的，这个老太太死得有点可惜。别的老太太，又没钱花，又得干活，又没钱玩牌，成天的干活，死了也就算了，没什么可惜的，活着也挺磨的。这个老太太就不一样，老伴是退休的，老伴大她十几岁呢，对她挺不错的，成天可以打牌，也有钱花，就是大儿子种田，二儿子以前是书记、村长，三儿子在银行的，就一个女儿，在信用社的，多好啊，她死了就可惜，福就不能享了，两口子住六间屋。死了没人住了，老头就上大儿子家里住了。这个老太太好像是什么癌，肚子里的。

第二个死了也可惜，年轻啊，男的，可能也就四十一二岁，叫福贵，他那个病，不知道是个什么病，反正是腰上的。开始的时候，是2001年的三月初三，是我们那的鬼节，"三月三，鬼上山"，初三晚上，有一个人买了一个麻木（摩托三轮，带斗的），那天晚上，翻到一个深沟里头了，开麻木的那人，叫黑炭，就回家喊人帮他弄车，村里去了好几个人，福贵，也去了，几个人把那车弄上来了，他这腰就不行了。

他的腰就到处整，疼得打床，疼得要死，后来，上哪看都不行，看不出来，不是扭着了。在武汉住了一段时间医院，家里棺材都弄好了，真是的，说他那个病，两夫妻经常抱着哭，两个女儿，一个儿子，儿子刚刚十岁，村子里人说，这苦的真是惨人，旁边站着的人，都在放眼泪（不叫哭，叫放眼泪），他说，要是这病好了，一定好好地待他媳妇。这人脾气最不好的，吵架了，他媳妇被他气得死过好几回，死得牙齿咬得紧紧的，两只手握着拳头，第一次，大家都吓得要死，七手八脚地把她弄到床上，罗姐跟她到处揉，后来，叹了一口气，人就醒了。就怕吵，不让人在那待着。那次，福贵也吓了一跳。说要改，后来又犯了几次。就是为了打牌，吵，为了男女的事，都没吵那么狠。就是冬梅打牌的时候让别的男人亲，就是他说的。也不让他跟冬梅打。

福贵打的针，可能是叫杜冷丁吧，他打上瘾了，开始的时候是医生打，后来是他媳妇帮他打，就不要医生了。他一直在床上躺着，2001 年，我回家过年，小王让我过去看看他，说他可能活不了多久了。我就上那看他去，他看见我了就哭，他说，哎呀木珍啊，我以为看不到你了，真没想到还看到你了。我就说：没事，你这病养着吧，你这一生就能看得见我。他说：快要看不见了。我说：看得见，没事。病都得养着，没有那么快的。待了一会，就出来了。

他都想到了，临死前让谁给剃头，都想好了。后来那剃头的都死了，他还活着。

2002 年，夏天的时候，我回了，嘿，他已经好了，跟正常人一样，也是满村的，又把他媳妇打得死过去了，拿着大棍子打呢，人家都说，那时候病得那么厉害，都说改改，根本就没改。他说话的声音，全村最大的，哗里哗啦的。后来，2002 年年底了，回家的时候，看见他又不行了，他这病，怎么人矮一人截，坐椅子上，像小孩似的，还是打牌。就越来越严重了，到了 2003 年 5 月份，就死了。大家都说，没想到，他还能又活两年。

第十七段　跟别的女人睡觉还告诉自己老婆

他老婆莲儿，比我还小一岁，跟我玩得挺好的。跟福贵的那个女的，叫香桂，跟我也玩得好。有一段，农村的人，眼睛还挺能看的，我就看不出来。那段，我们上哪玩，这福贵就跟着上哪玩，老到香桂她们家玩。我就看不出他们俩有事。村里人老说他们俩好，本来他老婆莲儿也不在意，以为人家造谣，后来说多了，她就相信了。

有一天晚上，她跟她福贵在床上干那事的时候她就问，平时老问他不说，就这种时候问他他说，他就交代了，从什么时候开始，夫妻俩最爱看电影，吃完了饭，说看电影去，福贵说不去，让莲儿自己去，后来，莲儿就一个人去了。他就上那个香桂家去了，他说就一次，莲儿不信，莲儿说：下次就不行了，一次就一次。后来，村里就老说老说，莲儿就不理那女的了。

香桂的丈夫一直在外面做泥工，满村就知道了，这丈夫跟福贵玩得挺好的，一年生的，62 年或者 61 年生的，小王也是 62 年的。男的就上她家玩，男的问福贵到底跟谁好了，一直问，其实就是跟他老婆，他不知道。

莲儿就说：你紧问紧问，是不是要我说给你。莲儿反正没告诉他。村里的人都笑，福贵怎么那么傻，跟别的女人睡，还跟自己老婆说，以后谁还跟你好啊。香桂说，便宜他占了，还把她往当铺里送。后来他们俩就断了，莲儿跟香桂又成了好朋友，我跟莲儿说，看你俩还挺好的。莲儿说，其实心里还是装着那件事的。

第十八段　绍芳死了不可惜，她活着太苦了

村里死的第三个，这个是个女的，这个倒没什么可惜的了。这个女的，有五十多岁，叫绍芳，挺苦的，开始她丈夫在部队的，丈夫脾气很倔的，外号叫板老爷，板老爷原来找的是另外一个女的，可能是结了婚才去参军的。老婆在家生了一个女儿，他硬说不是他的种子。后来就没要那个女的，才找的绍芳。

养了两个儿子后，就肺病，干不了活，就是绍芳一个人干活，她在地里干活，那个板老爷就蹲在一个地方看着她。他看得那么严，绍芳还跟另外一个男的好呢，其实丈夫知道，网开一面，地里的重活就是那个男的帮干。

这个男的叫望修，有一天晚上，望修的老婆来抓他，没抓着，望修回去了。第二天早上，老婆看见他的鞋，一样一只，老婆就把这只鞋送到绍芳家，警告她两句，后来也就没事了。望修还是跟绍芳好，一直到板老爷死，有一年左右，就没了。

绍芳的妹妹，有先天性心脏病，找一个男的，是个瘌痢头，远看是光头，近看几根毛。她妹妹也生了个女儿，小孩不到一岁她妹妹就死了。那个瘌痢头就让绍芳养着这孩子。养着养着，绍芳跟她妹夫就好上了。村里人都说：怎么看上那么一个瘌痢头。

有的人说得很难听，说：她可能是喜欢瘌痢头的螺（男性生殖器）。这个妹夫，一点儿苗都没得，头上几根毛，牙齿挺稀的，两个大门牙都出来了，一笑还吓人呢！绍芳两个儿子，有一个给她弟弟了，她弟弟没儿子，她就剩一个大儿子，跟妹夫好了之后，她就不管儿子了，她把儿子一个人扔在家里，儿子只有十二岁，她就不管了。她就

上另一个村，癞痢头的家去了。在那待了两年，婆婆一点都不喜欢她，看见就骂，没结婚，自己就去了。那个男的，在四季山的石头场，我们叫石头坑的，炸石头的，让炸石头的，给炸死了，这个绍芳又回了，回王榨了。村里人让她儿子不要她了，说我小的时候你不理我，现在他死了你又回了。

她就在家待着，另外一个村的一个男的，也挺想她的，叫老同，老同有两个女儿，他老婆是个哑巴，有时能说一句话，我们叫一声哑。大女儿正常，小女儿也是哑巴。说给大女儿给绍芳的儿子做老婆。绍芳就跟他好上了，一直挺好的。

望修也是癞痢头，只不过头上的毛没那么少。绍芳这人也一般，说不上好看。有时候，老同的老婆也上这边闹，有一次，那个哑巴来，扯着自己的衣服说：花褂（说得不清楚），意思是说，绍芳的衣服是老同买。老同的女儿跟绍芳的儿子结婚的时候，钱全是老同出的。

绍芳快要死了，我们都不知道，她怎么这么快就要死了。我回家，几天了都没看见她，我就说：哎，怎么没看见绍芳？她们说：死都死了。我说我还不知道呢，怎么就死了。

在床上躺了一个多月呢，丈夫以前女的生的那个女儿，其实跟她丈夫长得一模一样，绍芳不是只有两个儿子吗，这个女儿在外面多少年没回过，她想这个女儿，不是亲生的，她打电话，说想她，这个女儿就回了，守了一个多月，在家待到她死了才走。绍芳的小儿子，给了她小叔子做儿子，也在她家待了一个多月，没死，走了两天，她就死了。

她的大儿子一直管着，不让她的相好老同来看她，她死了要花钱，他又去找那个老同，还不是老同想办法给他凑钱。她也是家里有点穷，村里有人办红白喜事，礼钱从五块，涨到十块，再涨到十五块，绍芳死了，大家就多给一点，每人凑二十块，后来就都涨到二十块了。

第十九段　这人是撑死的

第四个死的就很简单，就是撑死的。就是吃了两碗包面，玩了一会儿，在别人家玩，就说心里不舒服，就回家了，回家找医生打针，没多远，针还没打完，人就死了。

七十多了，还挺结实的呢，打牛鞭的，突然就死了，平时什么病都没有。

就是三类苗他爸，牵着牛走，绳子缠在手指头上，牛一跳沟，跳过去了，把他的手指弄断了，他还不知道是什么东西，捡起来一看，哎呀，原来是自己的手指头，一开始不疼，回到家，老婆在那喊小王，让他快来，帮送到马连店医院去。我们问他：疼吗？他说疼么西，一点也不疼。后来晚上疼得哭天喊娘的，第二天我们还说呢，这下倒好了。

第二〇段　第五个死的是一个老太太

第五个死的是一个老太太，六十多岁，和她的老头在四季山林场住着，就一个小屋。在山上捡点柴火卖钱，三个还是四个女儿，就一个儿子。就听说她死了，我说村里怎么死那么多人。四季山上有茶叶，她老头就看那点茶叶，再就是看山上的树，他是近视眼，不是一般的，跟你几米远就看不见了，跟影子似的。那次我们几个人偷他的茶叶，好几个呢，他就在上边，他没看见人，他吓唬吓唬，也就一点近，他说，我看见你们了，你们走不走啊，我拿石头扔你们了啊。我们就在那偷偷笑，不说话，他根本不知道那有人。他到你面前来吧，你躲在茶树底下，他就看不见了。

第二一段　三类苗快死了

三类苗也快死了，他是心脏病，说他的心就吊着。去年他老婆，一直在外边打工，其实是三类苗在外头有女人，他一直跟那个女的一块过。他老婆就走了，到广州打工去了。

三类苗在河南开封，跟那女的一块过，生病后就回了，他老婆也回了，给他治病，他不让老婆进家门，他老说老婆舍不得钱。他老婆也是把钱看得挺重的，小时候没有爸，大一点的时候又没了妈，他不让老婆进门，老婆又走了。后来没钱，牛皮客就每人出百十来块钱，让他看病去。

这下吧，三类苗知道他是什么病，知道没治了，老想着吃点东西，心脏病不吃不行。他就老跟他妈闹别扭，我们叫瞎劫。他妈说了，做饭吧，一家三代在那吃，四类苗，就是三类苗的儿子也在那吃，三人吃三样的，他那个四类苗就说，三人吃三样。他奶奶说：就是的呀，三个人过不得伙。三类苗就把桌子给掀了，不吃了。

他妈有点好吃的，就想给孙子四类苗吃，三类苗不让，有时候，四类苗吃了半截，三类苗就在外面喊，一声接一声地喊，他儿子，四类苗就不敢吃了，放下筷子。他奶说：我伢伤心，吓得，赶紧放下筷子，把嘴抹抹才敢出去，就像没吃似的。小孩可能九岁多，三类苗三十左右吧。

去年我回家，他就在村里到处游荡，他欠大队上交的乱七八糟的费，一共有五千多，好几多的，他一直在外头打工，没回家。就像我们那说的，挤得一堆那么多。去年要收钱的人来了，一看，他病了，那就算了呗，钱不要了，掉过来，还给他一袋米。我一想，这还真不错，以前没这事，从来没有的，看他病了，没要钱，还给他一袋米，真给了。

他那老婆也回了，过年。他反正不让他老婆上他那个屋子。老婆带着儿子跟婆婆睡，三类苗不干，又闹。嫂子就说他老婆，你弄错了，昨天晚上你应该非上他屋子不可，这样他就不会闹了。

嫂子不就是一个女儿吗，三类苗想，要是他死了，就把自己儿子给他哥，他自己老婆肯定再嫁人，走了。这儿子老婆肯定不带走。也不知道怎么搞的，他嫂子说，她就是想儿子想到拿儿子泡水喝，也不要四类苗。谁知道，三类苗也知道这话。他以为嫂子不养四类苗，其实不是，他嫂子肯定想生一个自己的儿子，她养是养，但不当自己儿子，三类苗理解错了。

初一就要烧他妈的房子。

三类苗跟嫂子就为这事大吵，三类苗说：你不养我儿子，我给你吗？嫂子说：我要了吗？我要了吗？就把他妈屋子里放的松针点着了，跟嫂子吵，拿他妈出气，他一直跟他妈拧，说他妈不给他钱花，他妈哪有钱啊，他就是看见他爸死的时候，人家欠他爸的八百块牛钱，人家给他妈了，他看见了，他老想他妈把那钱给他买吃的。他妈得留着呀，自己老了，得留点钱。

后来房子没烧成，他嫂子让三类苗的妈上嫂子家住去，嫂子跟他老婆说，你今天晚上就跟他睡，老婆怕，怕三类苗把她捂死，还怕把孩子都捂死了。嫂子跟四类苗说：别怕，要是晚上你爸把你么么的了，你就下来喊我们。三类苗还说要烧他妈的房子，他嫂子又跟他老婆说：别怕，烧就烧了，烧了就住我这儿。后来也没烧，也没捂死老婆孩子，又没事了。

三类苗以前干过狠事，以前他老婆不愿嫁他，她比他强多了，他就说：你不嫁，你嫁别人，等你成亲那天，我拿炸药去炸。他老婆怕他。以前有玩得好的，有打群架的，什么架都打。他嫂子那天在我家嘀咕，说，说不定，他这病，就是在外面打群架，打出来的。

说有一次七个人，打他一个人，在他肚子上踩，后来都上医院了，住了好长时间医院。我们说，有可能，就是打出来的病。他反正不怕死。他说他这病，他知道，活不长的。让他买药吃，他说，吃什么呀，反正是要死的。那天我去丰台拿腊肉，我问王榨的那人，他说，现在好像好了。过年的时候三类苗挺蔫的，现在扯着嗓子喊，好像好多了，可能死不了了。

第二二段　红桃 K

村里有一个女孩，长得挺苗条的，她妈说她太瘦了，就给她买"红桃 K"喝。这次回去看见她胖多了，脸上的肉胖得都堆起来，鼻子都塌下去了，嘴巴也窝进去了。猛一看脸上就是一堆肉，人也矮了一截，真难看。

农村就认为胖好看瘦不好看。

其实现在报纸都登"红桃 K"不好，村里没有人知道，没报纸，太闭塞。其实这女孩的爸爸就在武汉打工，大城市。不过他不识字，没人告诉他"红桃 K"不好。

这次回家没看见这女孩，去广州打工了，没回家过年。十六岁，读初中读了一半就不读了。都这样，都是读读就不读了。

第二三段　罗姐家的双胞胎

这双胞胎是两男孩，我一看，怎么两人一模一样，我说：这哪来的两个伢，长得一个样，哎呀，真好玩。她们就告诉我，从小就是罗姐养大的，是她的外孙，我嫁到王榨的时候，罗姐已经有自己的孙子了，双胞胎就到他们自己的妈妈那儿去了。罗姐就是全村最省的，每个月只用一度电，晚上吃得早，晚上根本不开灯。

她养这双胞胎，用米炒熟了，磨成粉，做成米糊喂。双胞胎的妈在水泥厂上班，没有奶，不在一个地儿。全靠罗姐养的。她那个大媳妇，孩子叫舅妈的，我问她，能分得出吗，她都分不出。一个叫张雷，张电，谁都分不出这两人。

大一点的时候，就有一个孩子，在耳朵上面长了一个包，可能是张电，小的那个，长包结了一个疤。他舅妈说：这下好了，你这长了一个反光镜，这下能认出来了。谁知过不了多久，那个也在同样的地方赶紧长了一个包，跟那一模一样的，也结了一个疤，也跟那一模一样，他舅妈说：这下完了，又分不出来了。缺德吧。

我们老问她妈分不分得开，他妈能分开。有一次，他们住三层，不知是张雷还是张电，把二层的人的房间钥匙孔给堵上了，那人看见了，就说要打，赶紧跑回家了。一会又自己蔫了，在那人那晃，那人说，刚才你还堵我的门呢，他说，那不是我，是我哥。一会儿他哥来了，那人又骂，他哥说，不是我。那人在楼下等了一天。

第二四段　女儿在学校抢饭吃

那时候打牌，整夜打，一直打，不知道打了几天呢，昏天黑地的，下来看什么都是七筒八筒，吃饭看筷子，也是七筒八筒，看两个两个的，都是七筒八筒，就是凑不了一胡。看儿子女儿也是七筒八筒。真是迷得，宁可不吃饭，也要打牌。

八筒也是去年上中学，她自己在家带的米，带一个饭盒，自己弄好了米，初一的一个食堂，初二一个食堂，初三的一个食堂，自己把米洗了放在蒸锅里，有人蒸。到吃饭的时候没有排队的，就是抢，谁抢着的就有吃，就是抢，抢不着的真没吃的。我问她：你抢着了吗，饿着没有，她说她没有。她说她班有一个女孩，像男孩似的，力气挺大的，每次都是她帮她抢的。有一个女孩挺老实的，抢不到，每次抢的时候，别人连饭盒都拿走了，她光饭盒就买了五个，她就饿了五次。那次还在那哭呢，说她再也吃不到饭了，她妈再也不给她买饭盒了。大家都说，谁让你这么没用，抢都抢不着。

有人不带米的，还有外面的不读书的也来抢。学校管不了，真是。八筒上六年级的时候，说那可脏了，脏得要死，她说做饭的大锅就在窗台，有时候早上看，锅里有屎，就是人拉的屎。中午她就不想在那吃，七筒八筒都不想上那儿吃。我就让她在马连店医院买吃的。医院让买，有钱就行了，买馒头，医院的馒头好吃，三毛钱一个。每天早上在马连店吃米粉，还有面条，马连店的米粉全都是一块钱一碗，没肉的，有点青菜。

在学校里吃的菜全是自己带的霉干菜，没有青菜，还是很苦的。住校，三顿都在学校吃，三顿都得抢。晚上住在学校，每星期六下午回家，洗头洗澡，洗衣服，第二天，吃了中午饭就走了。远倒是不远，也就是两里路。交的钱不多，382块，就是书钱，本子要自己买。住宿不要钱，打开水，一壶一毛钱。晚上打水，一天一壶。

她就是不想住在那，但老师要写保证书，保证在外面不出事。早上六点就要在操场上跑三圈，在家住五点就要起来，晚上还有晚自习呢，九点多才下课。夏天还可以，冬天就不行。

第二五段　学校都空了

我就想，大西北不是没学校吗，把我们四季山的学校移到大西北去多好，四季山的学校空的，盖了没几年的楼，就这么浪费了。没人上学，人挺密的，都上中心小学，不是中心小学就空了。远一点的也空不了，我们六个组的，都上马连店的学校，所以四季山的学校就空了。真的空了，没有老师，没有学生，就是一个老太太，在那看着，四组的老太太。搬到大西北多好。

到了初中上学的就更少了，念完初三就算不错的了。有一个孩子，比七筒还小，他已经打了两年工了，十三岁就去了，他妈妈带他到广州去，好像是穿珠子，衣服上的珠子。能挣点钱。

第二六段　上到六年级，加减法还不会

七筒真是念不了书。他念到六年级，加减法还不会，更不用说乘除了。字倒是认得一点，他还想念呢，他念不了，什么代数，他更不行了。有一次，我弟弟跟我说：细姐，你还让他读什么呀，刚才我出题，加法，让他做，他都做不了，你还读么事呀，把钱给浪费了。我

就说：让他玩去呗，让老师看着，他才那么小。

现在就没读了，十五岁，刚好十五岁，初三的生日，给他找了一个师傅，到天津去了，二十三出门。我心想，二十三这个日子不好，可不是，那天，不让超载，他坐的车超载了。车上那人说，两个小孩，就罚他们一人一百块钱，两小孩没钱，师傅可能罚了两百多，另外一个男孩，罚了一千，他还带了女朋友。怎么就罚那么多，不明白。

七筒那天打电话告诉我，让我以后出门小心点，别坐那种车，他才第一次出门，他还告诉我，其实我知道，他不知道。

小王打电话来说，七筒的手长冻疮了，去年我就挺担心他的手的。出来上天津，出来这两天就有点冻。木玲打电话去，问他在天津什么位置，他都不知道，跟他一起来的孩子说，就在一个大畈里，也没有几路车到的。

村里人都说我儿子特别好，这家伙，就是不干坏事，他也不打架，我不在家，全都是他做饭，屋子里也是他收拾，那年冬天，小王把水塘弄干了，鱼很多的，干了好几个塘呢，冬天多冷，小鱼大鱼全都是他一个人干的，把鱼鳞全打掉，有人劝他，别打鳞了，这么冷的天，他就打，他记得以前我伯我妈说过，鱼鳞是不能吃的，他就听我伯我妈的话。那时候，他才十一岁。九岁就自己做饭，我打牌，不做饭。他这时候还念书呢，他围着围裙，人家都叫他伙大嫂。他说他是女孩子。去年就没念了，反正我出来，家里的事全是他干，做饭，洗碗，洗衣服不是他，八筒洗，有时候是小王洗。去年夏天就没念书了，就在家里弄柴火，一大堆，我还以为他在家里光玩呢。

村里人都说，罗姐告诉我，真是好儿子，那天，人家要他一起上马连店，宰学生的账，就是勒索，让孩子给钱，他没去。罗姐就问他：人家让你上马连店，你怎么没去啊？他说：去干嘛呀，我不干那事。

那事没味。

第二七段　有个女的只会数单双数

我大舅从小抱来养，准备长大当媳妇的一个女孩，我听我妈说，她不会数数，让她数鸡，只能数单的和双的，要是给她的时候是单数，她就知道，再数的时候如果是单数就没丢，就算是丢了一双，那数了也是单数，那就是没丢，反正是单数。给她是双数吧，要是丢了一双，也是没丢，要是来了一双吧，也是没丢。后来都说，太苔了，没要，送回去了，那还了得，我大舅是什么人。我大舅现在在北京，是个特级工程师，他女儿在外企，每月工资两万多元。

后来那个大舅妈在哪教书啊，就在黄岗高中。

第二八段　收废铁比种田好多了

王榨有个男的不会看钱，就知道大钱小钱。他也没读书，电视他都不看。可能也就是六几年生的。那年去海南打工，打了半年工回来，他老婆跟他大哥好了。打了半年工回来，他一分钱没挣着。回来再接着打牛鞭，农忙的时候卖功夫，帮人犁田，割稻谷，挑草头，一亩田，多少钱。夫妇俩，弄得挺活的，收废铁。把人家没用的收来，再卖给有用的人。

去年我回家的时候，全村的男人几乎都在收废铁，有时候让一个人先到处去摸摸底，去的那个人带着一个手机，有就打一个电话回家，家里的人就全去了。有挣啊，去年小王的二哥，挣了一万多呢，比种田好多了。真是，收回的车轮胎还有气，他们要的是废铁，就在河堤上把那胎烧掉，烧得那里面的气，嘭的一下，像放炮似的，吓得那女的，不敢从那过，扯着孩子赶紧跑。烧得那大黑烟，一团一团地往上滚。我们就在那笑，说不知道的，还以为王榨起火了。二眼就在那骂：他妈的逼，把我们这儿的空气都污染了。他要打电话叫环保的来，罚他们的钱。其实就是说说好玩。

看那些人的劲头，一个个的，都是精神抖擞的，好像挣得很多钱似的。事实上也是挣了好多钱。干到年三十，就没干了，过年了。

开了年，初几又开张，出去找废铁。

第二九段　农村的洗发液全是水货

农村的洗发液全是水货，没有一点真东西，就我这头发，在家怎么洗，都是乱糟糟的，像稻草似的。也有飘柔啊，也有潘婷，什么名牌都有，你有，他也有。就是洗一次可以，第二次就不行了，不知道是不是农村灰尘太大。

以前就用肥皂，用洗衣粉洗头。再以前，我妈的时候，就用稻草烧成灰，把水倒在稻草灰上，等一会儿，再倒出来洗头，水是挺清的，里面一点稻草灰都没有。我没洗过，我们那时候就用肥皂洗洗，我妈节约，肥皂得花钱买，她就用稻草灰。洗得干净，稻草灰洗得干净。

小袋的，飘柔、潘婷、海飞丝，都有，小袋的，都是五毛钱一袋，都说是正宗的。也有瓶的，十五块一瓶，也有散装的，多少钱一斤，你灌去吧，反正挺便宜的，也就几块钱。都是假的，小县城，哪有真的啊！

在外面回来的人，外面带回来的，洗的头发就不一样。有一年，我哥回家，带的是华姿，红的绿的，黄的，后来洗头出来，人家都羡慕，说哎呀这头发，我们自己伸手摸自己的头发，就像没有似的。

大人用什么小孩就用什么，洗的头全都是乱糟糟的，梳不通，就去买亮油，往头上喷，像雾似的，也挺香的，男男女女，都喷，全村人的头上，都是亮亮的，除了老头老太太，连小孩都算，谁都亮光光的。有一家没了，谁家有，就上谁家喷去。那个也六块钱一瓶，不便宜，农村就是这样，谁家有，就上谁家去。

老头还是用肥皂，老太太都是用女儿媳妇的。

还有少女之春，七块五一瓶，还有一种，十块钱一瓶。

第三〇段　卫生巾

来月经，小女孩第一次来的时候，叫"提脚盆了没有"。我们那时候，大人问：你提脚盆没有，我不懂，就说，提了，每天晚上都提，每天晚上都洗脚。

那时候就有卫生纸，我妈那时候用布，我看见了，我妈每次洗了就放在哪啊，她放在床底下，床底下不是有很多棍子吗，她就放在那上头。都没晒，放在那阴干。老一辈的都是这样。现在王榨还有女的还这样，她觉得用纸不划算，哪有那么多纸啊。再老一点的，就没月经了。有的时候叫"大姨妈"，有的时候叫"客"，有的时候叫"好事"。

那个女的也是，我们现在全都是用卫生巾，她怎么着啊，她丈夫在公路上，有一天，车上掉下一包卫生巾，挺大一包的，她捡回家吧，拿去卖了，买便宜的卫生纸用。我们都说，她怎么那么做人家。

我们那就是有"安诺"，五块钱一包，一包二十片。

一块聊天，有的四十二三岁就不来，晚的也就快五十岁。没有了就说好，全都是羡慕没有的。

那时候，我怀七筒的时候，就到他吃奶，一直没来月经，结果怀上了八筒都不知道，后来八筒生下两岁多了，才来了，就觉得可惜了，不来多好啊，像男人似的。主要是夏天，夏天来好事，身上就闻得出味来，打牌，都能闻到腥味，要是有男的，就不吭声，要全是女的，就问，哪个来好事了，这么腥。

有的时候，来好事的那人，手气特好，一下大家就能猜出来。说怪不得，那么大火（指手气好），还是你来了客。有的时候就挺背的，背的时候多。

第三一段　全是女的，什么话都说

打牌的时候，全是女的，就什么都说，那就不忌讳了。

我侄媳妇趴在我耳朵说，那女的，只要前一天晚上，她男人碰了她，她手气就特别好。要是手气不好，没火的，就骂男人，说昨晚上，没搞那个事，这下手气不好了。

都说这种事，只要是女的在一起，都说，不管年纪大的年纪小的，都说，只要不是姑娘就行。年纪太大也不是，四十多岁，都还行。

手气不好的，就说，一会儿我回去，要骂死他，但死他的塞（往狠里骂的意思）。有的就说，要骂得他的祖人翻跟斗。

那女的说，有的时候，她男的想要，她就烦得要死，她就想晚上一件衣服都不穿，跑到外面站着去。还有个女的，晚上她男人要了，早上她就不起床做饭，全都是那男的做，扫地，做饭，全都是那男的干。她这样人家都知道。她都跟我们说，我们早上有时候故意上她家玩去，看见她男的在干活，我们就在那大笑，说她们家，昨天晚上没干好事。那男的也笑，没什么丢人的。

还有一个女的，就是捡着卫生巾卖的那个女的，她说她们家干好事，是十二点到一点之间。她说这时间好，说是书上说的。

还有，就是细铁他爸他妈，别看他们都六七十岁了，在那后边那屋里睡觉，老嫂子有六十多岁了，问，你们昨天晚上打针了吗？老嫂子把干那事叫打针。他妈说：没有啊。老嫂子说：你别不承认，我在那听半天了。笑得要死。

人听见了告诉我们。细铁他爸是我们那最野的一个，说话最无顾忌。他就问那个老太太，叫姐，问：姐，现在一晚上能搞几次？老嫂就骂他，现在都什么岁数了，现在都硬不起来了。

第三二段　最野的人

细铁他爸是什么人啊，真是最野的人。那时候，他在武汉打工，就是前两年，他老婆也在，在市场卖菜，他在市场搞卫生，大家跟他打赌，看他能不能把他舅母娘（就是细铁他舅妈）抱着亲一口，就当着这么多人的面，他就敢抱着亲一口，而且，他那舅母娘还是一个有身份的人，他那个舅，可能官不小。后来，那个舅母娘就不理他了，他老婆也在那。

结果他还找一个老太太，两人好。细铁的儿子不是给他们带吗，他说，有两个奶奶。

他反正外号就叫三岁，去年我回家，我在桥的这头，他在那头，回家有两天都没看见他，他看见了就喊，兄弟媳妇，怎么两天没看见你啊，是不是怕我扒你的灰啊！我就笑，说哎哟，你怎么那么说话。

他就在那笑。

六姐（就是他老婆）说他不要脸。六姐在武汉，比他早回一年，开了一个小铺，他后来也跟着回了。六姐让他捡柴，他就在桥的那头喊，六儿，你大的老逼！他把柴火一扔，说：你就叉着个逼在家烧吧。

我在河堤上，笑得要死。我说，你近一点不行，老远就开始骂。

他有时没事，突然就喊上一句，说：六儿，你这大的老逼！他骂人也不挑人，他三个儿子，一个女儿，早上女儿没起来，他也是骂：你这么个细逼，你怕结不了媳妇啊（嫁不出去），你怕生不得儿啊！那时候他女儿还没出嫁，就十五六岁。他妈，叫细娘的，活着的时候，老太太，晚上洗脚的水没倒，他也骂，他就说：昨夜洗逼的水没倒。

他管你是谁，他骂得过瘾，他还是生产队的二队长呢，大集体的时候。每天下午，派一个人去打听，哪有电影，有电影吧，下午就早点下工，看电影去。派出去的人，每天给工分。

他挺爱干净的，手上老拿一个扫帚，骂人的时候，口水一直往下流。那六姐有妇科病，他就老跟人说，他要上马连店的妓院去。就是现在，老说要上那去。后来人家就问，你上那干嘛去啊，六姑（辈分小的这么称呼他老婆）不在你身边吗？他也骂，说她那个老逼，她不给。反正他不怕丑的，就那么说。

第三三段　有个老头，死在一个老太太的身上

有个老头，就死在一个老太太身上，姓刘的，真不是个东西，也个打牛鞭的，可能有七八十岁了，有点钱。他开始的时候，想扒灰，扒大媳妇的灰，媳妇不干，他恨死了大媳妇。

哪有唱戏的，他就去看戏去。有一次，不知在哪，他上台去，当众说：哪儿有合适的婆婆，要是有，给我找一个。人家就笑他，老不要脸的。后来，真的找着一个，刚好过不久，三组一个老太太，她老头死了，没多久，就跟这个刘老头好了。老太太的儿子就说，真不要脸，他爸才死了几天。

就老看见老头上老太太家，要不就是老太太上老头家。后来都习惯了。前年我回去，说那老头死了。死在那老太太身上，趴在老太太身上死了。给那老太太留了一千八百块钱。

第三四段　马连店的妓院

马连店的妓院明的不叫妓院，叫旅馆，公安局的都知道。有的是罗田的，有的是英山的，不一定是女孩，有的是女人。也有本县的，有个妓女，她丈夫老打她，后来她就住在王榨了，后来她就当妓女。忙的时候全都回家干活，不忙的时候又来了。

妓女吧，也不是挺漂亮的，也都是普普通通的。看不出来，就跟普通人一样，穿得也挺普通的。农村上那去的，有的就是光棍，有的就是老头。

开妓院的那人，是个瞎子，公安局来抓，没抓着，瞎子就狠，就跳起来骂。去年公安局的在那蹲了三天，让他抓着了，这回公安局的就狠了，把那瞎子打得在地上滚。把一个女孩，和一个老头就带走了。就罚点钱呗，过几天又来了。

村里谁去也没人知道啊，有单身汉，或离了的，去不去，谁知道啊。全都是二十块钱，便宜的。

第三五段　男的比女的小十岁

打老婆不多，有的真是外面有人了，这种打得狠，有的就是脾气太坏，这种人还是少。有的三天两头打，今天打了明天就好了。

有的外面有人了，得把家里的人哄好。以前学智有一个，那次做生意，好玩着呢。那个女的是六四年生的，学智是七几年的，小十岁。纯粹是那个女的，看上学智，勾引他。

那次，我们不是在黄石吗，在黄棉招待所住着，男的住一个屋，女的住一个屋。在浏阳的时候，那女的就对学智挺有意思的。到黄棉，就一幢楼，黄石离家近，要回家就回，我们那个屋子，四个床拼在一起，像个统铺似的，两个床是单另搁着的，我就睡在另一张床上。有一天，我也回家了，回来后，三类苗的老婆笑着告诉我，她和那个女的睡那个大铺，有四个女的睡那个大铺，学智就上这屋来睡了。那个女的，都叫二姐，晚上就听见她的那个铺弄得挺响的，又像是哭，又像是笑，不知道她是哭还是笑，学智也在大床上，别的女的也在大床上，学智和二姐两人在床上折腾了一夜。都在一个床上，那两个女的也在这个床上，不是一个被窝，大铺，她们笑得要死呢。

头两天晚上还有公安局的来查夜，半夜全都睡着了，他们就来敲门，不开灯，拿着手电，我离门最近，我起来开的门。他们就用手电筒，每个人头上照一照，全都是女人头。后来就走了。后几天就没查了。后几天这两人才睡在一块。

我们回家就告诉学智老婆，说你下次别在家待了，就跟我们一块出去吧。她就问，是不是学智在外面怎么着啊。我们就说：你别问了，你跟着去就行。

她去了，还是在那大屋睡，照理说，学智应该回那边，回男的那边睡，他没有，他还是跑到大床上，跟女的一块睡。他老婆就让他睡边上，他老婆就睡他和二姐中间。那二姐也对他老婆挺好的。晚上睡着了，他老婆半夜醒来，发现，学智睡到了中间，她自己睡到了边上，她还不知道。

后来，再到铁山的时候，几个女的，十来个，就住大通铺，我们四个人就住小间，两个床的。学智老婆跟二姐睡一个床上，人家都说她眼睛都不看事，她就有点明白了。她就不跟那个二姐睡了，非要跟我睡。

回家后，他们打架，学智说：我现在，当你是条狗都不如，打他老婆，打得厉害。女的就得说呀，男的不让说，就得打。老婆说，人一有外心，打人也往死里打。以前也打，打得没那么狠，也就打打呗。

第三六段　小王打过我一次

小王不打我，他跟冬梅好，他不承认，说我无聊。

他打我一次，我记得呢。那一次打的是大仗，98 年 5 月 19 日，阴历十九，他那次，不知干什么去了，放的有鸭子。他让我看着，我不看，我洗头呢。刚刚下了二季稻的秧，有几只鸭子跑到二嫂的秧田里头，二嫂就在那吓（使劲说话，像吵架似的），也不是骂，反正那话不好听，小王就急了，他刚好回来了，他就了我一拳，疼也不疼，就是胀。打了一拳他也没说什么，扭头就走了。

我的头洗了半截，就气得要死。我就骂：我又没让你养鸭子，还要养，我非不看，我又骂，他妈的老逼，狗鸡巴日的，牛鸡巴日的（这是我的口头禅，还在王榨流行了）。鸭子怎么不发瘟，发瘟就好了。最烦人的，养鸭子。我一直在那骂。头也不洗了，他妈就搭上了，她就骂我妈，骂我妈是老古婆。他妈挺狠的，我一直不理他妈，全天下没那样的婆婆。

我是长头发，还挡着眼睛，婆婆就拿手一把抓着头发扯，整个身子趴下了，我又不能打她。后来小王大哥看见，他就跟他妈出头来了。他大哥就跟我吵，我整个人弯着腰，直不起来，他说我待他妈不好，我说就是跟你们家学的，很多人围观，很多女的看见婆婆这么扯着我的头发，都说这样要不得，女的就掰婆婆的手。挺多人掰的。掰开了，我就想找他大哥打架去，他大哥使劲推了我两下，我就要找他打架去。他们赶紧回家，把大门插上了。我气得要死，我拿手抓他的脸没抓着，很多人扯。

我就真气死了（指气晕倒了，不知人事了），就倒在他们家门口，几个女的就把我抱在怀里，不一会儿，我又好了，但气没出。我就踢他的门，使劲踢了几脚，把那门踢坏了，门闩都踢断了。我就进去，找他大哥去，头发不是在前面吗，那些女的，帮我把头发弄到后面，扎上了。

我就找他大哥打架，大哥大嫂都在家里，扯架的也跟着进去看。我就说：你敢打我，你凭什么打我，我又去抓他的脸。他就拿着一把椅子，就想砸我。人家扯着了，没砸下来。那时候心里有气，扯架的人最烦了。很想打个痛快。他大嫂看见我抓她男人，就从后面把我头发抓住，我也抓她的头发。两个女的打架，就是抓头发呗，都不放。后来别人把她的手扣掉了，我就回家去，接着洗头。

我又在那骂，说：小王，你今天打我开张，这下好了，你妈，你大哥，今天都来打，你这个狗鸡巴日的，我得记你一生。他就说：谁打你？我就说：你大哥和你妈，他就从畈里跑回来了，我的房子就在村头，我在后门外面洗头，他能听得见。他一边跑一边喊：哪个打你？哪个打你？我还在骂他。

他就跑回来找他大哥打架。打了一架，他比大哥年轻，他占了上风，被人扯了，没打痛快。后来他大嫂也帮忙，金耳环都弄掉了一个，打完了才知道，大嫂在那找呢。

那天我气得，一天都没吃饭，一粒米都没吃，一口水都没喝。

打完以后，他大哥就牵着他妈，说上乡政府告状去。大家都说，告去吧，又不是没给粮给你。我什么都给了，就不怕他。后来，他走了半截又回了，还没到半里地呢，没多远，他又回了。

小王的气没出，他说你今天出去玩吧，今天你什么都不管了。让我打牌去。我就去了。晚上我回家的时候，他跟他大哥又干了一架，拿着大棍子打的，把他大哥的腿都打伤了。

第二天，村里的人都出面了，书记出面了，让小王给他大哥赔不是，小王不赔，就说让他告去。过了几天。后来就算了。后来罗姐就把这经过跟她大媳妇说了，她大媳妇当时就气得，她叫我小珍娘，说我太善良了。平时婆婆要什么给什么，说就是让我惯的。

婆婆现在还活着，可能有八十了，几个媳妇都叫她老妖精。那次我回家，她的灶垮了，要做一个灶，二嫂说的，弄泥去，要弄一个灶，又不死。

我妈后来说，你为什么不回家找人呢。我心想，你们都老，打不动了，得靠自己。

第三七段　没人吃避孕药，皮埋了

避孕药不吃的，没人吃。开始的时候是上环，后来就变成皮埋了。不要钱的，是计生办的。到医院去，有人领着去。埋一次管好几年呢。有的人服，有的不服，不服的来月经的血是紫色的。村里有好几个女的做了皮埋。开始是上环，那女的，又不让生，她又没做节育手术，上环不行，又怀孕了。又得打胎，打胎完了又上环。我们笑得要死。说要是不抓计划生育，你能一个月生一个孩子，一年生十二个。她每次都是，刚打完，又怀上了。我们笑她那丈夫真会搞。后来做皮埋了，就行了，就没怀了。

另一个女的，也是，她小矮个，挺能生的，她第一胎生了个儿子，她就不想生了。刚好跟那个女的是邻居，也是满月就打胎。都说她们俩人比赛，这个坐完月子，那个坐月子，笑得要死。后来做了皮埋就都没怀上。

第三八段　现在和尚和三躲

现在和尚还是那么爱打扮，四十多岁的农村人，一天换好几趟衣服。初二那天，她穿一条紧身裤，外面穿超短裙，那几天不冷。她就是爱穿不爱吃。村里人喜欢偷偷说她，但不能让她听见，听见了她就会骂，拿个小板凳坐在门口，边干活边骂。

她小女儿去广州打工，给她寄了一千块钱，她两天就花光了，全买衣服了。真不知道她是怎么花的。

她丈夫不打她，打她可能会好一点。她弟弟叫三宝，在天津给她找了一个工厂，让她去干活，初八晚上她就走了。女儿在广州打工，怀孕了，那男的给了她八百块钱，让她回家。她回家也不告诉她妈妈她怀孕了。后来不行了，肚子大了，没办法，和尚带着女儿上广州找那个男的，那男的说她不知道。女儿生了孩子，是女孩，死了，赶紧嫁了，现在又怀孕了。

上广州打工的全这样。三躲去广州打工也怀孕了，那男的是九江的，她跟着回九江，没结婚，生了一个孩子。那地方肯定很穷，连电话都没地方打。三躲家怕人笑话，不敢说。我说现在大家都这样，都是没嫁就怀孕了，没什么见不得人的，谁家都有女儿。

现在全村有一百多人出来打工，北京、天津、上海、广州、西安、石家庄、西宁、新疆、河南开封，到处都有。剩下在家的都是有点欸的。

现在罚私人杀猪没那么严了，改革了，马连店撤乡并镇，镇离我们村远，不方便了，就没那么严了。村干部也减了，原来五个人，现在就是三个人。各村交的钱不通过大队（村），直接交乡财政。一个人一年只交一百多块，以前是四百，这下好了。

供电以前养一个电工，现在不养了。供电所的人直接下来收。

养猪的还是不多，都打工去了，家里只剩一个人的就不养了。

第三九段　细铁人完全变了

细铁人完全变了，在新疆坐了两年牢，可能是 2001 年十月份出来的。绑架就坐了两年牢，他绑架的是王大钱的情妇，他就是太好心了，没杀那个女的，杀了肯定没事。他其实就是想要回他的股份钱，他们不给，他才绑架的。结果那女的，正好手机开着，她的一个朋友打电话来，就报警了。

他以前挺好的，当过兵，成天笑眯眯的，说话像女孩子似的，从来没听见他大声说话，吵架都是小声的。谁找他帮忙他都乐意，盖房子什么的，挑草头，最累的活，大忙小忙，都帮。现在不一样了，变了，要不去新疆，他肯定还是好人。

现在他就在北京，他那两个孩子，老婆带着，说就当他死了。他现在就挣的放马钱，赌钱，他借给你钱，今天借一千，明天就是一千一，比马跑得还快，比高利贷高多了。就是骗钱，到处骗。他妈让他弟弟一分钱都不要给他，也就出来骗呗，在家还是好人。他那房子就盖了两层，现在又加了一层，上面还盖琉璃瓦。好看。王榨全是两层的，就他们家三层。我一直没碰见他，他也不回家过年，他们一家都不回家过年。

细铁现在跟一个女的好，那女的特别难看，又矮，又黑，细铁一米八的个呢，人挺精神的。他还带那女的给大家看，带给他妹妹、他弟弟、弟媳妇他们看，他们都在一块，就在丰台。这么难看他还带来给人看，他弟媳妇一看见我就说，哎哟，木珍娘啊，你没看到啊，那女一点苗都没有（指一点都不好看）！她说赶王榨的一个又难看又矮的女孩都赶不上。两人悬殊太大了，真不知道他是怎么想的，是不是那女的有钱。老婆在新疆，他在北京，老婆说要离婚，也不知道离了没有，要是离了，他这个老婆还解脱。

在外面待的人看法都差不多，都挺开放的。像陈红和健儿，两人各玩各的，不管。我们在浏阳做生意的时候，男的他们上一个山上的风景区玩，有保安、有玩的，是个娱乐的地方，没人管的。这些男的去了九个人，回来就说，找了什么样的小姐。健儿也去了，回来就告诉陈红，找了什么样的小姐，陈红也不嫉妒，还问。下次又去了，回来又说，上次是谁的，这次归我了。都在那听，都在那笑，陈红也不生气。我说：你怎么不管？她说：管么事！死脸皮，管了他也去，还得罪人了。现在陈红还在家待着，健儿一个人在外头。在河南，还是老本行，修表。

离婚这个话在王榨一点都不新鲜，总是有人说离婚，年年都有。不太离得成，只有一个最老实的离成了，他那是女的要离。

第四〇段　今年没打架

今年没打架，有个龙灯，那是庙里的，不是村里凑钱做的。庙里的龙灯不用我们凑钱的，是庙里的钱搭的。一般是七节的，九节的，七节的是童子灯。这个灯是九节的，看见了，是初几啊，初几的忘了，要从西南方出去是大吉大利的，出去在每个村子里转一转，花钱雇人，打锣鼓，吹喇叭，唱曲的，都有，举灯的每人十块钱，扛旗的，都是小孩，都是十块钱，每人一包烟，小孩也一包烟。吹喇叭的，抬菩萨的就是二十，到每村，每家每户都得给钱，也十块，龙嘴里有个龙珠，谁家想生儿子，就把龙珠拿走，就多给，五十块，庙里的人口袋里还揣着龙珠，到每家门口都得喝彩，弄上老半天，说发财的话。喝彩的时候还有五彩线，是给小孩的，弄成辫子缠在手上的。

到我家我就站得远远的，全是七筒放的爆竹，给的钱，就给十块，最低的。初几开张那天，弄了八百七十六块，第二天才到我们村。也是在那议论，说别输给那村。一个村两个组，听说那边的全都给的二十，反正也是我们王榨的。七组说，没我们大方，最多出七块，不可能出二十，是爱脸的说法，谁知道是不是真的。

后来就到我们家了。有的人家是摆上香案接灯，让龙灯在他家门口多待一会。村里的龙灯可以进屋，但庙里的龙灯不能进。开始的时候小王不在家，龙灯快来的时候他才回，我就说，快快，快放爆竹，结果他又跑了，不知上哪去了。没办法，就从屋里拿了五包爆竹出来，给了十块钱给七筒，让七筒放，我就从后门出去。站得远远地看他们唱。那人唱了老半天，爆竹放光了，走的时候没爆竹，还得放，我又回去找爆竹。八筒（女儿的外号）拿那五彩线回家，我还不知道，心里嘀咕她哪来的，她说玩龙灯的人给的，挺长的，我说让她给她哥，一人半截。后来晚梅说哎我们怎么没有，她就问我哪来的，我说我也不知道，女儿自己拿回来的。女儿成天玩牌，就玩扑克，打七。

后来小王回了，我就问他跑哪去了。他说他在家不好，在家给他们十块钱一点都不好看，拿不出手。后来吃饭菜时候，喝彩的人就问他，小王说有事出去了。

牛皮客跟安南打赌，说我给一百，让安南给五十，安南说我才不给五十，我给一百。学智说，他外公也在那里举龙灯，说他发泡，给五十，学智说，我不给五十，我给一百，我家有个假的一百。牛皮客真的拿了一个假的一百出来了。真好玩，他说，一会我就把这个给他，大家都笑得要死。

大嫂和大哥，就是牛皮客的爸爸妈妈，说不行，不能给假钱，这是菩萨，不是搞得好玩的。得靠菩萨保护。后来谁都没给那么多，就是牛皮客给了五十。学智也给了二十，安南也就是最低的十块钱。安南就是奸，他不是给不起，他就是痞，奸。

第四一段　普通话好听，滴水话难听得要死

县电视台二十四有台节目，有个相声，说的是普通话和滴水方言，滴水话土得要死，一点都不好听，大家都觉得普通话好听。

普通话说：他站着，滴水话就说：他伎倒。普通话说：他蹲着，我们的话就说：他苦倒。再就是：他躺着，我们就说：他困倒。笑死人了，底下都说，真好玩，滴水话一点不好听。开始那人是说普通话，后来说方言，我们都说，这人还不知道是不是滴水的呢。

做饭，我们说捂饭，抽烟叫吃烟。自行车叫钢丝车，以前叫溜子车。撒尿叫打站。小孩子死了，叫跑了。

出来打工的，大多数都不会说普通话，上次我去顺义拿腊肉，他们在那边十年了，都不会说普通话。他们打电话来，我接的，我也不知道是他们打的，我说：喂，你找谁呀。那边就愣住了，过了一会儿，那边说我找李木珍。我说我就是。那边哈哈大笑，说咬得果做像（就是说学得真像）。

第四二段　梦想：中了彩票就盖房子

那时候我们在黄石，全都买彩票，都想中奖，谁也没中。那次好像是一千五百万，我就说，我中了，这里头做生意的人，我一人给一万，所有的亲戚，一人给十万，剩下的钱，拿回家，自己留着。再盖一幢房子，盖好的，也买上空调，就不种田了，就待在家里享受，也不用买小车，我们那儿路不好。还要把我们家门口的水塘用水泥盖起来，盖一个溜冰场。这口塘不好，淹死小孩，淹过两个。这钱还花

不完，就给孩子留着。

她们说也别中那么多，中个几万就行了，就不做了，回去了。

农村没有多少指望儿子考上大学的，你知道为什么吗？你考上大学了吧，也得花好几万，供不起来，人家有那几万块，就留着给儿子娶媳妇了。儿子初中高中毕业，都能出去打工了。学校的孩子也不愿意念书，女孩子吧，来了例假就不上学了，觉得很丑，从此就不上学了，老师来找也不去。有的还是念。

补遗一　基金会

健儿不敢回家过年，欠农村基金会的钱。那时候他老婆的婶子是滴水县检察院的院长，能借钱，给面子。可能有两三万吧。都是玩的花的，不是干什么正经事。借的时候说的是做生意，后来也就这么花没了。开始在武汉做生意，也是修表，租了一间大房子，买了彩电冰箱，什么都有。就在武广，挺大的一个商场。他赚的钱，全家都上那玩儿去。有朋友上那去，他也养着，养两三个月，他挺义气的。

没钱了，跟他嫂子的妹夫，合伙。说让那人把钱弄走了，让他赔八千块钱，也没给。过年也不敢回家，基金会没倒的话，就没这档子事了。

基金会是集体的，细胖哥也弄过，每个村都有，利息高一点，也能存钱，也能借，跟信用社一样，信用社还让开，基金会就不让开了。村的基金会没钱了，就上乡的基金会借钱。一百两百也能借，一万两万也能借。存也是，多少不限。整个四季山的，贷出来的款有四十万，王榨就有二十万。基金会封掉了，就让一下子还清。晚上来了，像抄家似的，事先也不通知，一来就把账封了，所以很多人就还不了钱。就让借钱的人，直接把钱还给在这儿存钱的人。

人家要钱没有，就通过法院起诉基金会，基金会没钱，就起诉借钱的人。所以健儿一回家，法院的人就来，小王的弟弟也是，二眼也不敢回家。也几年不回家，一回就挨关了，要拿钱放人。二眼在细胖哥那儿借了一万，还不了，还有八千呢。跑到新疆去了。还有娘家去的一个人，也是，借了两万，也好几年不回家，他一会儿在天津，一会儿不知道在哪。没办法。

后来出了一个死命令，说如果没钱还，要上信用社贷款还钱，所以就借钱去还，还给那些存钱的主儿。

细胖哥这里还好一点，四季山那边几年都不回来过年，存钱的人拿不到钱，就要在基金会的人的家里喝农药。那人在北京开家具厂，后来不干了，回去了，就在基金会存了十万，利息高。这下基金会一封，钱要不出来了。每年，基金会的人，讨得一点钱就给他，过年也没敢在家待。

过年的时候，贴了门对之后，就不能讨钱了。那天我们贴了门对，开拖拉机的骆驼路过我家，说你们都贴了门对，我们还没贴呢！我问他干嘛还没贴，他说基金会的人还在他家坐着呢！

补遗二　赌钱

牛皮客带一帮女的赌，外乡的也全上王榨来赌，全都坐摩托车来。牛皮客就帮一帮女的到外村去赌，生意也不做了。赌发了，有钱了。女的都输惨了。

老跟他妈吵架，他住新房子，两层楼，装了空调，也是他爸爸盖的，装修得挺好的，也铺了地板。他让他爸爸妈妈住在关牛的屋子里，其实牛皮客这人挺好的，就是当不了老婆的家。老婆动不动就寻死去，人长得真漂亮，外号红萝卜。现在也不怎么讨人喜欢了。她能说的也说，不能说的也说。她就是大嫂的儿媳妇。

有手气的时候，赢得差不多了，老婆就得管，让走。输了就不管。赌的时候赌桌上根本不算钱，都不数，像往生钱似的。女人根本不让上，就在旁边看着。

卷二　从小到大记得的事

时间：2004 年 6 月

地点：北京东四十条

讲述人：木珍，女，三十九岁

第四三段　最早记得的事

吃奶的时候记不住了。我比木玲大两岁，我吃了她就没吃的了。以前我们家的老房子是同一个大门里很多房子的一间，家家户户的大门，冲着一个挺大的堂屋。整个村子姓李的，就一个大门，全村的人都从一个门进，有一个大天井，晚上出去玩也没出大门，就在大门里玩。就像北京的四合院，我们是堂屋。

我记得生我弟的时候，是 70 年，就是在这里生的，我和木玲跟我妈睡，我伯（我爸）不在家，睡得迷迷糊糊的，全赶起来了，村里的人说，起来，起来，你妈要生孩子了。我觉得要生孩子有什么奇怪的，还要把我们赶起来。木玲挺高兴的，我有点不满，觉没睡好。

没过一会，就听说我们有一个弟弟了。

想着，别人也有一个弟弟，现在我们也有一个弟弟了。她也带着弟弟。我们也带弟弟。有时候还得带木玲，一共三人，最多的时候是锁在家里，因为我们家门口就是一个塘，怕淹死了。

最早的时候，弟弟还没有呢。妈用一根绳子，把我和木玲，一头一个，拴在大门上，拴的不是死结，是活的，木玲在门跟前待着的时候，我就能走远一点，我在门跟前，她就能走远一点。

有一次，我们羡慕人家玩，自由自在的，我们被拴着。这时候有了弟弟，这时候老房子拆了，门全都对外了。那时候弟弟不知在哪，要不就是锁在家里了。我就把木玲那头的结解开了，我能解，她不能解。第一次的时候，我们全都系在手腕上，后来我就解了，解了跟人家一块玩了。我妈回家找人找不着，中午吃饭，我妈就骂，说要打人，下午就把绳子系在我的背带裤上，木玲的还是系在手腕上，还跟她说：你别让她解啊，让她解我打你。

我在大门玩，把脚上的大拇指踢掉了一大块皮，在流血。那时候都是光着脚的。木玲看见血，就在那里哭，我也吓得哭。她就让我把她的绳子解掉。我妈正在稻场上打稻谷，我们就去找她去，她看见我们又解开了，又发火。我哭着说，脚出血了。我妈说：破一点皮，怕么事啊！又给提回去，又系在门上了。后来就学乖了。

第四四段　第一次看见死人

二爹死了，这事记得。二爹就是爸爸的二伯。那时候不知道是几岁，那是第一次看见了死人。还是在大的堂屋里头，他们住的是北边，有一个后门。

那天听说二爹死了，可能是春天，那天好像还下着雨，他和二婆住在那屋，有一个厨房，一个小房子。很多人听说二爹死了，都去看，我也跟着去看。看人多热闹，我妈不让看，说怕我晚上睡不着觉。怕个屁，什么都不懂，就知道一个人在床上躺着。门后面有一个盆，盆里有一个腾（即腾雁），比鸭子大，黑白相间的花，好多人家都养，它在那下了一窝蛋，二十二个，它一窝就下二十二个，或者二十个，多了不下。它在那孵小腾。

我就在那看这腾孵小腾。没觉得怕，一点都不怕，我还不知道二婆为什么要哭，不就是死了吗。

第四五段　织布机

下雨天在堂屋里玩。跳绳，跳房子，还有抓子，捉迷藏，都在那，堂屋的上边，有我奶奶的一台织布机，那时候，奶奶没了，没用，就放在那。我觉得好坑，老扒在那上边。那时候，觉得织布机怎么那么高，老要爬上去玩，后来长大了，觉得织布机怎么变矮了。

有人织布，三妈织布，就是二婆的儿媳妇，我们看她织布，她有织布机，她那时候可能就是四十来岁，她是短头发，下巴整个是一个黑痣，整个下巴都是黑的，好大一片，就这么大个痣。

看着她怎么弄线，织布，就问我妈，你怎么不织布？觉得会织布有本事。我妈不会织。我妈就会纺线。我们都学不会。妈纺到半截，去做饭了，我们就上去纺纺看，都不成，倒是我细哥，还像模像样的，还能纺一点。

织出的布全是白的，没有花的，就叫白棉布，土布。三妈织布的时候，还是大集体，69 年，或是 70 年，二婆一直跟她纺线。自己家要的，三妈要挣工分，没时候纺线。织布是抽空的。要是纺的线给她织，织出来的布就给你，还给点手工钱。不贵的。

就是做衣服穿的。叫灯笼裤。要染，染成黑的、蓝的，没染的就做夏天穿的白衣服。街上买的叫洋布，叫扯洋布。夏天穿的叫洋布热褂。小时候都穿这种土布衣服，到上学还穿呢。

布也送礼，要是姐姐妹妹，就送得多一点，生孩子的时候送，送个六尺，旁边的亲戚就送个两尺，够小孩做一件衣服就成了。

被子也是这个。棉布被子。

第四六段　电灯一扯就亮了

还记得第一次通电，大家都高高兴兴的。那时候大概是七八岁，不到九岁。没通电的时候，跟我妈上外婆家，跟我们不是一个乡。外婆家有电灯，我很吃惊，说，哎，这怎么亮了。小姨说，不用火柴，一扯就亮。我说，那怎么灭呢？小姨说，一扯就灭。我就扯，一扯就亮了，再一扯，又灭了，我就老扯老扯，玩一会儿又去扯。心里高兴得很。

这就知道电灯了。我们家点的是煤油灯，叫洋油灯。就觉得洋油灯怎么才一丁点亮，电灯把整个屋子都照亮了。就盼着有电灯。

心里老盼着，差不多有一年，要不是 72 年，要不就是 73 年，那天晚上，通了电，全村都跟下行了，跟灾了（方言，指沸腾了），全村都出去玩，我大姐上她那些姐妹家玩，我大哥也跟他的伙伴出去玩，他那时候还念中学，小哥、我、木玲，全都出去，把竹园里竹子上面的整根的条拧下来，围成一个圆圈，戴在头上，竹叶子在上面。像电影一样，跟《董存瑞》电影学的。弄一个棍子，系一个绳子背在背上，那就是枪。

那天晚上全都疯玩，没人喊回家睡觉。大人也玩，小孩也玩。

每家都安了电灯，同时亮起来，跟没有灯真是没法比，心里都亮堂了。

第四七段　哑巴是什么东西？

也是几岁的时候，还是在大堂屋，接一个新媳妇。晚上很热闹，那时候还没有电灯，就是一把煤油灯放在桌上，我就记得，人一围上了，周围就黑咕隆咚的。要等新媳妇来了才开饭。我们是我妈带着喝喜酒，叫"牵嘴"的。我心想，怎么还不吃饭，就想吃好的。人家说，得等新娘子来了才能吃。她说，你去看看，看她来了没有。我就走出大门，没看见，又回去了，还是没来。又在那等。有的就喊，说，来了来了。我还心想，来了肯定马上就到了，没想到，又等了好大一会儿。后来真的来了，听见敲锣，那就忘了，把吃饭的事忘了。就想着去看看新娘子什么样。就跟着新娘子屁股后面。

进门的时候放鞭炮，我就跟着新娘子赶紧进屋。又忘了吃饭，那时候不叫吃喜酒，叫吃三丸。马上就开饭了，就想着吃三丸。第一个出来是糯米丸，很大的，上面搁了点红糖。我妈就给了我一手一个，拿着又去玩了，就没吃饭，就吃那个丸子。

我看着那个新娘子怎么跟别人不一样，小时候说不出那个感觉，只是觉得跟别人不一样似的。后来问我妈，她怎么长成这样？其实她跟平常人也一样，她就是长相挺老实的。我妈说，这个新娘子的生母是个哑巴。

我不知道哑巴是什么东西。就老问我妈：哑巴是什么东西？我妈说，就是不会说话的。我就想是不是没长嘴，没长嘴怎么吃饭。我就问我妈，哑巴是不是没长嘴，我妈说我真苕，没长嘴那不是饿死了！我说那她长嘴了为什么不说话。我妈说，她长了嘴也不能说。后来心里老盼着，盼这新娘的妈来了，好看看她是什么样。

后来过了一段时候，她妈来了，我就看见了。看见她说话，啊，啊，啊啊，指手画脚的。用手做动作，说吃饭，一只手做碗，一只手往嘴里划拉。我妈问她吃饭没有，她就这样回答。我们小孩全都学她，全都说啊，啊，啊啊，用手划拉。

新娘很老实的，跟她讲话她就说，不问她一天都不说话。

第四八段　有个女孩淹死了

在我妈把我们拴门口之前，有一个小孩在门口的塘里淹死了。其实这塘离她家还有点远，离我家近，我家门口是个大竹园，下面是水里长的树，再就是水塘了。

那女孩六岁，姓王的，叫细梢儿。塘的那头有一个很大的荡，荡是水浅的，有时候会干掉的，小孩全都上那捉鱼，那里头水肥，鱼喜欢。那天，快黑了，细婆就看见那塘里有什么东西，她说开始以为是一个花棉袄还是什么，后来细看，是细梢儿，她还没起名，是随便叫的。

细婆就赶紧喊人，细梢儿的爸爸就下去把她抱起来，抱到后山的稻场上，还有人牵了一头水牛，把细梢儿横着放在牛背上，牵着牛在稻场上转。她爷爷奶奶都在，看见她爷爷坐在稻场的石磙上哭，两只手不停地拍他的膝盖，一边哭一边说：老天耶，么不死我！一直这么说。

我不知道这么严重，就看他一直哭，不明白，为什么老天不死他，这天还管事？后来这细梢儿就死了，没活过来。打那以后，我妈就把我们拴上了。

第四九段　拆房子

74年，我们村跟别村合并，叫大和粑，就是把面和在一起的意思。开始开会，说要把我们的屋子拆了，到他们那边盖屋子去。我伯也不在家，他老是不在家，他是不同意拆我们的房的。后来，村里都拆得差不多了，有的不愿意上姓王的那边，说他们那边的人坏，那是八组，有的搬到了一组，我们是十组，细婆她们家搬到了二组，都分散了。我们家最后拆，我爷爷和我妈做不了主，后来是村干部强行拆的。

那时候通电了，他们从八组牵一个电线，像一个小葫芦似的大灯泡，等于是路灯。拆屋，搬东西，先是拆的是瓦，瓦片，一家一家的，想在哪个地方做房子，就堆在哪一块。把那瓦片，横条果子，瓦片就用簸箕挑，果子（宽木条）就用稻草捆着，两人抬着，横条就是一人扛一个，再就把屋子里的砖，好好的拆下来，挑到那边去。

大人不高兴，小孩挺高兴的。觉得又到一个新地方了。看见人家搬走了，老问我妈，我们什么时候搬？

拆到我们家的时候，大柜、坛坛罐罐的，都让他们搬走了。那天拆我家的屋子，正好下雨，下大雨，没地方躲，我和木玲就坐在门槛上，已经没有屋顶了，门槛上还有一道门头，能挡一点雨。看见我们家的鸡在那，鸡是半大的，还没长大，正在坛坛罐罐中间找泼出来的黄豆吃。地上的瓦片一片，看得挺伤心，挺凄凉的，鸡也淋湿了，像落汤鸡。

后来那鸡不行了，它吃的是黄豆，涨肚子，涨得不行，快要死了。我妈就拿着刀，把鸡嗉子剖开，把黄豆弄出来，再用黑线缝上。后来那只鸡没死，还是活了。

第五〇段　我妈五点就起来挑水

房子拆了，这边的房子还没盖呢，得找地方住。我们家人多，这八组，是三个组拼成一个组，我们就住到九组。住的那家人是个母子俩，他家也不大，四间小屋子。我妈没跟我们睡，要看东西，家具，瓦片、砖，主要是横条，那木头。也没看好。我妈真是辛苦啊，又要上大集体挣工分，又要做我们这多么人的饭，洗这么多人的衣服。我还没到九岁，木玲六岁，弟弟三岁，小哥不到十岁，还有大哥大姐，大哥念高中。

吃水全都是挑水，我妈五点多就起来挑水，我家一天用掉一大缸水，全是我妈一个人挑，我妈心疼大姐，不让她干活。我妈就是苦自己。我妈在家当姑娘的时候，也是挺苦的，我外婆外号叫"铁匠"，最厉害的，出手就打人，我外公挺面的。

我妈小时候被打惨了，所以她不打我们，她最多骂一下。

木玲那时候老哭老哭，我们让妈打她，反正你打不打她都哭，我妈就是不打，等她哭够为止。我妈躲着她，她还跟着我妈，走到哪她跟到哪。我妈提着烘炉，她也跟着我妈哭。我妈说不惹你，走远点。我小哥看了气不过，就说，妈，她要再哭，你就拿烘炉里的灰抓一把，塞到她领子里，看她还哭不哭。

第五一段　外公耳朵聋

我大姨出嫁的时候得很多嫁妆，我大舅念大学，家里就剩我妈和细舅。

我外公经常不在家，他是个道士，我见过，他八十二岁才死。他耳朵挺聋的，跟他说话要很大声他才听得见。他吃菜不放盐，一点都不放，是淡的。他每次上我家来，我们不跟他一起吃，我妈就给他弄点豆油（即腐竹），鸡蛋肉，都不吃的，就一碗面条。

他上我们家来，我们觉得挺好奇的，老看着他。我最多十一岁，要使劲说他才听得见，我就不跟他说。就看着他。他跟细舅说，我嫌他耳朵聋，不理他。其实不是不理他，就是看着他，笑。我细舅告诉我妈，我妈就跟我说，以后外公来，别光看着他笑，他说你笑他耳朵聋。

我心里觉得挺冤枉的。我说跟他说他也听不见。我妈说，以后外公来了，你就使劲叫他，叫完就上外面玩去，莫像个苕人似看着笑。

他是道人，不是道士。过了不到一年，他就死了。那时候，老盼着他来，好带吃的来。每次来他都带点糖果，有时候带点粑就来了。这时候大舅在北京已经有工作了，细舅在县里的粮站。我们上他家拜年，他给每人五毛压岁钱。我们拿了钱就去买吃的，不像现在，到处都能买到吃的，要跑两里路。买糖，还有芝麻饼，饼还要票。细舅的孩子也回家了，一大帮孩子去买吃的。我们家五六个，细舅家四个，还有大姨，也好几个，一大帮小孩。

外婆死得很早，我妈没出嫁她就死了。所以我妈没得什么嫁妆，只有一件棉袄，是外婆留给我妈的，又让大姨要走了。其实大姨挺好的，挺漂亮的，到老还漂亮，比我妈漂亮多了。

第五二段　大姨、二婆、七婆都裹小脚

我大姨是裹脚的，小脚。我就喜欢看她的脚，在我家洗脚的时候，我就赶紧看她的脚。我奇怪，怎么她有这脚，我妈就没有，挺羡慕她的小脚的。二婆、七婆都是小脚，二婆的脚特别小，像两根小棍子似的，她又拄着个拐棍，就像三根棍子似的。她上厕所，脚小蹲不了，她就带一个凳子。

七婆也是小脚，也上不了厕所，她就在家里头，用老式马桶，有盖的。那时候我一直跟她睡，她饭比我家吃得早，洗脚的时候，我就在旁边看着，有的时候她就让我拿剪刀，她削脚，一大块一大块的往下削，我说这肯定很疼，她说不疼，那都是死皮。她那脚就像姜似的，几个脚趾全都在脚掌上。

我就问，怎么弄成这样。她说十三岁的时候，就裹脚，挺疼的，哭啊，到了晚上，偷偷解开。家里人检查，赶紧偷偷地缠上。一直缠到定型。看戏的时候，小脚就伸出来，挺炫耀，挺得意的，脚大的女人就把脚缩着，藏在椅子底下。

七婆还说嫁给七爹的时候，挺想家的，有时候就跑到村头，望着她家的方向哭。大姨也吃斋，每次到我家来，我妈都得把锅洗几次。

我们都喜欢大姨。大姑来也带东西，拿手帕包着十个鸡蛋，要不就包几个馒头，我们就挺高兴的。那时候最盼的，还是盼叔叔回去，吃的东西特别多，什么吃的都有。都惦记着叔叔在北京，就盼着他回，肯定带好东西吃。

第五三段　打针

有次以为是叔叔回来了，结果是挑苗的（就是种牛痘的，在手上划一个十字）来了，在对面，有一个山，叫葫芦山，看来了几个人，我说：哎呀，我细父（即叔叔）回来了。那时候没见过细父。一看，是打针的，调头赶紧跑，急得没地方躲。

还是打了针，哭了。

第二次打针的时候，我妈正好上我小姨家去了，我吓得直哭。我就往小姨家跑，我知道是在马连店那边，我从来没去过。看见那有一个看水的老头，我就问：老头老头，你看见我妈没？老头说：你妈上哪去了？我说：我妈上我姨家了。他说：你姨家在哪呀？我说：在马连店的那头。老头说：你莫去呀，前面有捉伢的。你怎么这么哭？我说：家里来了打针的，我怕打针。他说：你莫去，去不得，有捉伢的。

又回了，就趴在菜园里躲着。后来也不知道是谁，把我提回去了。还是打针了。打针的人一直说：不疼不疼。还是疼，还是哭。

第五四段　游斗

也是在老家，不记得几岁。也是在家玩，听见敲锣的来了，当当当，不知出了什么事，赶紧跑。跑去一看，游行呢。那时候什么都禁了，不让钓鱼，不让卖东西。那人可能就是钓鱼，头上戴了一顶挺高的帽子，纸糊的，前面还挂了一个牌子，背后还挂了一个袋子，手里还自己拿了一个铜锣，自己敲，一边敲，一边喊：大家莫学我啰——我捞鱼啊——村干部还跟着，两个组，他得游完十个组。游完了才能回家吃饭。

是中年男人，认得，就是我们家邻居的姑爷。后来也在家学，嘴里喊着：堂堂堂，大家莫学我啰，我捞鱼。做游戏，就学。学了好一阵子。

第五五段　政治夜校

有政治夜校。不识字的妇女都弄到一块，男的也有。我大哥是老师，他那时候已经高中毕业了，他教政治夜校呢，他不让我们晚上去看他教。他那时候挺爱打我们的。他眼睛一瞪，我们就赶紧跑。两人一排，桌子挺高的。

还记得他教一个什么字，伟字，没看见那个字，他就说，这个是伟字。有个老头，叫钟尾巴，我听见我大哥说，这是钟伟的伟。我们那都是这样，名字后面喜欢加一个字，如叫伟，就叫伟巴，如叫强，就叫强子。有点像戏弄，又有点亲切的意思。

那时候很多女孩不上学，就上政治夜校认了很多字。七婆家的外孙女，她没上学，十几岁了，没上学，她姐倒是高中毕业。她家五个孩子，三个高中毕业，就她没上学。她就上政治夜校，认了很多字。后来法轮功那么厚的一本书，她都看下来了。看毛主席语录，一个红本。

我妈不认得字，她没去，可能觉得自己老了，其实最多也就是四十多岁。

我外公也是识字的。也是读了书的人。就我妈不识字。

第五六段　我妈记得全村人的生日

我妈在村里人缘挺好的，全村人的生日她都记得，记性非常好。在稻场打稻谷，人工打的，用牛。每次，九爹到了记账的时候，就叫我妈，我妈姓周，他叫周儿。他说：周儿，今天几号了？我妈就告诉他，今天几号几号。又问稻谷打了多少斤，她就告诉他，打了多少斤。她什么都记得。全村公认，她的记性是最好的。

大家都喜欢跟我妈聊天。有事跟她说，后来年轻的，有什么事，也来跟我妈说。我妈就跟她们慢慢地说道理。我妈脾气不燥，没见过她发脾气。她从来不跟人吵嘴。再生气也不吵。她总是说，让一下，让一下。

有一年年三十，她赶着做我和木玲的新鞋，她和大姐两人，三十晚上，赶成功了，第二天初一，就穿上了。我们看着她们做，把桌子搬到灯底下。

她爱吃什么我可不知道，反正吃一只鸡，她分给全家，轮到她的时候什么都没有了，她就喝点水。她怕什么东西我也不知道，没看见她有什么大惊小怪的。我们家的大妈怕蛇，怕得不得了，她一人走着走着，看见一条死蛇，就在那站了一上午，她想等那蛇走了她再走，你想那死蛇能走吗？她没办法，就在那喊，让谁帮她一下，把蛇赶走。开始的时候，她叫道：哎哟喂，么了啊，我么过得去啊！大妈本来有神经病，大家以为她又犯病了，这么多年没犯，这回又犯了。后来还在那喊：哪个帮一下，我要回去！人家一看，问：怎么了，大妈？她说：有蛇。一看，说死蛇你怕什么呀？她说死蛇我也怕！后来大家说，怪不得，在这站了一上午，笑得要死。

第五七段　大哥去面兵

我大哥死的那年，是 81 年，他 79 年当兵。从我记事起，他就在很远的地方上学，一直念书，高中毕业了，在生产队当技术员，记工分，可能没干一年，他一直在生产队的保管屋睡觉，到了春天，弄了一个蒸汽室，用尼龙膜盖的，里面放一锅水，外面烧火，有蒸汽，秧苗很快就长起来了。他晚上就在那睡。后来就上大队教书去了。

刚去的时候，我弟刚好上一年级。刚好他教他们班。我问老弟，大哥打你了吗？他说没有，我在班上又不坏。我说，那他打别人吗？他说：不打。我问他，怕不怕大哥。他说，不怕，村里有好几个孩子怕他。我说他又没打他，他们怕什么呀？他说，你不晓得，每次上课，都是我们先进去，老师后进来，我大哥进去，看见班上有人你追我赶的，他就让那两个孩子出去，在操场上，一个在前面跑，一个在后面赶。赶累为止。看见打架的，就让两人打，两人就不好意思。

都怕他，他又不打你，就是用你的法子治你。

教了半年，就教四年级。我们那时候挺怕他的，在家大哥老爱打我们的，就打一下。

那时候他就想当兵，我妈不怎么愿意。他挺瘦的，瘦高瘦高的。教书的全是大孩子，都没有结婚，也没谈朋友。

他就说，他非得当兵。要去面兵。

那时候，面兵有一首歌，儿歌，瞎编的，"兵没面过兵，粮票用几斤，钱用光了，屁股让人家亮了"。那时候小孩没事，就在那唱。

我也唱，又不懂意思。

有一次，我妈放牛，放到学校那，有一个姓郭的老师就跟我妈说，大妈，如飞要是去面兵（检查什么的）你让他去吗？我妈说，他个干壳子鬼，么个面得了兵！那老师就把这话跟我大哥说了。他就气得要命，他晚上也不回家吃饭，自己做饭吃。气得后来跟我妈说：他说他要面上了兵，就一生都不回来！他说他出去了吧，对我细哥有好处。

我妈承认错误了，他就回家吃饭了。后来，他真的面上了。那时候，一个大队，就要两个人，面上了三个。78 年的时候，那时候就争啊。另一个也是个老师，是他舅舅体检。还有档案，要调查，我大哥对我们挺严格的，但在外面，人缘挺好的。当兵的有材料，我叔叔在中宣部，我大舅在北京是工程师，七几年的时候，这都了不起，挺好的。接兵的首长，看了他的材料，他手里有一个数字（就是名额），他能多带一个人。公开说的只有两个名额。那时候谁都不知道。

我们的堂叔，在另一个公社当武装部长，他手里也有一个数字（名额），后来，跟那个人争，那个人太穷了，爸爸死了，弟兄好几个，当兵就有衣服穿，要照顾他，是不能动的，谁都争不过他。他就跟那老师两人争，他就争赢了。后来带兵的说，就让他们争，如果争不了，他就可以直接把大哥带走。后来堂叔也回来了，带了一个名额回来。就说，早知道这样，就不用争了，他一个人，其实有三个名额。

他当兵走的时候，他教的那个班的孩子给他送了很多本子，每人给他送了一本子，也很不容易啊，本子很贵的，农村又没有收入。这些本子现在还留着呢！我当时想，他在家里怎么那么爱打人，在外面怎么那么好。

第五八段　大哥病了

当时大哥病的时候，不是由部队告诉家里的，部队告诉叔叔，叔叔在北京，他给家里写了一封七页纸的信。我们十几岁了，不知道病得那么重。大哥也没写信告诉家里，都不知道他病了。叔叔的信是爷爷先看的，看了告诉我伯我妈，那时候，家里就挺急的，那时候已经在南京军区总医院了。

我伯我妈不知是谁先去了，去南京看他，好像是一块去的。

我大哥是脑肿瘤，当时不是接了信马上去，而是信迷信，哪哪都说他是童儿托生，就是天上的仙人的童子，托生到我们家，到了该结婚的时候就得死。那时候我们也不明白童儿是什么，我妈有一次去问，人家说你别问了，你家的童儿在跟着你呢！那时候，到处都有半仙，到哪问都是这么说。

我妈说，也是，大哥长得挺好看的，眉毛弯到眼角。我大哥犯病的时候，也没告诉部队，他人缘挺好的，当官的很喜欢他。他硬撑着，一只眼睛看得见，另一只眼睛，右眼，看一个人是两个人。那时候他是基建工程兵，要拣钉子，地上掉的钉子，他要拣，节约呗。他得趴在地上才看得清。他不说，人家也不知道。当时想提他当指导员。

后来有一个首长，一定让他去看病。去看了，开始是在杭州，没用，就转到南京军区总医院。最开始是我伯去看他，我妈在家信迷信。

我伯先到杭州，人家告诉他已经到了南京。我伯就像在家叫黑（就是叫魂）似的，从杭州坐火车，一路叫，叫黑在老家得用一根棍子在水缸里正着搅三圈，反着搅三圈。在火车上就不能搅了。叫乳名，说：良儿，回来啊，回来啊。就这样叫，从杭州一路叫到南京。

一路叫到南京。到了南京，我大哥就说，伯，我今天好多了。我伯心里高兴，觉得有用。就赶紧让家里看看哪个神仙灵一点。那时候什么迷信都信了。没过几天我伯回了，我妈也去了。那时候，我大哥右边就不能动了，能讲话。就严重了。我妈在那不敢哭，偷偷哭。

部队就催我妈回去。看到那样也不好受，就回去了。

回来也是哭。我大表哥又去了。就严重了，不能讲话了。用左手写字，问细舅好，问大姨好，全都是用左手写字。

越来越严重了，这时候，快过年了。家里一点过年的气氛都没有。叔叔三十晚上从北京赶到南京，在那待了一会儿，就从南京赶回家。

第五九段　大哥没了

过完年，就知道他越来越严重了。不知道是什么时候死的。骨灰带回来，细胖哥那时候是民兵连长，他跟大队书记去南京拿骨灰回来。记得是阴历正月二十九。那天上午回的。

一回先拿到大队部，后来就拿回家，家里门口，大队的，好几个生产队的，都来看，像赶集似的，家里房子里，堂屋，窗户，椅子，到处都是人，都伸着脖子在看。细胖哥抱着骨灰，大家都哭很伤心，我妈就是哭死了，昏过去了。后来打葡萄糖。大队有一个赤脚医生。

我爷爷也哭，躺在床上哭，他那时候八十多岁了，爷爷最疼他。以前看电影，看戏，我爷爷都去看，我大哥死了以后，他就什么都不看了。到九十多岁，到死，都没看。我妈我伯一直哭，说两人一块跳水去，淹死算了。我伯一直说，走吧，一起去死吧。我妈说，不行，她说家里现在老的老，小的小，死了没人照顾他们。大姐78年出嫁的。细哥十七，我十五，木玲十三，弟弟十岁，真死了，可就惨了。

我妈就老上我大哥的坟上哭去。过了一段，部队里又来人了，带骨灰回家的时候，部队也来人了。请我伯上部队开表彰大会，去了。说他是共青团员的荣誉称号，他生前申请入党，也给他党员了，给了一个玻璃匾。部队来人，带了一个挺大的请柬，那人说，请我伯去开会，得有接有请的，还得由大队干部陪着。细胖哥是民兵连长，又跟着去了。

那时候，这事在我们那块影响可大了，在部队也不小，《工程兵报》一直登。家里还留着呢，带回来了。湖北还上了电台。

我伯开会回来，部队给了一个挺大的吊钟，青岛出的，全村都没有。我们是第一次见。还给了一个蜜蜂牌缝纫机，上海出的，还给了一个红灯牌的大收音机，还能放唱片的。

村的大队书记说，今天十点二十，电台里播你大哥的事迹。我们就在那听。那时候，小学生由老师带着给大哥扫墓。我大哥还有照片，在滴水县博物馆，现在还在。

第六〇段　细哥也去面兵

细哥隔了一年，也去面兵，也就是走一个过场。接他的人跟别人不一样，有两个人专门接他的。也是基建工程兵，他一天能做一千多块砖呢。细哥在部队，挺努力的，也是喜报老往家里寄。后来他那个部队精兵简政了，散了。那些人一转业，马上出国了，去盖房子。那时候，出国的人，每人八大件给送到家里。我们大队的一个都没有，全都复员回来了。

叔叔肯定帮了他的，北京有个兵种主任，官不小，挺大的。细哥还跟他照相呢。这人到部队就点名要看细哥，在那震动不小，这人就是叔叔找的。

后来部队解散了，细哥就弄到北京新华社了。小时候看相，人家一看，就说他命好。

第六一段　毛主席死的那年

发地震那年，毛主席死的那年，76年，那年。记得毛主席死的时候，我就在后门的山坡上，听广播里播音员的声音挺沉重的，再一听，说伟大领袖和导师毛泽东同志逝世了。我一想，哦，是毛主席死了。怪不得。

回家吃早饭，大家全都出早工。我也没说，大家也没说。我就觉得，广播好像是说着好玩似的。后来上学，学校也没人说。下课了，一个学生听见了，说告诉村里的一个孩子，那孩子让他别瞎说。他说，我没瞎说，你听，广播里还在说。

上课的时候，这小孩就说，老师老师，毛主席死了。老师问：你怎么知道的？他说广播里播的。老师一听，果然，全校就不上课了，全都去听。

就放假了，课都不上了，每个人都戴着一个黑袖章，大队发的。有的上面写着，伟大领袖和导师，中间四个大字是永垂不朽。有的上别处看电视直播，那时候，电视挺少的，公社有。好多人跑到公社去，到公社有二十里地呢。去看直播。

后来，我们好几个大队弄了一台，几个大队在一起看。一个小屋子，哪能看得见啊，天又热，窗户上，有的就上窗台上，到处都是人，屋子门口都挤出来了，那小孩就别说了，怕挤死了。都没见过电视是什么样的。

第六二段　搭棚子躲地震

后来就防地震。

每人家发的白布，一大卷。搭布棚子。就在花生地里，全挨着，一户人家挨着一户。我们家，我伯就不信，我们有很多板，我伯就在我们家门口，搭一个板棚。

每个家都是空的，家具全都搬到布棚里了。好玩了，反正要死了，也不干活了，全都玩。就打扑克。我们家在自家门口，一点都不好玩，人家全在花生地里的布棚里。也没有电，就点的煤油灯。晚上我们就上布棚里玩去，看他们打牌，还可以偷点花生吃呢！

下大雨也不敢回家躲雨，都说，越下大雨越有地震的可能，就都在布棚子里。漏水，也全都是湿的。我家的板棚也漏雨，有缝。我伯让我们上家里躲躲。我伯都准备好了，有垫桶，装稻谷的，里面进不了水，还有两个炕柜。我伯说，万一发地震，不是说发地震都要伴着发大水吗？要是发大水，我弟和木玲就坐在垫桶里，我和细哥，就一人坐一个炕柜里头，到时候就用绳子拴上，大水就把我们漂走了，漂在一起。

家家户户都备着干粮，就是把米炒熟，弄成米粉，就挺管用的。大家都很紧张，一下大雨，都觉今天晚上要倒房子了，家家户户家里都没人。

过了一段，没震，又都跑回去了。有的把做棚子的布洗洗做被子，反正不花钱的，是公家的。

第六三段　我姐二十五岁才出嫁

我姐谈恋爱的事我一点都不记得了。她出嫁的事我记得。

那时候，细胖哥复员回来没多久。77、78年的时候，我姐就嫁了。我伯不同意，那时候细胖哥有对象了。那对象是他姐的小姑，后来就退掉了。我姐跟他好了好几年了，他面兵的时候就说了，要是他面上兵了，就不要那女孩了。

他跟我姐小时候是同学，他说我姐小时候穿着一件绿色的衣服，艳绿的绸的，一朵一朵的花，她就穿着这上衣，短袖的，就穿着上黄冈参观林彪的家乡。从那时候起，他就觉得我姐挺好玩的。

我姐比我们大十二岁，家里宠得不得了，我爷爷也宠着她，要什么买什么。她还说呢，小时候，有一个大碗，专门是给她吃零食的，想吃什么，就有什么，她一天到晚就端着那个碗吃。所以我们就最怕我伯，就她不怕，她还敢跟他顶嘴。我伯不骂她。所以她跟细胖哥这事，我伯就没怎么管。

那时候，大队的二书记还上家里来说，做我伯的工作。我伯后来也就同意了。

出嫁的时候我姐也有二十五岁了，她53年的。78年的时候，二十五岁了。她一直是妇女队长，一组一个赤脚医生，她也是。她两根长辫子，还挺好看的，大家都觉得她好看，是公认的。我们公社的，我们村就她一个去。几十个大队呢。

就嫁在同一个村子，早上就把家具全拉走了，一个村子里的人又没怎么闹。我姐出门，我妈还在那哭。我就想吧，就在一个村子里，有什么好哭的。我妈一边哭，一边说，就说不是一家人了，到别人家就得听别人的了，在别人家怎么好都不如自己家。在家也没打她，也没骂她。我也在那跟着掉眼泪。木玲就知道跟着抢糖吃。

底下要穿黑鞋子，上面要穿绿上衣。如果没有，借也要借这么一套衣服。不穿红的。

第六四段　我姐没吃成商品粮

那时候还早，叫区，我细舅和细舅妈还没调到县城呢。细舅好像是公社书记，他和细舅妈都有点权，说把我姐弄出去吃商品粮。说弄到滴水县的针织厂，我细舅说不行，那里头灰尘太大了，不好，让她自己在家练算盘。她念书的时候就学会了，又在家里练。

有一次，我细舅妈给她介绍对象，让上舅妈工作的地方去，那时候没有车，自行车都很少很少的。她是走路去的。

给她介绍的是她们公社的一个团支书，我姐那时候才十几岁，十七八吧。她也是懵懵懂懂的，也有点怕，又不知道怕什么。她说后来，玩了一会儿，要回家了，舅妈让那人用自行车送一段，我姐不让，她就拼命跑，一边跑，一边往后看，看那人追上来没有。前年她还跟我们说起这事。我们说，人家堂堂一个支书，还来追你呢！你还吓得跑。

后来她哪都没去，还是在家种田，还是没吃成商品粮。算命的人还是挺灵的，说她这辈子，有吃有穿的，哪都去不了。真是啊，这命真是。细舅那时候那么有权，她都没出去，她就这命。

第六五段　我跟小王的事

我跟小王。小王的姐嫁的是我姐夫的自家屋的，他老上她姐那玩，后来那些人都挺喜欢他的，都说他人挺好的。我姐就做媒，在她之前，大姑也做过媒，跟大姑一个村的。我妈就说，那地不怎么好。说女孩子不怕生错了命，就怕落坏了根。那地缺水。幸亏没同意，那人现在死了。后来堂姐嫁给他了，2000年就死了，胃癌。

这个之后又说了一个，那时候细胖哥是民兵连长，我们还打过枪呢。也是民兵训练，外面大队的一个连长，他也是介绍一个人，他把那人带来了，带到细胖哥他们家，说看看，后来我妈去看了一下，说不行。打听了，也是问水成好不好，地方好不好。

刚好我们在学校打篮球，打到滴水县城去了，听说他们那大队的，长得最不好看的，就是那个组的，像烟熏火炕似的，全都是皱巴巴的，没一个长得光堂的。我妈看见那人，说年轻轻的，手上还贴着胶布。

就说小王。我妈就高兴，说那地水成好，有一条大河，又是自己的亲姐姐做媒，就同意了。那天晚上，在大姐她家看人，大姐炒了花生，同意了。我想要是没同意多好，就那么一会就完了，人生大事，也不是自由恋爱。拿着他给的二十块钱就回家了。其实那时候，二十块钱是最少的，是最穷的。

木玲就冲我发脾气，说是不是没钱花啊。她觉得，凭什么看上小王啊。

我还窝着火呢！我也没吭声，没跟她顶。那时候，我十九，她十七。我算是最迟的。那时候有一个标准，女孩子说了亲的，全都带着手表，我那时候也戴着手表，是我哥给我买的，是全村女孩子第一个带的。人家都是婆家买的，就我一人是哥哥买的。很多人都以为我是婆家买的呢。

我心里挺委屈的。

后来，我姐也看出来了，他家又穷，又没念过书。后来就上街买衣服，花的钱也不多，也就二百多块钱。就买了四身衣服，也不知道要买贵的，全都买便宜的。

后来也觉得这人不怎么的，我就说，算了吧。我们那叫翻生，就是重新变成生人的意思。我想反正就花了他家三百多块钱，我还给他就是了。我伯不同意，说，你就是没定之前，你怎么找都行，就是挑一千一万都不管，定了他就要管，说一家就是一家了。这也不能全怪我伯。

后来，小王他妈、他姨，是他们大队的妇女主任，还有他舅妈，全都来我家了，他们也知道我想退。

细姑也在那说，算了。就这么样了，别翻生了。

其实那时候我伯只要松一点点口，我肯定就翻生了。

第六六段　结婚的床都是我们家的

嫁过去后，第一天，木玲上他家，押着钥匙，箱子柜子的钥匙，由她把钥匙给小王，这是我们那边的风俗。当时我们那女孩子的嫁妆全是男方给钱买的木材，做的，木工的手工钱还是男方出，还有做油漆的，都是男方出。我们家，全是我伯出钱买的，做是我伯一个人做。

出嫁那天，男方要给钱给女方押家具的，有的是一千，最少是四百。小王家给的是一百。他那个床，还是上我家要的呢。

木玲那天早上回家，我妈就问她，他们家办了什么家具？木玲说就一个大柜，一个写字台，一个大床，其实床是我们的。后来，我们分家了，我们就一个屋子，还歪的，要倒。我伯看了，后悔得要死，他说要是下大雨，就睡床底下，别睡床上，屋子倒了砸着了。

第六七段　十四岁来月经

第一次来月经。没来之前都知道有这事，那时候十四岁多了，就是春天，下稻谷的时候，没念书，在家干活。挣工分。在哪下的稻谷，就让一个孩子在那看着，看麻雀。我就在一个田里看麻雀。然后，就觉得不对劲。哪都不疼，钻到一个油菜地里，看看去，看怎么回事。一看，哎呀，什么都没有，更没有纸。春天啊，还穿着挺厚的裤子，没事，就待一会儿，待一会儿就回去。还好，这么大的一个地方，就我一个人，没别人，没人看见。

后来就回家，吃早饭。我就让我妈给钱，我妈她们都是用布，也没有纸，我姐都出嫁了。我妈说，要钱干什么？我就说我要钱，你给吧。我妈看了一会儿，明白了。她就赶紧给钱。她说就赶紧买去吧。买回来以后，她说，你别吃粥了。她教我怎么弄，有带子，挺麻烦的，后来我们就都不用带子了，直接把纸一放。

那天早上，我妈就割了腊肉。我们那是这样的，第一次来，你吃凉水，什么都行，黄瓜、桃、腊肉，这些都是是凉性的，都能吃，要是第一次没吃，以后来月经的时候，就都不能吃，腊肉也不能吃，第一次没禁，以后就不用禁了。我们那都是这样的。

我吃完腊肉饭后，别人没吃，就我一个人吃。吃完后，我就到水缸边盛了一人勺凉水，咕噜咕噜就喝下去。

农村不是每家都放一个尿桶在屋子里吗？有的人，就到尿桶那蹲着，看能滴下几滴。第一次来，如果滴了三滴，就是三天来完，四滴就是四天。我没滴。

第六八段　第一次生孩子

第一次生孩子的时候不害怕，都是这样。怀孕的时候也没检查过。我还是算挺幸运的，又没上环，也没做过人工流产。就生两孩子。有的人一个季度就得脱裤子检查一次，看怀上了没有。有的人回来说，都是扭扭捏捏的，说进去就得脱裤子看。

大队的广播每隔一段，就广播了，说计生的人来了，念名单，一组的某某，一个组一个组的，往下念，念到名字的，就得去。本人不在家的，公公婆婆去也行。就上大队。

秋香，有点傻，每次一进去，没到她她就脱裤子。

其实每次检查也没查出个什么，就是走走过场。

初二晚上，小王回我妈那拜年，我那天就没回去，好像有点不舒服。到晚上，觉得肚子有点疼。小王就让大哥去叫喜娘，就是接生婆。我那时候就是肚子挺疼的，穿着一对新鞋，我自己做的。一疼就赶紧跑，跑就好一点。跑了一会儿，不疼了，我就坐一会。从房间、厨房、堂屋，就这么跑。他二哥、大哥、他弟弟，都在那笑，笑我跑。我一跑，他们弟兄几个在那笑，偷偷笑，我就气得要死，我心里想，我疼得要死，你们还在那笑。他大嫂二嫂说从来没见过这样的，人家疼了就是躺着，她这疼得跑。

她们让我躺着，我说就是躺着疼我才跑的。

后来折腾到早上。接生婆说不是难产，是顺的，她摸了。所以我也不怕。早上五点多就生了。以前也没生过，不知道怎么使劲。喜娘说：纳气，纳气。也不知道怎么叫纳气。她就说，气往下边去，别往上边出。

生孩子那肚子可真是疼的，快生也是疼，疼得真厉害。我一直骂小王，说全怪他。他们弟兄几个在厨房待着，听着我在那骂小王，骂的什么我都忘了。就是怪他。什么都顾不上了，就想着，孩子生下来，大人死掉都没事了，太疼了。

五点钟就生下来了。肚子一下子空了，肚子就不疼了。孩子的胞衣还在肚子里，还不怎么舒服。喜娘给我打了一针，胞衣就像滚出来似的，一下子就出来了，一下子就舒服了。

一放鞭炮，大家就全都知道了，知道我骂小王，什么都骂。我们那，也有人骂，年纪大的就劝，说别骂，丑。说忍着吧。我就想，这么疼，怎么忍得住。

后来，二哥的儿子，还在那学，学给大家看，学我怎么跑，怎么一边跑一边打肚子。

生女儿的时候根本跑不了，腰特别疼。生儿子的时候，就是肚子疼。

第六九段　民兵训练

84 年吧，在家，十九岁。细胖哥那时候是民兵连长。在光口区，有好几个公社。每个大队弄一个两个民兵到快岭公社去集训去。我们那个大队怎么就我一个人。这个区集训的只有三个女孩，三个女孩都有点胖，睡在一个床上，笑呢，说我们三人可别把那垫床的砖给压断。我也胖，那个女孩比我更胖，她一人睡一头，我跟另一个女孩睡一头。

每天早上起早训练，挺冷的，快元旦了。让我当后勤，跟一个老头做饭。早上就不用起早了。我就睡到晚晚的，反正那老头，他自己做饭也行。那两个女孩说，你多好啊，在家又不用起，冻得要死，又不让戴手套。我就问她们，你们起那么早干什么呀。她们说，就是立正稍息。说别的公社的，有的是侦察兵，还有武警兵，在那练打呢。

我记得有一天，做饭的老头，让我去买什么东西，我觉得那时候，我胆挺大的。一个片的可能就有二十多个，来训练，早上在那训练，打枪，二三十人站一溜，挺长的，还有在那瞄准的。我从他们那过的时候，我就是目标。他们冲我打枪，我就冲他们吐唾沫。吐到他们身上了，我也没想到自己有那么大胆。打枪的人也没想到我敢还他们，他们倒没怎么样。打枪的人冲着我开枪，嘴巴冲着我叭的一下。我说：张部长说了，枪口不能对准自己人！我说：你们打死我世界上还多一个和尚呢！

那些人就在那笑。说哎呀，怎么那么大胆！

有一天，休息的时候，他们打扑克牌，我就约胖一点的那个女孩，去借羽毛球拍。那女孩说她怕，不敢去。我又约跟我一头睡的那个女孩，她说：人家借吗？她怕人家不借。我就说，可能借吧，都是年轻人。她说，行吧，我们试试看。我们就去了，他们正在打，全都是男孩。他们打完了就借给我们，我们拿着往回走。那些男孩就在那喊，说哎呀，马连店的女孩真大胆。

后来细胖哥说，算了，你也不用做饭了，你也去锻炼锻炼。

扛着真枪就去了，步枪，就是扳一下，就打一发子弹，也有的，扳一下，打五发子弹。也上那路边趴着去。我们三个女孩趴在一块，聊天。

还有手榴弹呢。

打真枪的时候，我那个堂叔，刚好是他发子弹，每人五颗子弹，他偷偷给我六颗，我就留了一颗装在口袋里。有人举着靶子，站在坑里。挖了五个坑，人站在坑里。五个人同时举着靶子，五个人同时开枪。

细胖哥看见我在家没练。他说连发的那个枪，可能准一点，还把我的位置跟人换了，不换还好呢。那两个女孩一发都没打中，人家给她们报二十五环，二十四环为及格。意思是待会，你们也给我报及格，骗骗上面。我打了五发，连发的，就二百米，结果有一发打中十环。打完了，举靶子的那个男孩跳起来说，这人不打就不打，一打就把人打死。

有人问，是哪个女孩把人打死了。他们说，就那个就那个。我就一个十环，报上去我还不及格。后来，我说我还有一颗子弹呢。细胖哥问，哪来的。我说是堂叔给的，细胖哥说，你真苕，刚才怎么不放在里面打。那个男孩听说我有一颗子弹，就非要，就在我手上抢，我就是不给。他力气大，我就咬他的手，使劲咬，他也不怕疼。我看咬紫了，我就算了。他给我看，说，要是人家问，我就说，是狗咬的。

第七〇段　扔手榴弹

过了两天，就去扔手榴弹。

也是一个山坡，也是别的乡先扔，然后轮到我们。我们三个女孩扔，最胖那个女孩，盖没揭开就扔出去了。都在那趴着，老半天都不响。就叫一个干事去看看，干事有五十多岁了，吓得脚直打颤。那女孩一直说她拧了盖，就更吓人了。后来那个干事捡起来一看，哎呀，盖都没拧开。笑得要死。

就轮到我了，我想，要是我使劲扔，肯定就能扔得挺远的。我就使劲一扔，一看，没多远，也炸了，声音不是很大，也没有那么大的烟，就一点黑烟，碗大的一个小坑。扔完后，我就好好地趴着，等炸响了才敢抬头。

完了我们往回走，一边走一边说，嗨，才这么大一点坑，也没电影里那么大的烟，能炸死这么多的人。

训了一个月，就回来了。给了六十块钱一个人。

第七一段　爷爷死的时候

爷爷死的时候，我不在家。大姑和小姑都在家。那时候爷爷房里搁了两个床，他其实病也没病多久。他是年底腊月二十五病的，那一年，我刚好是那年出嫁的，87 年。他每次病了就是饿两顿，就好了。我二十八回家，叫"还福"，就是吃早上那顿饭。他没起来吃饭，他躺着。我回王榨，他挺急的，平时他一点都不急。我回王榨就得在门口放鞭炮，我说要走，其实不是马上走，他就挺急，以为不放鞭炮，就在床上喊：炮子呢，炮子呢。我说我还没走，你别急。

那天他还非得给我两块钱呢。我走了吧，初二又回家拜年。初五他好了一点，还吃了一点鱼子。后来就再也没起来了。初十、十一了，我还是回家看他去。他挺疼的，疼得在床上喊娘，我进去的时候，看见他的被子都蒙在头上了，我就把被子拿下来，问：爹（就是爷爷），你好点了吗？他也没回话，抢过被子又蒙头，还是疼得喊娘。

那天晚上我在家住了一晚上。平时我从来不说梦话的，我睡着了，听见我爷爷问：你是哪个？我说：我是木珍啊。我一说这话，马上就醒了。十二我就没回去。

那几天，一直是木玲跟爷爷睡在一个床上，大姑和小姑就睡另一个床上，同一个屋。

十二的晚上一点多，木玲说：爹怎么不哼了？她就喊爹，爹也没应声。她就喊大姑和细姑。她说爹可能已经死了。大姑她们一摸，说是死了。爹是弓着睡的，她们就赶紧把他的脚弄直了，把那手也弄伸直了。

就喊我伯他们。以前村里死了人，我还挺害怕的，都不敢看，晚上吓得睡不着觉。但是爹死了，我一点都不害怕。

第七二段　第一次骑自行车进城

第一次骑自行车进城，也是记得挺清楚的。记不住是哪一年，就记得是八月十八，阴历，中秋节过后。那时候我们家还没有自行车，就是细胖哥有。学车的时候，来了亲戚，管他是谁呢，拿来就骑，挺有瘾的。没学会的时候，刚会滑呢，就挺想学会的。

在稻场上转圈，在公路也骑。有车的时候才学，平时没车学不成。也学了好几个月。跟堂姐两人，我骑一会，她骑一会。不用人扶，就自己滑。

学会了也有好几个月了，没车骑。我们上哪，就借细胖哥的车，他就叮着，说马上还啊，就得马上还。后来表妹的堂哥买了一辆车，她就借来学一天，就是十七那天。她就一天学熟了。那时候，表哥在县城上三中，他的字写得挺好的，人家都说，凭他的字，就能吃上一碗饭。过了八月中秋就有点冷了。细姑就让表妹送棉被去给她哥。

我就跟我妈说，要不我跟她一块去。表妹也帮着说。我妈就同意了。我跟她俩就各骑一辆车，她刚学会，那棉被就我后架上带着。

我们两人都没骑车进过城，一路上挺小心的。一路上我都喊着，慢点慢点。她刚学会，有一股劲。她走前面，我走后面走到八公里那，有人挖了一个过水的小沟，又是下坡，这车冲得挺快的，来不及刹车了，她已经摔下来了，摔到水沟里了，衣服都湿了。我赶紧刹车下来了。我问怎么样，要不要紧，她说没事，我们又走。

又走了没多远，不到一里路，有一个老头，挑着一担大粪，在路上慢悠悠地走。也是下坡。表妹忘了拉闸，也忘了按铃，她慌的直喊，哎！哎！快过去，快过去！你说那老头挑着一担大粪，他能快吗？一下就撞上了。撞的两个桶一个在前一个在后，紧紧夹着老头身上。臭的要死！我心想，这回麻烦了，可能要扯皮。

表妹从车上跳下来，骂那个老头说，你这个鬼老头，怎么走路的！老头把粪桶往地上一扔，操扁担说，我没怪你，你还怪我！他举着扁担就要打她。

表妹跳上车就跑了。那时候是上午，没多少人，要是被人拦住，也麻烦。

这一路，第一次，反正不顺，看见车来了，就慌，掉到沟里。那被子幸亏我带着，要不就湿了。后来也让我们找着她哥了。在街上问三中怎么走，走一段打听一段。打听到宿舍。

我和表妹两人到县城里的百花照相馆，照了一张相。黑白的，两寸的，八角五分钱。一个出一半钱。是她的主意。过了好长时间才去取。

第七三段　第一次照相

我第一次照相是爷爷病得快死的时候，79 年吧。爷爷病了，最厉害的一次病，以为要死了，但那次没死。我们叫绞肠痧。就要照张相，给叔叔寄去。

爷爷坐在椅子上，我、木玲、我弟，在旁边站着，就我们四个人。

在马路上，摄影师是从马连店叫来的。挺简单的，照完就回去了。

那时候我上小学，要照相挺高兴的。就穿干净一点的衣服。是秋天吧，记得木玲的裤子短了，底下一截腿露在外面，挺长的，一截长一截短。我就歪着脖子在那笑。我弟弟站得挺端正的。我爷爷那时候挺瘦的。一点都不紧张，就觉得好玩。

第七四段 《卖花姑娘》现在也没看成

印象最深的电影是《卖花姑娘》，但我没看成，是听我大姐说的。上小学的时候，在大队的礼堂放《卖花姑娘》，那天放了一天，挺多人看的，窗户啊，到处都挤得满满的，有的人，就不吃饭，在那看一天，小学生根本挤不进去。听她们说，那个小姑娘挺可怜的。我大哥跟大姐在那说，那里头有一个歌，小小姑娘，清早起床，提着花篮去卖花。这个电影到现在，我一直都没看。

还有一次，放动画片《小八路》，都记不清了。

看《红楼梦》，也是听大哥说，晚上要去看电影去，我爷爷问他看什么，他说看《红楼梦》，我爷爷就挺支持他的。他们几个老师，也是先派一个人去买票，晚上几个人，骑车到县城电影院看。那好像是第一次放古装戏。他们看了回来说，你看了还不知道里面谁是男的，谁是女的呢！我就想我肯定分得出来。

过了好长时间，就听说，有一个地方放《红楼梦》，挺远的，露天的，不要票的。我就要去看。跟着我小哥哥。他说，你高兴个什么，你待会看了也分不出男女。那里面全都是长头发，你分得出来啊？我说，我就分得出来。

大老远跑到那，一看，不是，还是现代片，空欢喜一场。又没看成。又过了很长时间，在我们大队放，这回就看上了。我一看，这人倒是挺体面的，穿的衣服也挺好看的，男的女的我也分得出来，我怎么分不出来呢。女的头发全是扎着辫子，男的没扎，贾宝玉，头上有一个红箍，一看就知道，还有那些男的，头上就戴着帽子。小哥还问：分出来了吗？我说分出来了。我爷爷也说我分不出来。没哭，那时候还懂得哭呢，能分出男女就不错了。

还有看《天仙配》，看那戏看得不过瘾，就又去看电影。小时候，每天晚上乘凉，姑父就跟我们讲牛郎织女天仙配，我们就挺想看的。后来也跑了挺远的路，叫蓝岭，又是另一个乡了。我们村里好多人都去，我也跟着去。那时候，放电影要赶场，在这放一场，放到十点，另一个地方接着，就放到十二点，挺晚的。等我们赶到那，已经放了一大截。看到董永，正好在槐荫树开口那，我一看，这是女的还是男的，那时候还真分不清，不知道董永是男的还是女的。再一个画面，七仙女出来了，我一看，知道了，女的有长头发，男的没有。

就是看了那半截，就想着什么时候到马连店再放一次，再去看。

后来听说马连店放《天仙配》，我们就早早地吃饭了，早早上那等着想看那前面的开头。后来听说，上哪放第一场，上这放第二场。也是在那等，又怕停电，都说，菩萨保佑，别停电。在那等呀等呀，真的停电了，都挺失望的，又不想走，想着说不定一会又来电了呢。也全都坐地上等。等了一会儿，还没来电，就走了。

走到半截，又来电了，赶紧往回跑。跑回去了，又听说今天晚上不放了，多大夜些来了（即夜深了），放到天光（天亮）去了。就没看成。回去都蔫的。

《一双绣花鞋》《405 谋杀案》《五朵金花》都看了。

第七五段　上县城看《小林小子》和《白发魔女传》

看《少林小子》也是上县城看的。看《少林寺》也是上别的乡看的。大家都说，武打的，挺好看的，县城也是很多人去看的。

有一次上县城，看《少林小子》，那天刚好是十五号，那时候还是大集体，一号和十五号是休息日。说明天上县城看电影去。我伯给的钱，那时候没上县城看过电影，从来没有。那次十五号赶集，卖小猪的，都要到县城才能卖，小猪用拖拉机运去，二十多里路呢，只能早不能晚。那天早上起来，哎呀，表妹家的一头猪被人偷了，一百多斤的。他哥也上县城看电影去，姑父也上县城找猪，我们就跟着去。

我们就把钱给表哥买票。姑父就去找猪，找得着就更好，找不着就算倒霉。我们就看电影，姑父就找猪。这猪真让他给找着了，找是找着了，但找到的已经让人卖了，找不到卖主。跟那人说，这猪是我们家的，让人偷了，那人说，那我不管，我花一百块钱买的。姑父就在那说，是我的猪。后来他花了八十块把猪买回来了。肯定那人没花一百，他多说了，可能只花了五十，要不他能少二十块钱给你。再说偷猪的人也不会卖那么贵。

姑父说，你再买一头猪，也不划算。

第二次上县城看电影是看《白发魔女传》，那阵挺忙的，正是插秧苗的时候。我伯给钱我们让我们看电影去。全村根本没人看。去的时候，我们三人，坐拖拉机回，看见一辆，就往上上，不认识的。上的时候，我的裤子腿裂开了。上去了，又给人家赶下来了。他说，下去！下去！我们就下来了，一看，哎呀，那裤腿怎么办？刚好，那表妹又来例假了，什么都没带，怎么办？我们三人就说，干脆走路吧，二十多里呢，又这么大太阳。表妹那裤子就不行了，只好把衣服脱下来，往腰上一系，就看不出来了。我的裤子一扎，成了一个短裤。三个走回来，都累蔫了。

这是第二次从县城里走回来的。走了有两个小时。

第七六段　到县城买新衣服

第一次走回来是去买过年的新衣服，去是坐拖拉机去，大队有拖拉机。82年。细哥当兵那年。第一次上县城买衣服。细哥当兵的时候手上有一块表，说当兵不计戴表，临走的时候，他从手上摘下表给我，就让我伯戴走了。我伯说我不认识。那表后来卖了，卖表的钱，我伯说，你拿去买衣服吧。卖了几十块钱。

拖拉机上县城，我伯跟人说好了，让把我带去，还要带回来。

我把表妹也带上了，一进城，就把衣服买了。看了两三个摊位，看中了一件红的，那时候这衣料叫三合一，也不知道还价，也不知道试一下合身不合身。就问多少钱，他说十三块五，我就给他十三块五。还不记得买了什么玩意，买了一双鞋，假的，塑料的皮鞋。那样子还挺时髦的呢。高跟的，那时候农村没有高跟鞋。花了两块五毛钱。

钱没花完，我留着呢。我伯说，那钱是我的。就没坐车回家，拖拉机也没看见。在那等了一会。那钱是我的，就舍不得花。只买了两个馒头，我和表妹一人一个。吃了就往回走。也有十几岁了。走回去还不觉得累。可能是有新衣服。表妹累得要死。

第七七段　去团陂打篮球

这不是第一次去县城。第一次去是小学的时候，打篮球。开始的时候在狍龙，是夏天，暑假的时候。老师让我们上狍龙打球。也不会打，就挑几个个高点的。让我们大队的跟另外一个大队的打。我根本没上场，我就在那玩儿。后来就听说我们打胜了。让我们回家拿衣服，带米，就要集中在狍龙训练了。

在那训练吧，就让我当队长。那老师也不是我们学校的，是滴水县体校的。每天训练。结果有三个大队的，都说是我们一个大队的。天天带着我们训练。在操场上打球。天太热了，上一个村的一个大礼堂去训练。那凉快一点，没那么晒。

练了一段时间，就让我们上团陂。还有男的呢，也是几个大队的，说是我们一个大队的。

上团陂，那是第一次坐车。坐客车，就是现在说的大巴。刚坐上去的时候，没座位，站着。下坡的时候，觉得心都掉下去了，都大叫：哎呀哎呀，女孩都叫。一刹车，前仰后合的，也大叫。

团陂有十个篮球队要跟我们比赛。要打成冠军就能上县城，打不成就回家。大家说，这得正儿八经地打。到了地方，这团陂高中的老师就给大家说，在哪打水，洗澡的脚盆，在哪睡觉，说有什么问题，就找一个人，他就在黑板上写了一个名字：肖美莲。后来谁找得着啊，谁管谁啊。

开始的时候也不急，反正有人管热水洗澡，有地方睡觉。就东看看西看看的。到处逛。把我们领到打乒乓球那个室，我们把东西一放就到处逛。

逛逛逛，有个孩子就说，哎，隔壁有鬼。你可别到那去，我反正挺怕的。我说：哪有鬼啊？她说：就隔壁，死人了，就骨头站在那。我说：真的呀？她说是真的。

我就约一个孩子一起看看去。我们一看，说这不是死人，我们小学五年级课本上有，这叫骨架，人家肯定是上自然课用的。其实那孩子也知道，她是吓人。

到晚上，根本找不着那个肖美莲，带队的老师也找不着。只好自己。自己找到澡堂洗澡，根本没有热水，凉水也没有。只好想办法，拿了一根长绳子，找的桶也不知道干什么用的，就去打水。水井在一个大操场下面的一个小操场，天黑了，什么都看不见。井台挺大，男孩在那打水，女孩就用这水洗，晚上喝的水也是井水，生水。睡觉也没地方睡，没人管，我们就睡在乒乓球台上，十几个女孩全睡在一个台子，男孩睡地上。这是第一天，男女都在一个屋里头。到第二天，才把男孩弄到隔壁去。

第七八段　被人家打得惨败

第一次看见电视也是那次。开始说，要打十个乡的球队，打完才能回去。后来那十个乡都没有女孩打球的，倒是来了一个男队，打得惨败回去了。他们那边是山区，跟英山交界，封闭多了，比我们这边落后二十年。都那么说。

第一次看那个电视，也没大惊小怪的，就是觉得比电影小一点。跑到别的单位去看的。让进，他放在露天的。一看，就看见广告，是几个豆豆在那跳，大的、圆的，我说，哎，这又不是人，怎么能动呢？那时候根本不知道这叫广告。后来看的什么也不记得了。

在团陂根本没打球，没对手，跟谁打去？我们就直接上县城了。

到县城就打了，全是大的乡镇。我们就让人家打得惨败。第一场的时候，我们旗开得胜，跟朱店乡打，我没上场。我从来没上过场。朱店的女孩跟我们差不多，全是比较小的。后来几个乡的女孩，全是大的，初中生。特别是滨江小学，全是大女孩。她们后来跟滴水体校的人打，她们也打胜了。怎么那么厉害啊！

打胜了吧，街上有卖冰棒的，叫唤：棒儿——三分——我们就都学着叫唤。我们住在县城里的三八旅社。打败了吧，谁都没心意学了。

这次倒是在县城里待了一星期。每天都去打球，要不就是看球。正是大暑小暑的时候，热得不得了，我就给她们送汽水。还有女孩来例假了，穿两个裤衩。那时候的女孩上学晚，小学五年级就十四五岁了。

我细舅在县城盖了房子，从来没去过。

吃的全是旅社的，吃公家，不用自己花钱。早上馒头，觉得很好吃的。中午有粥有饭，比在家里好吃。又不用自己洗碗，吃了就走。

第七九段　在宣传队演节目

小时候还在宣传队待过。老师觉得我唱歌挺好听的。小学的时候我就是数学学不好，那些都可以，语文还可以，写作文，老师总让我在课堂上念。音乐课，老师教上几遍，就让我唱一遍，他就说：行了，你教吧！他就不管了。然后，我就教。那时候，我们学的国歌，前进——，那个，全校都是我教的呢！在大操场上，我站在上边，大家站在下面，一个年级站一个队。也不紧张。就教一个下午就行了。

那时候还有政治夜校，那是全大队的，让我们去演节目。也是我一个人，唱《红雨》里面主题歌，我一个人站在台上，底下人很多，黑压压一大片。"赤脚医生向阳花，广阔天地把根扎，千朵万朵红似火，贫下中农人人夸。"脸上化了一点妆，是武汉的知青给化的，我们大队有知青，知青也演节目。他们唱的是："太阳哟一出哟，笑哎嗬嘿，开口就唱跃进歌。歌唱党的好领导，哎嗬咿嘿哟。"有一个领唱的，排成队，领唱的站在前面，男女全都参加了，就十几个知青。我当时觉得他们唱得最好听。觉得他们很好看。他们穿的是自己的衣服，又会化妆，都是武汉的。

当时觉得武汉是了不得的大城市，现在也是，我觉得比天津大，也比天津洋气。

还有在宣传队里，过年的时候，有一年划旱船，正月初一，上军属家拜年。我小哥也在里头，拿着一根竹根子，两头弄空了，穿着铜钱，在两头敲。我们拿着扇子，一边拿着一个纱巾，艄公是小孩扮的，化妆成老头。两个划船的在那领唱，我们就跟着唱。"划彩船来，山歌起，山歌起来哟哟，贫下中农心欢喜，心欢喜呀咿哎哟，哟哎哟，哎哟嘿，心欢喜呀咿哎哟。"把十个生产队都走完，一大早就出门，到下午回家都蔫了。没吃的，要不都蔫了。

第八〇段　大集体全是糊鬼呢

大集体的时候，生产队长挺照顾我的，每次出工，天天挑土粪，队长就让我带着个笔，拿着个本，坐在荫凉地，打正字。每天早上，远的，就挑五个来回，近一点的，就七个来回。早上挑完，回来吃饭，上午再去。要是上午挑够十担，就可以歇气。半个小时，再挑三担，就可以回家吃中午饭。歇的时候，有的就纳鞋底，有的打牌，有的玩。

　　我干的活是最轻松的。也有像我这么大的女孩，她们念了三年级就不念了，有好几个呢！我也不想念了，我伯让我念。我看见她们不念了，我羡慕得要死。我伯把我往学校里头赶，说不念你给我坐到小学毕业。

　　人家十岁就上生产队干活了，我羡慕得要死。人家背上汗湿了，衣服贴在背上，我也羡慕，也弄点水在背上。还跟我妹说。

　　人家挺喜欢我打正字的，因为我这人好说。有的人家里有事，就跟我打一声招呼，我就给她写上几笔。她就可以早走了，就可以拿满天的分了。

　　也有的人坏，你打正字吧，他就挑一点点。队长也坏，你挑一点，我就拿称称。真称了，怎么不称啊。他称了，就给你年底评工分作底的。他让你倒在麦地里，一担一堆，他就数着，几担了。社员也有办法，他一担，挑得多多的，倒成两担，也早早地回家了。

　　也好玩的，大集体，全都糊弄人的，耪秧田的时候，也是，一个人一天耪四段五，开始我们一行行地全都仔细地耪，大人就说，我们孩子耪慢了，不灵光，我教你，你看着，小晃不过脚，大晃各一溜，说只要把水弄浑就行了。后来就明白了，原来是这样。

　　还是耪草，不是分了任务吗。有的一早上就耪光了，上午下午都不用出工了，一天的工分都拿到了。有一个人，一个男孩，队长给他一丘田，说是他一天的任务。队长刚给别的人分完任务，刚回到家，一看，哎，这男孩怎么也先回家了。问：你耪完了？他说耪完了。说不信你看看去，去一看，根本不行，让他再耪。过了一会儿，他又回了。又说耪完了。又说，不信你看看去，又看看去，比上次强一点，上次水都没浑，这次水浑了。

　　还有坏的呢，上田不是往下田流水吗？他就站在水口那地方，使劲把那水弄浑，下面的田里的水就浑了。队长一看，水浑了，行了。

大集体全都是糊鬼呢！

第八一段　斗争大会斗一个女的

开过斗地主的会，斗争大会，其实也不是地主。就记得是大人开会，大队的大礼堂，整个大队的人都能容下，里头还有戏台呢，放《卖花姑娘》就在那，演出也在那。

可能是 75 年左右。也没上课，就在操场的东边，是大礼堂。我们在戏台下边玩，上面有一个桌子，有一个扩音器，用红布包着的。除了主持会议的，斗的是个女的，怀里还抱个吃奶的孩子，他们在台上。

我们小，觉得纳闷，说，这又不是地主，斗她干吗？也没听广播里说她怎么回事。开完会吧，就听议论说，她懒，不干活，生一大帮孩子。我说，哦，是为这事斗她啊。她儿子还在学校念书呢，她生了六个儿子，三个女儿。她丈夫是做裁缝的，老上我家下棋。她儿子在念书，我就想，他妈妈挨斗了，他还不蔫蔫的，还喜晒（高兴）了。他们家那时候，就是生得太多了，穷，大冬天的，就穿一件衣服。

第八二段　做生意才第一次去武汉

做生意才第一次去武汉。2000 年了，三十五岁了，离武汉只有两个小时车，就是一次都没去过。农村的，没人想到没事去玩的。没去过武汉的大有人在呢！线儿火去过，她妹在武汉上班，她去过。年轻打工的去过，三四十岁以上的，就很少有人去过武汉了。除非是打工，玩根本没人去，根本就没人想到上那去。像我大姐，就上过北京，没去过武汉，没事哪有上武汉的啊。

我到武汉就是待了半天，就是在那吃了一顿饭。那天还下大雨，侄媳妇在那租了房子，她带我们上她租的房子。待到中午，就带我们上餐馆吃饭，她出钱。

那次是去湖南的浏阳，在武汉的汉正街进货，上浏阳卖去。

我就没上汉正街，把钱给了侄媳妇，就是陈红，什么都是她给弄的。什么都不用我带，她们都笑我最轻松，她们拿货，大包小包的，羊毛衫、袜子、床上用品，多着呢。我的只有一小包，我的是首饰。

第八三段　坐长途汽车

后来坐的是长途汽车，卧铺的。睡二层上，我和二嫂睡一个铺。开始说是我们包的，司机让我们上哪哪哪等着去，我们就在那伸着脖子等，一大帮人。后来等车的时候，陈红又给我们买了鸡肉，一串串的熟的，一人一串。她没钱也大方。

等了半天，又怕那车跑了，货都在车上。等了老半天，到了晚上七八点，才从武汉出去。出去吧，从咸阳到岳阳这一段，堵车堵车得要死。本来不堵的话，早上就该到了。结果，早上才到长沙，饿得要死，都憋着尿。过了长沙，司机才把车停下来，大家都去尿尿。上午十二点多才到，弄清楚了，到下午两点才吃饭，我和二嫂一人买了一盒饭吃，三块钱一盒。

差不多一天了，才吃上一顿饭，前一天中午吃的，当天晚上在车上，没吃，早上也没吃。第一次出门，也不知道带点吃的，知道的就带了饼干。这帮人不是一个村的，有的带了。车上有的人还睡在过道上。在地上睡，我们农村的就讲究，来例假了就不能从人家身上跨过去，更别说头上了，有的人，连影子都不让你跨呢，嫌有厌气（就是秽气）。有好几人，都来例假，她们也不管，管得了吗？地上也睡下了，根本走不了，一个个就叉着腿，一只脚在左边，一只脚在右边，两手抓着上铺的栏杆，一溜跨着人走。我们就说，要不得。她们说，你要我么的啊！

第八四段　从浏阳到株洲

回来的时候也挺好笑的。不是说做一个月吗，在租的商场干一个月，后来，快到了一个月，我说我先走了，反正我生意又不好。侄儿就说，你把你的东西都弄好，一会我帮你带上。我说行，那我就先走一天。

我把东西都弄好了，装好了。说今天晚上我就回家了。我问，还有谁愿意走，小家店的两个人，说他们也走，秋红也说要走。她是卖服装的，她的服装是从株洲进的。都是现金代销。卖不了可以退货，自己不会亏。

我们就说好晚上从浏阳到株洲。小家店的那女的就说跟我共一铺，他们早早就去了。到长途汽车站。他们先去了，睡到晚上快到一点了，我就上三楼，喊二眼，喊起来了，就打的去车站。到车站一看，找找找，找了半天，找着了，车上全都睡满了，后来听见车上的上铺有人喊，说上这来，在这呢！一看吧，是一个大通铺，睡六个人，刚好是我们六个，男男女女的，我一看，笑得要死，这可怎么睡啊！我就跟那女的说，你不是说我们俩睡一个铺吗？她说哪有啊，差点连这个都抢不着。

后来怎么睡啊，秋红睡右边的窗口，两个女的睡两边，两个男的睡中间，我们一去，两个男的赶紧挪，我就睡在一男一女中间。反正也睡不着，怎么睡得着。六个人也是挺挤的。

睡到两三点的时候，小家店的人一看，他的货不行了，快要掉下来了。他起来了，那女的挪地方，挪挪挪，一下挪到二眼身上去了。回家谁也别提这事，本来没有事，一传就传走样了。

睡到六点多，他们四人到株洲退货，我们等着。就在车上等，等到天大亮，就再打的去火车站。在车站上也是挤得，站的地都没有，不是春节，也不知道怎么就那么多人。在车上坐在自己的旅行包上。坐了好长一段时间，有人来问，你们要座位吗？二眼问：多少钱？几个位置？那人说，你要几个？他说两个。两个二十块钱。说跟我走吧。我们在第七车厢，那人在第四车厢。给他二十块钱，买了两个座。

第八五段　上来一群小偷

坐到哪啊，坐到下午，一两点，车上来了一帮小孩，十五六岁的。看谁睡着了，就摸，小偷。二眼坐中间，那个女孩不知是从哪上车的，一直睡。二眼身上带的有钱，我坐边上。小偷就从上边摸，从外边一按，看哪有钱。二眼坐中间，睡着了。我坐边上，又不能喊，喊了人家捧你。我就装伸懒腰，使劲伸，打二眼一下。他就醒了，醒了说：么啊么啊。我说没事。那小偷看他醒了就走了。那小偷还是看了我一眼。我问二眼，刚才你一点都不晓得啊？他说不晓得。后来车上的乘警查票，查到二眼的口袋去了。西服里头的口袋，他一翻，一大叠钱，全是一百的。乘警就问我，他是你什么人？我说，是弟弟。那人就没说什么。我心里想，他不会以为是人贩子吧。

六点多，到了滴水县城。我就是那次看见小偷，这两年都没看见。

第八六段　小三阳

小王二哥是小三阳，好像是百分之百传染。开始谁在意这病啊。根本不知道有乙肝这一说，不知道乙肝是什么东西。

后来是杨祠乡的，那段时间去县城，老是看见杨祠乡的人带着小孩上县城打针去，说是打预防乙肝的。说乙肝挺容易变症的。说哪哪的孩子死了，就是乙肝死的。过不一段时间，学校的全都检查，看谁有乙肝，没有的就赶紧打预防针。可能乙肝肯定是传染的，父母有的，小孩肯定有。我们村查出了几个。

你说怪不怪，二哥他们家，女儿有，儿子没有。侄媳妇家，谁都没有，就是小孩的舅舅有。舅舅跟她隔那么远。我们家没有。那时候说得挺神的，说有一点，就变成不治之症了。说如果没有乙肝的，一辈子都不会得肝病，不知道是真是假。再就是，就是怕跟乙肝严重的人接触，小孩不怕，就怕跟大人接触。大人也是挺闷的，到哪人都防着他。

我就挺大意的。那时候我在家，黑炭的肝病挺厉害的，他老在我们家吃饭，后来二眼就说我，也不知道你是怎么想的。我说也没什么事，他吃了饭，碗就放开水泡着。那个"半天"，也是老上我家吃饭，他不是肺病死的吗！我们家不是也没什么事吗？我就觉得是命，一个人有一个人的命。

他二哥有一段挺严重的，都快病死了。后来吃药，又买了黑鱼吃。慢慢调养，吃东西注意，就调养好了，但是不能断药，一直要吃药。他一吃药，就跟正常人一样，什么事都能干了。

他是小三阳，小三阳变成大三阳就没治了。

第八七段　不是大病就不上医院

不是大病根本就不上医院，头疼脑热就信迷信。第一次去医院是十几岁吧，也就是感冒。那时候不让信迷信，找不着地儿信，神仙婆都偷偷摸摸的，找不着。

那次生病了，我伯带着上医院看病去。没生病的时候特别想吃那个鸡蛋面条，看着爷爷吃，特别馋。后来生病了，我妈也做了鸡蛋面条，怎么吃都不好吃，觉得奇怪，平常那么好的东西怎么不好吃了。吃不下。觉得生病挺幸福的。

走路去的，去马连店，有两里路。记不住了，打针我是肯定不干的，就是吃药。后来什么时候才打针，生完孩子，打了一针。我最怕打针。

后来分田到户了，根本就不生病，哪有生病的。成天的有活干。

带儿子去马连店医院看过病。不到一岁。小孩发烧，也不当回事。抱在怀里打牌，罗姐一摸，就骂我还不赶快送到医院去。后来就慌里慌张的，就抱到医院去了。医院里有个医生，大人小孩都找他，是这里的名医。姓夏，叫夏医生。看了吧，我说要不打个退烧针？他说没什么，就是感冒了。他说打退烧针也行啊！就开了两天的药。吓死我了，本来我都觉得没事，罗姐一骂，就吓着了。

我女儿身体好，根本没病。儿子二年级的时候，三年级的一个女孩，就忽然发烧死了，都说是什么病传染，要是发烧，就赶紧上医院。

那天晚上，儿子也是发烧，也是吓得要死。也赶紧上医院。刚好他的大姑也在家，她跟着去的，也是感冒，也没事，打了庆大霉素。

七筒也是有点好玩，夏天不管怎么热，身上的肉是凉的。晚上我一摸，这孩子怎么身上是凉的，我以为他死了。我又摸摸他鼻子，还在呼吸，又摸嘴、脸，也是凉的，就赶紧送到医院去。医生说是正常的。其实每次去医院，也就是两三块钱，就好了。农村还觉得挺贵的。

我有一次也是发烧，就一毛钱就搞定了，真好笑。就2002年，夏天我回家的时候。发烧走不动了，让侄儿上医院给开药。他就给了一袋药，他说一毛钱，人家还不要呢。我心想，这一毛钱，能管什么事啊，能有用吗？后来说，喝了吧，喝了睡觉。后来喝了，睡了一觉，第二天起来，屁事都没有。

第八八段　节育手术不做不行

生完两个孩子就得做节育手术。生完八筒才十五天的时候，我就上医院去。

大队的妇女主任让去的。说的是满月以后做就挺麻烦的，没满月输卵管在上面，满月后它就缩回去了，手术就难做。当时我不想做，打针我都怕。同村的另一个女的，她生完两个孩子，也去做节育手术，结果手术的时候，打开肚子，发现肠子里长了肉瘤，好几个呢！赶紧把她丈夫叫去，问是不是拿下来。说这瘤会长大的。后来我想我这肚子那么大，是不是里头也长了肉瘤。

后来才去做了。也是做皮试，我也怕疼的。妇女主任陪着去，我二嫂也陪着，她说做手术不疼，她也做了，就是做皮试疼。

做皮试的时候，我的手绷得硬硬的，针都打不进去。打针那人就说，你别这么硬着啊！我一想，也是，就算它死了算了。我就让她打。她一打，挺疼的，我赶紧一缩，药没弄进去。那医生说，多大个人啊，果怕痛！我就把那手放在那，眼睛不看手，让她打。打完了也挺疼的。说让等十五分钟再看结果，说肿了就不能打麻药，不能做手术。

我心里想，又想它肿，又想它不肿。想肿了吧，我就不用做手术了。不肿吧，不做吧，又担心肚子里长了东西。

妇女主任说，那我们吃饭去吧。几个人就去吃饭，吃馒头，餐馆里吃。吃着聊天，结果一看，过时了，又让医生看。医生说不行，时间过了看不出来，又让再做皮试。我生气得要死，焦得要死，你越怕，就越多弄几次。又皮试了一次，我就哪都不去，就坐在那等。

那天做的有好多人，男的女的都有，男的挺快的。我就在门口等，下来一个女的，我问她疼不疼。她说不疼。我想也有可能，要不然她也没人扶着。那时候我整个人直打哆嗦，牙齿敲得格格格的。二嫂说，你冷还是怎么的？二嫂说一点都不疼。

进了手术室，还一直打哆嗦，躺在手术台上，就不哆嗦了，我心一横，想反正就死这一次了。我说我挺怕的挺怕的。医生说，怎么怕成这样。我跟医生说，我从小到大，连针都没打过，你给我多打一点麻药。医生说，要得要得。打完麻药我就跟医生说，我今天就没打算活着出去了。医生说，嘿，怎么这样啊，我们怎么交代啊！

也没把我的手脚捆起来。我问她们，还有多长时间？她们说，你别急，肚子有七层皮，这才刚刚打开一层。我说哎哟，怎么那么难啊！她打开了不是弄那个输卵管吗？那就是挺涨的，就像抽筋似的，把腰掏空似的，我说你们干什么呀！她们说没什么，最后一层肚子皮。弄输卵的时候挺疼的，我的脚步没绑着，我赶紧一缩。把手术盆差一点打翻了。医生说，哎哟，怎么没绑起来？护士说没绑。医生说，你可别动啊，你要是把手术盘打翻了，我们又得重新消毒，重新来，那时间可长了，你肚子打开了。我一想，也是，她们没事，我肚子打开了。就不敢动了。输卵管不是两边吗，弄另一边的时候也是涨痛，我就不敢动了。听剪那肚子皮，听到声音嘎嘎响。心里想，这怎么像剪布似的。

也就弄完了。我挺急的，又问，还有多久？她们说，你别急，这刚刚打开。其实在缝了。一会就缝好了。她们说，起来吧。我说，这么快啊！缝的一点都不疼。我就一咕噜就起来了，她们说，哎，你可慢点。我一起来吧，就在那干呕，也不疼。也是自己一个人从二楼走到一楼。二嫂看见我下来了，赶紧接过药，去讨了开水让我吃。

一下吃了六颗去痛片，把那袋药一下都吃光了。医生说，痛就吃不痛就不吃。管它痛不痛呢，都吃光了。回到家也没痛，吃得一晚上没睡着觉。就是涨。

回家的时候让人抬着，用竹床。去时候我们走着去，后面的人扛着竹床。是义务工，不用给现金，记上，算是给大队出义务工。小王也跟着去。我在竹床上叫，难受，我说可千万不让兄弟媳妇做这个手术，难受着呢！小王说，你可别说。他们夫妻两正你推我推你的，谁都不愿意做。

农村里谁都不愿意做的，男的做了，就怕女的离婚，女的做了，也怕男的不要她。

男的做了吧，老婆又怀孕了。像和尚吧，她男的就是做了，她又生了两个儿子，还打了好几胎。后来她还做了手术，夫妻两都做了手术。还有一个男的也是，做了手术，有一个孩子淹死了，他又生了一个孩子。

都说男的做了腰不好，都说男的是顶梁柱，女的就去做。女的做了全都是抬回来的。有的从门口过，听见她们哎哟哎哟地喊。有的就大骂，说妈的逼，说是不疼，果疼还不疼，再疼就疼死了！

第八九段　小王打公家人

去年七月十四，村里外出打工的小伙子都回来了，收稻谷。我家收了一大拖拉机，在河堤上。小王去帮人家杀猪，偷偷杀，食品管理站的人不让私人杀猪，自己杀收四十块手工钱，要拿到马连店杀就要一百二十元手工。

小王在人家院子里杀猪，看到河堤上有三个人坐着，他明白是食品站的人查私自杀猪，要罚钱的。他上去跟人家打招呼，说，这拖拉机的稻谷是我的。我在家里听见他大喊：二眼！二眼！我一听，好像有事，我就赶紧出来了。

看见河堤上全都是人，那三个人拼命跑，我们村的人骑着摩托车赶。没找着人，跑到江湾子村去了。到处找，竹园、厕所、屋前屋后都找遍了，没找着，回家气得要死。本来想着要是抓着了，就以偷稻谷为名，可以打他们一顿。

大家在河堤上议论，说，抓到就有了，打死他！也有人说，去吧，去吧，再去找。先说三辆摩托车去，后来说去两辆，最后定的是一辆。把我们的车骑走了。牛皮客、三类苗、小王，三人骑一辆摩托。

刚到马连店食品站门口，那三人刚到，小王就问其中的一个叫老唐的人：你到我们那干什么？

老唐说，没干什么，凉快，乘凉。三类苗一拳就打过去，把他的脸打破了，直流血。

老唐没穿衣服，牛皮客往老唐肚子一拍，说，你发颠啊！小王也打了那年轻的一巴掌。食品站的人拿着杀猪刀就出来了，准备打。小王说，你打！你打！你动都不敢动！就镇住了，没敢动。三个人骑摩托回来，一路上都在说这事。

第九〇段　小王被派出所扣了

第二天是七月十五中元节，要供祖，小王跟三个侄子四个人骑两辆摩托到马连店买菜。食品站那三个人就告到了派出所。罗指导员到跟前，让小王下车，小王让侄子赶紧把摩托骑走，结果派出所的人让他把摩托拉到院子里去了。

几个人都没回家，打电话，两个人有手机。让二眼去一趟，他跟派出所的人挺熟的。二眼正好在家打牌呢，马连店乡医院的两个人也在打牌。二眼说没时间，没去，我就去了。

我去了问，他们说小王在派出所里，正在录口供，说供完了出来了，在荫地方蹲着呢。

派出所让小王说出那天打人的另两个人是谁，小王死活不说，说是路过的。是侄子。他们就不让他走，要他把侄子叫到派出所来，他们说摩托车没有驾驶证、养路费、年检、新车证，以这个为理由，就扣了车。

所长、指导员、随从一帮人到村子里抓牛皮客，警车一来，牛皮客赶紧躲进厕所，没抓住。就把打牌的一桌人抓了，以赌博为理由，他们把大门一关，拴上，把看的人赶到外面。

小王弟媳本来挺怕事，村里人教她用脚使劲踹门，说自己的家干嘛不让进。侄子狠命地踢了一脚，把门踹开了，看牌的人全都进去了，这时候派出所的人正在搜打牌的人身上的钱，搜出了就放在桌子上。

有一个人四十多岁，叫"坨儿"，他的钱有一百多块，搜出来放在桌子上，他老婆一把就抢走了。派出所的人气得要死。

外面的人骂: 不要脸! 你们就不打牌啊! 你们缺钱了吧! 骂他们的娘, 女儿、老婆、儿子, 统统都骂了。

他们四个公家人就干听着, 拿出证件, 传票, 让打牌的人签字, 每人罚款二百块, 搜身的钱他们自己分, 还不算在内。

我婆婆上去就把传票撕了! 又冲到警车上坐着不下来。村里的人就想把警车推下河渠, 河里正好有满满一河水, 平时没有水, 要夏天才有水, 是干渠。那天刚好是中元节, 男女老少都在河堤看热闹, 边看边骂。有人把冲担往地上一扎, 说: 推, 把车推到河里去!

小王二哥把他妈从车里拽下来。二哥是村长。四个公家人开了车赶紧跑了。

第九一段　吊死算了

他们回去气得把小王关禁闭, 关在一间小屋子里头。我去闹, 我说凭什么关他! 派出所的人要牛皮客来, 我死活不找。

指导员劝我回家, 说又要供祖, 又要做饭喂猪, 回去该干什么干什么。

我说今天死也要死在这里! 你上哪我就上哪, 你说我是泼妇我就是泼妇, 你今天不放人我就不走。

他们吃午饭, 让我跟他们吃。我说我不吃。我就在办身份证的屋子里待着。他们有食堂, 平时有十几个人, 有专门做饭的。

管身份证的是一个十八九岁的小孩, 他不放心, 非要我出去。他怕我把档案烧了。我说你放心, 我不会烧的。他就把门从外面锁上了才去吃饭, 我人在里头。他大约去了十几分钟, 就回了。

我就去看小王, 看不见人, 说话能听见。他让我回去, 我说不回去。他们吃完午饭就睡午觉了。

我就故意说小王：你真没用，在里面把衣服脱了，在里面吊死算了，活着干嘛！他没吭声。我又说：你死它，别回来！以前有一个大郭乡的人，被派出所的人用枪打死了，为了掩人耳目，就说是自己上吊死的。

他们六个人一听要吊死，赶紧全出来了。让我走，我就是不走。我抓住走廊的窗子，两个人使劲扣我的手，另两个人推我，推了好远。快推到院子的大门的时候，我就说：你再推，再推我就一头撞死！

他们四个人同时松了手。

所长、指导员都看着我，看了一会儿，就把小王从关禁闭的屋子里放出来了。他们把小王引到二楼，我在院子里站着。

这时候小王的侄子来了。这个侄子叫健儿，他的手臂上一边文了一条龙，一边文了一条凤。另一个侄子叫侉子，手腕上一边是个忍字，一边是个念字。三类苗身上文了一条大龙，都是在河南文的。他一进院子就问我：木珍娘，纤爷呢？我说在上面。他就上去了。

指导员非要罚小王五百块钱才让他走，就凭摩托车没执照这一条。侄子只好先回家，他让我跟他一起回去弄钱，好把小王放回去。正好那天我弟弟在我家，他拿了五百块钱给小王的二哥。

几个人就一块上派出所来了，跟指导员讲了半天。指导员说，你们王榨的歪风非整一下不可。我说，王榨的人不好管吧，人挺团结的。小王的二哥是村长，他跟派出所说项，想少给点钱，给三百块，派出所不干，非要五百块，只打了一张便条，没有任何正规手续。肯定又私分了。

这个所长是黑脸判官，指导员是笑面虎。

后来就骑了摩托回村。到了村口，全村人都在，泰山北斗连连夸奖，说就是要跟他们斗。

第九二段　打牌还是罚了两百块钱

打牌的事还没了结。过了两三天，派出所的人又来了，不敢开车来，是走路来的，来找人要钱。把黑炭叫到派出所去了，都是熟人，还是要了二百块。小王弟弟跟派出所的人挺熟的，去钓鱼，在路上碰到了，也叫到派出所去，罚了二百元。

派出所的人不认识坨儿，大家就说他出去了，上北京打工去了。他们找了好几道。还问老太太，老太太就骂：真不要脸！你们就不打牌啊！没钱了就找老百姓要钱。连小孩都知道派出所没好人，都知道撒谎说坨儿打工去了。坨儿的钱就没罚成。在医院上班的那人当天就挨罚了，说要是不给就告诉医院领导。

罚钱的时候跟熟人说，罚了再退给你，其实根本就不退。

第九三段　周总理让治瘌痢头

有个堂姐，跟我挺要好，她哥长得一头瘌痢头，她妈也有，她哥满满一头。要是痒吧，就在那打头，抓哪都不是啊。有时候，抓出那个水，流到哪就长到哪。那时候跟她们吵架，就骂他瘌痢头。后来全国治瘌痢头，就治好了，全国统一的，统一的治，那时候周总理还在呢，就是他让治的。男男女女，只要是瘌痢头的，不管多少，统统剃光头，每个人发一个蓝帽子。那时候我姐还是我们队的赤脚医生，她管发药。把那药涂上，戴上帽子。这药很厉害，没多长时间就好了。

当时每个组有多少瘌痢头，都画上表，挺大的一张纸，贴在墙上。

五组的吧，一家七口人，五个瘌痢头。后来说他们家真有名。

后来就好了。

第九四段　用瘌痢药治牙疼

我们村有一个人牙疼，疼得受不了，就咬床栏。就想，那个瘌痢药这么厉害，那瘌痢头多少药都没法治，这药一治就好。它未必整不了这牙齿。他晚上就上我家找我姐，用一个装青霉素的药瓶，要了一瓶瘌痢药。他就抹在牙疼那地方。他又不敢咽，怕咽下去把自己药死了，他整夜张着嘴，又不敢睡。口水直往下流，说口水牵得像面条那么长。开始的时候挺疼的，后来慢慢地就不疼了。后来他这牙疼真的没犯过，到他死了都没犯。

后来，好多人都用这瘌痢药治牙疼。后来都是一辈子没犯过，真厉害，都说那瘌痢药真厉害。瘌痢头好了以后，头上全长出毛来了。

第九五段　葵花姐长得像一朵花

就是这个姐姐，长得挺好看的，叫葵花。长得就像一朵花。

堂姐也就比我大十个月，我们小时一块玩到大。她们兄妹四人，就她一个女孩。家里穷，比我们家穷。后来，我姐出嫁了，她就上我们家，跟我睡一个床。从小都没得过压岁钱。过年的时候，我们都是喝糖水，放米泡里头，挺好喝的，她们家就买一包糖精，一毛钱一包的，倒在壶里头，来人了，就倒一杯糖精水给喝。她哥念书就念到二年级没念。

她老跟我睡。干什么老是在一块，我跟她睡一头，她睡外边我睡里边，我怕鬼，她不怕鬼。我怕一睁开眼睛，鬼就站在床边。她不怕。她每晚吃完饭上我家，还得走一段路呢。她敢，我不敢出门。

每天早上，她伯从坡上下来，清清嗓子就开始骂，她不是叫葵花吗，我们全都叫她花儿。她伯骂道：花儿，你这个死伢，你这个杀肉的！多大宴昼了，还不起来！其实那时候还早呢，他是非得骂上两句。每天早上，要是听见清嗓子的声音，我就说，你伯又得骂了。我伯那时候说，起床吧，我们就得赶紧起。有一次，我伯他不喊。他拿着鸡毛掸，把被子一揭，一气乱打，我睡里边，姐姐外边，打着的是她，被打醒了，一看，是我伯，她说：六伯，么的啊？我伯一看，打错人了。也偷偷笑，赶紧走了。

放牛也是，有一次，我们的牛身上怎么那么多虱子，我就捉，她说别弄了，把牛赶到水塘里，虱子就全淹死了。其实是淹不死的。除非牛死了。

后来她出嫁了，就是大姑跟我介绍的那人。嫁过去，没有婆婆，有个公公，在那说好也不好，说不好也说不上。生了两个儿子，跟的那个男的也是木工的，她跟他出来，在天津也待了两年。2000 年，查出这男的有病，什么癌。也没钱治。死了。这个姐姐，自己一个人，上天津打了一年工。也是回家，过年，没多少钱拿回去。

第九六段　给葵花姐说了一个男的

刚好，小王的堂嫂的女儿死了，小王就说把堂嫂的女婿说给我葵花姐。

大家就说行，过一段再说。又过了一段，2002 年，我回家的时候，小王跟她们一说，这两人就上我们家看人，看能不能看得上。

当时吧，也没说看得上看不上，葵花姐就走了，她带着她弟媳妇，两人。我觉得她应该看得上。因为这个男的，地方很好，两层的三大间的楼房，比她那山里头好多了。后面有一排厨房，闲屋子，装柴的，洗衣服的池子，什么都有。小王的侄女，刚盖好房，什么买好了，什么窗帘啊，床，都是新买的，就死了。她说要是知道她死的话，就不盖房了，她盖来干嘛。她三十七岁死的。

我就觉得她应该看得上这男的，这男的高中毕业呢。这男的有一只眼睛坏了，安的一只狗眼睛，在广州安的。葵花姐走后，小王就问那男的，看上了没有？同意不同意？那男的说同意了。那说，同意了你跟她说了没有，他说没有。

我急得，穿着拖鞋，下着雪，出门就去赶葵花姐。

赶到畈的中间，我喊，你等一等，等一等。我说，到底怎么回事，到底同意不同意，你怎么就走了，你吃完中午饭再走。她说，我等什么呀！人家都不同意，我等干什么！后来我说，他怎么不同意呀，刚才问他了，他说同意呀！她说，这样吧，我还是回去。要是他同意吧，就让小王领着上我家，要是不同意就算了。

我就回去，我的拖鞋都湿了。我就把姐姐说的话跟那男的说了。那男的挺同意的，花儿姐长得挺好看的。就说孩子的问题，这男的是一儿一女，那姐姐是两个儿子。男的说，带一个过来也行。有的是房子，楼房不算，别外还有一处三间的大瓦房。他爹妈住在瓦房里头。他家一个姐一个妹，都出嫁了。

这男的第二天就上他们家去了，也没叫上小王。我们也在家有点担心，不知道这两人成没成。后来过了一段时间，小王去问，她伯说挺好的。过了一两个月，葵花姐就直接上那男的家了。这个男的他妈是有神经病的，喜欢男的不喜欢女的。孙子从她跟前过，她就给好吃的，孙女从她跟前过，她就摔巴掌。这个婆婆就跟这葵花姐结缘，挺喜欢的，有什么好吃的都给她吃。

那个大姑开始的时候对她不怎么好，在小学教书的。后来好了。小姑对她好，是考学出去的，有工作。现在两个儿子全都在那待着不愿回去。在那没有大姑小姑。山里不好玩，这里好玩，出门就是中学，走几步就是马连店街。

葵花姐的爸爸，我们叫叔的。我姐问他：这个女婿跟头先那个女婿比，哪个好？他说那这个好多了！每次上这来，要不就是拿一条烟，要不提一条大鱼，还给点零花钱。以前那个，从来没有，你莫吃大的了。意思是你别想，肯定是没有的。对这个女婿挺满意的。

第九七段　验大便和耳朵血

全村每人都发一个纸口袋，牛皮纸的，方的，没多大，上面写着每个人的名字，是大队写的，让每个人放一点大便进去交上来。大家都觉得挺好笑的，都扔了。我也扔了。后来学校的老师说非要交，不交不行。我伯就把他那个给我。正面写着他的名字，涂掉了，在反面写上我的名字。

还有一次要耳朵血，突然袭击，怕有人逃掉，晚上，堵着家门口，每个人的耳朵割一点血。

第九八段　公牛

我们六户公养一头牛，每口人放四天，我家四口人，放十六天。

都不喜欢放牛，弄一根长长的绳子，放在干渠上，等它自己吃。

这么多长长短短的草，能吃饱。几个女的约在一块，边放牛，边聊天，就放在没插秧的田里，长得一田草，几个人就在那讲话。她们笑我们那头牛，没放好，怎么也长一身肉，就说我家这牛的德性好。后来那牛卖了。

是头公牛，配种一次给二十元。几户分，有六户。后来散伙了，就抓阄，看谁抓着。结果是细铁的哥抓着了。

他们家要了这头牛，收人家四十块配种的钱，赚了很多钱。我们这几户共买了一头小牛，也是种牛，他家的牛大，公牛到一起打架，母牛和母牛不打，公牛和母牛也不打。后来就养母牛不养公牛。

每次打架，他家牛大，是头水牛，老欺负我们的牛，我们牛小，打不赢就跑。轮到堂嫂放的时候，她力气小，扯不住，打架肯定扯不住的。大牛站的地势不好，在下边，我们的小牛在上边，一个坡，两头牛正对着，就像两辆车对撞，使出全身力气，"啪"的一下，撞在一起，大牛当时就被撞得到旁边的一个挺大的一个沟里去了，四脚朝天，小牛还不解恨，赶紧跳下去，照着大牛的脖子使劲顶，把大牛顶死了。

第九九段　打官司

他们就上马连店乡法庭告我们六户的状，写漏了一家，本来是六家，他只写了五家，写掉的这一家的小孩，阴历六月十六，掉在水塘里淹死了，写漏了就不好，非得有事。上次唱戏，凑钱的写漏了一户，这家儿子就死了。

法庭上传票，全都去过堂。我家就我去，男的一概不去，全是女的和老的去。女的能瞎扯。

六月份，我正在田里割稻谷，一大早，就听见有人喊，不知道是谁告诉她我的名字，她就在那喊。我说我没时间，正割稻谷呢，有什么事啊。那时候我以为是要买鸭蛋的。我说谁找我就上这来。

法庭的一个女的，二十来岁，就到田头来了，拿着一张纸，让我在上头签字。我不知道是什么东西。我问：做么事？她说：牛打架的事。我说不签。她说，你签个字就表示我这个人来过。我就签了。另外一户女的也签了。

后来村里的人说，真笨，不应该签。那女的说，你们二十号下午两点到法庭来一趟。我们几个女的就一块去了。

到了马连店，一间屋子，也有桌子，有牌子，有"被告席"，我们六个女的，一排站在被告席上。她让我们坐着。我们不坐，都站着。有个叫新英的，五十多岁，她说，我们站惯了，她靠在门上。她也没念过书。她就说反正是牛打架，不关我们事。

法庭的人给我们一人一个小本子，说什么法，第几条，说我们应该赔。我们都说没念过书，不知道。我们就说，牛打死牛，干嘛找人啊？法庭的说，跟你们女的讲不清楚，让我们回家，一星期后让家里男人来。

第二次，还是女的去，女的跟他们缠。一点都不怕，我们又没犯法。我觉得好玩，也想不通，为什么牛打架找人赔？我们五六个女的一路又去了。

还是没解决。那头牛，一千四百块钱，我们六家赔，看一家几口人，按人赔。每家得几百块钱。

第三次又去，又让我们看本子，一百七十二条。我就看见上面说：牛打架不用赔，不是人为的。那人说我扯歪理。我就说：让我赔多了没钱，赔一分钱还赔得起。那审判长就说我藐视法庭。他还说，要记在档案上。他又问，你叫什么名字，把法庭当儿戏。他狠狠地盯着我。现在想起来，他们法庭才是儿戏。

我们女的全都说不该我们赔，女的就认死理，反正牛不是我打死的。全村后来都笑，说全中国可能就这一例，牛打架死了，让人赔。都说是牛为的，不是人为的。

三次都没解决。过了一段，说怎么那么奇怪，又不找了。放牛的老嫂子有一个干儿子，在地区法院的，刚好那段时间回来看老嫂子了，老嫂子就跟他说了，他没在马连店打招呼，没必要，他上县里打招呼。这事就不了了之了。

刚好告状的时候把老嫂子大儿子写漏了，这个儿子的女儿，就是老嫂子的孙女才一岁多就淹死了。老嫂子的媳妇就上告状的这家扯皮。正是双抢，正忙着呢，她上牛主家，吵，说凭什么写漏了我们，我女儿死了，要赔！她就坐在他们家的椅子上，她就不走。后来牛主家的就推她，她就喊：救命啊！打人了！她就要上法庭。她身上刚好有一块紫的，法庭说，要有法医鉴定，就行。她舅舅在县新华书店当书记，找了个熟人，弄了个法医鉴定。牛主就不告了。

牛主跟人说，我们全赔了他钱。其实诉讼费一百多块，全是他自己出的。

法官问老嫂子，地区法院那个姓戴的是她什么人。老嫂子说，你别管。

我们这几家的牛就成了霸王。有人牵了母牛来，它就抽人，赶人，横，它把贵枝的公公还顶了一下，但它不抽二嫂。小王牵它到荫处，它还赶小王，一下子跳上几级台阶。小王关门，它就跑了几里路找。后来它看见男人就赶，看见女人不赶。没办法。后来只好卖了，卖了一千六百多块。

第一〇〇段 捡了一个女儿

91年，开始插秧的时候，有一天早上，挺早的，那时候小王还放着鸭子，他得比别人起得早，要是鸭子出去晚了，看见有人，它就不敢走。他一开后门，有一个纸箱，他没在意，就把鸭子放出去了。回来再看，他心想晚上也没放什么东西在后门啊。打开一看，一个小孩，那时候我还没起床呢。儿子女儿都在床上，女儿还不到一岁半，还吃奶。

小王就进门说，谁把一个女儿丢在我们家门口了。我一听就很高兴，连问，哪呢哪呢。小王说，要不要啊？我说要，怎么不要。

赶紧上桥头买一挂爆竹，我就把孩子从正门抱进来，我们那有风俗，没满月的孩子如果没决定养就不能随便抱进屋，有秽气的。我们决定了，从正门抱进来，小王在后面放爆竹。看那孩子，什么都没有，家里肯定挺穷的。

那一段，扔孩子的挺多的，全是女儿，一般扔的时候，都放在一个菜篮里，放纸箱是很少的，一个破纸箱。一般还都放两袋奶粉，奶瓶，有的还有糖，还有没做的新布。有的还放上一百块钱，有的还放点衣服。这也是防万一的，有的小孩没人捡，旁边就帮着冲点奶粉给喝。这个什么都没有，用布一裹。看的说，看看箱子里有什么东西没有，狗屁，什么都没有。有一纸条，写着小孩生日。

捡回去一放爆竹，大家都来看，说捡着女儿了。别人还以为是认识的亲戚，扔给我们家的。那时候刚好有奶吃，女儿儿子都挺喜欢她的，都趴在床上看，喜滋滋的。我女儿也吃奶，她让我给捡来的妹妹吃。

养了三天，计生办的就找来了。

本来已经有了两个孩子，女儿就罚了一千九百块，因为没隔五年。计生办的就说，得按第三胎罚钱，罚五千。那时候哪有这么多钱啊！没办法。我就把八筒穿的衣服，好衣服，棉袄，还有棉背心，给她穿得好好的，给她吃奶吃得饱饱的，也放点奶粉，也像人家扔孩子似的，把自家的一个新菜篮子拿出来，放在篮子里，给小王的细娘，给她送到计生办去。

我们就说不知道计生办给人养了没有。那时候谁敢养啊，扔的孩子特多。小王说，给什么呀，全给计生办的扔塘里去了，那衣服还是我们家的新衣服。

要是现在，我肯定养着。现在没人扔了。当时谁都不同意我养，我姐也说，我伯也说。

那段，我房子旁边，有一天早上，全都在那吃早饭，聊天。就在那桥上，有个人吃饭，坐在桥上，把脚放在桥墩上。吃着吃着，他忽然说，哎，这不是个伢？都以为他说得好玩的。他说真的，你过来看一下。他没说是死孩子。

全都跑去看。真是一个小女儿，刚生下来的，样子还是像在娘胎里似的，缩着抱着头。就在回水那，一直打转，打转。那个人就上我家拿一个锄头，一弄，弄到旁边，让水冲走了。那一天，我饭都吃不下。我想着女孩真是可怜。农村老说一句话，说有女儿，沤粪都不给人家做媳妇。现在真是女儿沤粪了。

我们县有一个老单身汉，五十多岁，捡了七个孩子，一起去要饭，人家都给。后来孩子大一点了，他就让小的要饭供大的孩子上学，拿了两个大笒筐。

还有一个老单身汉，也捡了一个女儿养着，现在还养着，还给她上学念书。王榨还有一个媳妇，她舅舅也是个单身汉，也捡了一个女儿让她妈帮养，养着吧，她舅舅也不要了，也没衣服穿。

还有很多人捡来养，大多是单身汉，四五十岁的单身汉，捡一个女儿，想着老了能照顾。我们村的秋香生了两个女儿，她爸爸让她赶紧扔掉一个，她丈夫气得要死。他说，两个女儿怎么了，老了两个女儿买肉吃，他说多少人享了儿子的福啊？

我们村有一个人也捡了一个女儿，养到九岁了，什么活都能干，还帮她洗衣服。她只能生一胎，生不了第二胎。她不挨罚。

现在捡不着女儿了，要是第一胎生了女儿，第二胎怀孕了，就自己去做 B 超，要是女儿就打掉了。我还说呢，等八筒长到十岁了，就去捡一个女儿，现在哪有啊，捡不着了。

卷三　王榨（人与事）

时间：2001 年 4 月

地点：北京东四十条

讲述人：木珍，女，三十六岁

第一〇一段　不爱上学

我们村男的大多数是文盲，不上学，不爱上。最多上一两年小学。小王（木珍的丈夫。我很奇怪她把自己的丈夫叫小王，跟单位一样）四兄弟都没上学，都挺厉害的，混得好，谁都不敢欺负。他大哥不认字，照样当村长，还当过治保主任。有些女孩考上初中也不去，都去广州打工，自己不想上学。现在的小孩都上小学。

我最喜欢的事情？第一是打麻将，第二是看书，第三是打毛衣。

全村有三四个人爱看书，都是女的，有三个是六几年生的，一个是七六年生的。

看金庸、琼瑶、岑凯伦，还有就是《家庭》。《家庭》是村里订的，杂志一来，我们几个都抢着看。村里有几个爱看书的，都是女的。最小的一个是七三年生的，读过一年初中，我六五年生的，小学毕业，在村里算是有文化的人。

小王会写自己的名字，不会写信。

第一○二段　我们在家天天打麻将

我们在家一天到晚打麻将。不睡觉，不吃饭，不喝水，不拉不撒，不管孩子，不做饭，不下地。要是小王做了饭，端给我，我就吃，不端，我就不吃。两个孩子，一儿一女，从小就喝凉水，饥一顿饱一顿。女儿小，娇气，每天要两块钱买零食吃，吃了零食就不吃饭了。儿子懂事，九岁那年自己走了五里地找外婆，让外婆教他做饭。

有两次打麻将都快打死过去了，不吃不喝不睡打了一天一夜，突然眼睛一片漆黑，什么都看不见，也说不出话来，全身发软没力气。当时以为快死了，睡了三天，没死，又接着打。

我们村女的都这样，天天打麻将，都不干活，还爱吃零食，每天不是瓜子就是蚕豆，不然就煮一大锅鸡蛋，一大锅花生，大家围着吃，全吃光。

王榨的人都挺会享受，有点钱就不干活了，就玩麻将，谁不会玩就被人看不起。

玩麻将在我们村有职称，最厉害的叫"泰山北斗"，这人五十多岁，男的，太厉害了。第二名是"牌圣"，三十多岁，特别会算牌。

第三名是"大师"，第四名是"教授"，第五名是"教练"。还有"两条龙"，是两个人，一个住村头，一个住村尾，每天都来。还有"天光"，一打就打到天亮，也叫"东方红"。

我们现在都不养狗了，也不养鸡，养了准被偷，干脆不养。全村两个组八十多户人，只有一家养狗，五六户养鸡。

我们不爱种东西，能不种就不种。夏天全村都去偷西瓜，把看西瓜的人都吓晕了，很好玩的。

我们村有好多人去河南修表，都是水货，混的。到北京搞装修，也是混。还有很多人做生意，有一个还跟香港的万梓良，就是那个演电影的，跟他做生意。

第一〇三段　牌圣喝洗脸水得肺病

他是肺炎，肺里积水，是喝洗脸水喝的。

他家兄弟五人，加上一姐一妹，一共七个。他是老三，63年生的。去年死了。他这个人读书很好，特别聪明，上高中的时候口渴，没水喝，喝自己的洗脸水，所以得了肺炎。

他治了，没恒心。红十字会免费给他治了四年，去年就到期了。他弟弟有钱，全是弟弟出的钱。在乌鲁木齐做生意，什么都卖，承包一个商场。牌圣吃药，吃到肚子里不消化，不舒服，就不吃了，偷偷扔了。

他不信算命的，算命的老头说他能活到七十三岁，他不信，看到算命的就赶。

他死的时候三十八岁，老在我家打牌，一打就是半天。死的那几天没来。两个孩子小的十三岁，他弟弟出钱供孩子读书。

牌圣在武汉市租了一个摊位，摆摊，上门修理无线电，也有一点钱。他妻子娘家离王榨一里路，家很穷。牌圣长得可以，他妻子长得也可以。他没死的时候她就找男人，多着呢，叫春梅。春梅先跟他弟弟谈恋爱，后来弟弟又谈了一个，春梅就跟哥哥结婚了。

春梅跟很多男人，没人讲她。她的公爹公婆都知道，也不讲她。给钱。线儿的丈夫跟春梅，线儿去抓春梅，抓着了在床上抓着了。以前线儿的丈夫不抓线儿，这以后线儿的丈夫也抓她。

牌圣不管春梅。

线儿一个人去抓。她丈夫外号叫青蛙，总是过一段时间就说钱丢了，五十、一百的丢，线儿怀疑他跟了那个女的，偷偷地跟着他，跟到春梅家里，在床上抓到了，两个打起来，没人看热闹。第二天线儿自己出来嚷嚷大家才知道。

青蛙在矿上炸石头，给老板打工，一年到头都有炸的，花岗岩，做建筑材料。没多远，就门前的山，四季山。每天能收入二十元。

去年开始，线儿每天去捡小石头，三十八元一拖拉机，一天就能捡满一拖拉机，别的人不让捡。

线儿有四个孩子，也当外婆了。四十多岁。她丈夫挺蔫的，不爱说话，他老抓她，小王说，青蛙说的，要再抓着一次她跟小王的大哥，就不放了。

第一〇四段 男女的事

双红现在快四十岁了，谁给她钱她就跟谁睡，她丈夫很老实，不管她。她婆婆九十多岁了，跟毛主席一年生的（注，此为木珍所误），耳朵特别聋，听不见打雷，从土改到 1976 年，只听见打一个雷。

王榨有一个人叫爱党，他老婆本来挺正常，就是怕打雷，她说一打雷，头皮都是木的，头发都竖起来。有一次下雨打雷，爱党老婆去关窗，窗外突然闪进来一大坨红光，有大海碗那么大，一格一格的，可能是蛇精。蛇精进来后，爱党老婆就疯了，她大声唱歌，唱的别人都听不懂，有时候使劲笑，有时候使劲唱。插秧的时候她穿着一件棉袄走下水塘，她一直走，大家都在插秧，没注意看，她走到深水的地方，人就淹死了。死了人还站着，头发竖着。

有三个女儿，小的才一岁，给武汉的一家人收养了。

爱党一直没有再找，他这个人爱说爱笑爱玩，不少人给他做过媒，他不同意，怕委屈自己女儿。他听说双红好搞，谁都能睡，他就想去混一混。

他去她家，上了床，脱了裤子，双红问爱党带钱来没有，爱党说没带钱，双红又把裤子提起来了。

爱党很生气，出了门就跟人说，都说好搞好搞，哪里好搞，还不是要钱。这件事全王榨都知道。

双红一直跟村里的木匠好，木匠人很聪明，能说会道，最会哄女人开心。有一年因为税太重，大家交不起，木匠找了一伙人去上访，团伙里有一个女的，是酒匠的老婆，她喜欢木匠，就跟木匠一起失踪了好几天。大家到处找，酒匠也找，找到木匠家，没有，又到别处去找，没找着。过了几天他们自己回来了，谁都不知道他们是从哪里回来的。

双红为了木匠跟很多人吃醋，跟线儿火，跟木匠的弟媳妇喜儿。木匠的女人太多，连老婆都气跑了。秧没人插，双红就帮他插，衣服没人洗，她就帮他洗。

但两人好归好，双红跟木匠搞也是要收钱的，不过不是按次收，木匠也没多少钱，个把月才给她一点钱，没多少。所以双红跟木匠的父母说，木匠跟她好只有好处没有坏处。

木匠去海南打工，带了一个妓女回家，我们管妓女叫婊子。住了一年多，双红很生气，没得办法。木匠他妈说，管什么，年轻人好玩就要得。婊子是湖南的，她妈病了，打电话让她回去，她就走了，走了就没回来。

妓女走了以后木匠又跟双红好，久不久给她一点钱。

木匠的妈妈心疼钱，当着大儿子、二儿子媳妇的面跟三儿子媳妇喜儿说，你大哥跟别人好还要花钱，不如跟你好算了，你闲着也是闲着，他大哥也不用给别人钱。喜儿有一天跟我说，这个婆婆真不要脸，让我跟她大儿子睡，说用不着给人家钱。

木匠的三弟叫三伢，三伢也去海南打工，他特别想家，连字都不识一个，又回来了。不是突然回来的，家里知道。三伢回来的当天晚上，他妈把他锁在他自己的房里，然后把木匠和喜儿叫到她的房间里睡觉。三伢被锁在房里，觉得很奇怪，他就把锁撬开了去找他妈，结果在他妈的房间听见大哥和自己媳妇儿说话，没开灯，黑咕隆咚的，他冲进去，在床上摸到了两个人。

三伢大哭，要投河，说没见过世上有这样的妈，不想活了。他的孩子跟在后面使劲哭，边哭边喊：爸爸不要走爸爸不要走。他妈在他们家门口喊，他家在一个坡上，一喊全村都能听见，他妈喊：哎哟喂——哪个快帮我扯一下哎——

后来，三伢不去打工了，跟喜儿两人在家种地。

木匠就拐了别的村的一个女的到王榨来，女的丈夫到娘家去找，娘家人说，你到王榨木匠家看看。结果找到了，女的回去下死保证，说肯定不跑了。没想到过了两个月，又跑了。在王榨还跟木匠生了一个私生子，两人孩子也不要了，不知跑哪儿去了。

双红一直卖功夫，给人家做小工，有人盖房子就给人拿砖拿泥浆。农忙的时候不盖房，她就帮人家插秧割稻子，每天二十五块钱。她自己也有田，三个人的地，女儿出嫁了，儿子上学。她丈夫也知道她跟别人睡了要钱，管不了，就不管了。人挺老实，以前当过兵。

我们村当过兵的都挺老实，一个比一个苕，征兵的也不知道怎么搞的，千挑万选，选了这么几个最老实的人，部队就喜欢苕人。只有细铁不苕，所以他当不长，别人都当三年兵，他当了两年就回来了，他肯定不好领导。

第一〇五段　绑架

细铁人很好，他就是爱打架，他一个人能打一帮人。他是共产党员，当过两年兵，67年生的，又黑又瘦，长得跟铁棍似的，打过这么多次架，一次都没被别人打出血。

现在他在新疆坐牢，搞绑架。绑架特别好玩，谁有钱就绑谁，其实他就绑过一次，他这个人特别好，谁找他帮忙他都帮。他绑的那个女的我见过照片，也没多好看，眼睛有点眯，像没睡醒。

他们去新疆做生意，商场的股份，每人两千元的股份。大股东叫王大钱，有一个女秘书，其实是情妇。王大钱是王榨旁边一个村的。女的管钱，细铁想回家过年，想把股份要回来，女的不给，细铁就绑架这女的。女的包里有手机，她的同学正好给她打电话，她就趁机喊救命。

公安抓不到细铁，就抓蛤蟆。蛤蟆跟细铁特别好，像亲兄弟一样，一块打架，一块花钱，不分你我的。蛤蟆给细铁打电话，把他骗回来，细铁就被抓了。这件事细铁知道，细铁的老婆也知道，细铁在牢里说，出来第一件事就要找蛤蟆算账。

细铁本来一直在北京，人很本分，做木工，就是喜欢打架，你不招他他也不打，挺好的，有困难找他他都帮，不做坑瞒拐骗的事。蛤蟆在新疆发了财，让细铁去新疆，那时候细铁在北京开了家具厂，赚了好几万，就去了。

细铁坐牢了他父母很着急，让他弟弟去了四次。他老婆跟公婆关系不好，大儿子放在娘家，公婆一直在武汉，她把小儿子放公婆家就走。一直在新疆待着，还做生意，能干，不过不好过伙，不好合作。

细铁很帮人，有什么干不了的，挑稻谷，做木工，做凳子、擀面杖、泥工尺、糖棍、糖签、木门斗，砍树锯树，什么活，让他帮他都帮。我们做米糖要烧掉一棵树才能做一锅糖，晚上上山偷树，四季山，每次都喊村里的人一块去偷。

他绑架那女的后转移了一个地方，女的同学正好找她，她姨丈也找，两个都报警了。细铁心好，把那女的打了一顿就放了，放了细铁就跑了。但那女的丈夫不干，姨丈也不干，要求公安局破案，公安局就抓了蛤蟆，把细铁骗出来，抓了。

好多人都说，细铁心太好，如果把那女的弄死就没事了。

他在新疆坐牢，被犯人打得受不了，吞牙刷自杀，被救过来了。

第一〇六段 死人的事

王榨的人挺爱看死人。一听说哪里死了人，就都去看。放下手头的活，端上一张小板凳，跟赶看戏似的，走上三五里，专门去看死人。去了就坐在人家的堂屋里，中午回家吃午饭，吃完饭再去。

一次是死了香儿。香儿是下湾子张国基的老婆，张国基的事情很奇怪，在中学当教师当得好好的，在自家竹院推了他爸一把，这么巧，刚好倒在砍了半截的竹尖上，竹尖又这么巧，刚好戳进他爸后脖子的对口上，人一下就死了。村里人告状，说他杀父，法院没判，村里老人一生气，十几个人联名又告，就判了两年。在武汉劳改，认识了一个同乡，释放后就跟那同乡上武汉教书去了，香儿自己在家没地种，闲不住，就捡别人不种的地来种。

香儿有一天喝甲胺磷死了，亲戚到她娘家把信（即报丧），路过王榨，我们听说就都跑去看。听说张国基昨天带了个女的回来，肯定是为这事喝的农药（其实没带女的）。

也有人说是张国基喂的甲胺磷，喝了药又没赶紧送医院，张自己给她喂肥皂水解毒，快死的时候才找三轮摩托送她上医院，开摩托的人说张国基就坐在香儿的肚子上，一点都不心疼。马连店医院离下湾子只有半里地，到了就死了，死了就拉回家，回到家就每人发根烟，好像老婆死了是件喜事。

张国基的家特别热闹，派出所的来问话，香儿的亲戚来问罪。张国基跪在路边，娘家来一个人就给磕一个头，他穿着一件米色风衣，上面沾了好几块泥。这热闹挺好看的，大家说，这算便宜他了，别村有喝农药死的，人家娘家不干，非要那男的从女方娘家一路磕头磕到自己家，一步一磕，有三里地远。哪家女的喝农药死，娘家都要来闹，来了先要做好吃的，吃得不满意就要掀翻桌子，要砸灶，还要打人。

第一天我没去，听说不怎么好看，死人停在她房间的竹床上，用被子蒙着，头也没有露出来，满屋子农药味，只有香儿的姐姐坐在床边哭，张国基也不发烟了。

第二天我去了。人很多，四五里地远的都赶来了，来了就挤进屋。

一群一群的都不认得张国基，都在问，那个是张国基？好几个人同时答：穿风衣的就是，在楼上。十几个人全要上楼，张家的亲戚挡在楼梯口不让上，大家纷纷弯起腰钻过去，老头老太太，男的女的，都上楼看看张国基，看过就下来了，他们说，看见了，穿件风衣，很嫩相，个不长。

第三天我又去了，这次专门去看这家的女儿，女儿读了大学，在广州工作，女儿也穿风衣，暗红色的，也嫩相，也不长。我们想看看女儿怎么哭，但她不哭，只有儿子哭得伤心。女儿不哭，大家很不满，问她：你知道你妈怎么死的？女儿也不示弱，反问我们：你妈是怎么死的？外婆想打她，她一躲，却打着了她兄弟。这天又正好是外婆的生日，她送给外婆礼物，并学城市人说祝生日快乐。大家在一旁大声说，你妈死了你都不哭，你外婆还生日快乐呢！大家都夸这儿子懂事，说这家分成两派，妈和儿子是一派，爸和女儿是一派。

下葬更好看，娘家要下葬时张国基披麻戴孝。要买三金，金耳环，金戒指，金项链。衣服要买最好的，第一次买的不要，扔了。拣最贵的买，呢子衣料，重新再做。棺材也要买最好的，全杉的那种，几百块一副。下葬的时候，娘家又打了张国基，打来出气，出完气就葬掉了。

第一〇七段　死人的事（二）

有两口子，男的病了，医院说再治还要十万块钱，女的说，不治了，一起跳塘死了算了。就两人一起跳塘死了，捞起来停在路边，用两床棉被盖着，放在两副床板上，等拖拉机来拉到县城火葬。

村里的一个五保户，冬天晚上在被子里烧烘炉，烧死了。样子很难看，双脚烧没了，全身像烧猪一样，黑乎乎的，全是泡。村里有一半女人看了吃不下饭，饿了就吃黄豆，好几天每顿吃黄豆，一想起来就吐。

黄泥坳，两个男孩到河沟抓小鱼，掉坑里淹死了，家里搭了很大的棚子，像唱戏。去看过的回来说，两个孩子的爸爸都在北京开家具厂，给他们拍电报不敢说孩子没了，写的是"父亡速归"。当时有五六个孩子，看见掉下去都不喊人，不远就有大人干活挖沙子，淹死了也不说，晚上孩子的奶奶找人，才说掉河沟里了。一个小孩捞上来时脖子上缠着一条水蛇。

一次一个男的，抱着兄弟媳妇跳塘死了，女的还怀着孕，捞上来停在路边，用两床被子盖着。当时正闹法轮功，都又改回土葬了。

有一夜大风大雨，第二天听说三里桥死了人，大家都骑车赶去。一个很深的沟，两边都是麦子，看稀罕的人把麦子全踩倒了，这家人就在倒下的麦子上铺了一层大粪，结果连大粪都挡不住，来都来了，肯定是要看的，你一脚我一脚，人人都踩一脚屎，大家都踩着大粪看死尸，里三层，外三层，有胆大的还下到了沟里。沟里是公安局的在破案，他们把死尸翻来覆去，后来就把那人的肚子破开了，像杀猪似的，人下水跟猪下水也差不多。破了肚子又剥皮，剥的是头皮。我胆小不敢看，听胆大的在前头说，整张头皮都剥下来了，像个葫芦。这案现在还没破。

第一〇八段　外号

线儿火，是闪电的意思。和尚，一个女的，很漂亮，穿着讲究，三十六岁就做外婆了。

象鼻子，一个男的。疤子，身上有火烧疤。

天不收，很坏的意思。连天都不收。平时贩牛，叫打牛鞭。当了二十多年生产队长，他识字，但不会写，每年结账都是人家算。

地主，小时候白白胖胖的。二眼，眼睛长得好看。林彪，特别瘦，又叫干壳子。安南，长得像电视里的安南，他本来外号叫非洲人。

日本人，一个六十多岁的老头，挖草药。这人坏，所以叫日本人。他挖了一种叫满天星的麻醉药，骗一个女的，让她吃，说很好吃，女的很警惕，只咬了一点点，结果舌头麻了一天。一个男的吃下去，结果一天都没法过。

三类苗，挺瘦，平时没什么精神，发蔫，最爱打架，一听说哪有打架的就赶紧去。他儿子叫四类苗。

糊猪，这人特别胖，我也不知道糊猪是什么意思。太胖了不怀孕，来北京检查过，是女方的问题。

武则天，一个女的。测量器、细钉、狗屎、妖精、黄鼠狼、葫芦瓢、疯子、扁头、八杠、骆驼。

反正叫什么的都有。

第一〇九段　三类苗

三类苗去学修表，去河南开封学。初中毕业没在家干活，生病，坐骨神经痛。他说去学，实际上没师傅，跟人一块混，混会的，也没真会，就是能混得过去，碰到不会的就拿给真会的修。弄了一个镊子，一个挺小的起子，还有一个眼镜片，有一个筒，按在眼睛上，在外面花钱买，全套工具一百多元，台子是租的，在开封的一个商场。

我们村全村每家都有会修表的。

一年下来收入不少。他正跟他老婆离婚，他老婆也修表，也在开封修表。她是钱比命贵，她带着他们儿子四类苗，三类苗找她要钱，她坚决不给。

这女的外号"细堂客"，叫红儿。人很苗条，长得也很好，比三类苗强多了。本来红儿跟另一个男的谈恋爱，三类苗插了一脚，红儿不同意他，他就威胁红儿，说如果她跟别人结婚，他就用炸药炸。她害怕，只好跟他了。红儿原来跟她师傅好，也在河南的一个县。

三类苗要离，红儿不想离，有孩子了。红儿她妈做干渠的时候是连长，跟一个人好了，怀上了她，只好赶紧找人嫁了，又生了一个弟弟，后来她妈死了，她从小没妈，所以不想离婚，让儿子没妈。

三类苗说：钱有五千，老婆靠边；钱有一万，老婆要换。他跟老婆总是打架。去年七月，闹离婚闹了三天，晚上十二点到家还打，大桌子打成三条腿，小桌子打成两条腿，组合柜打得门全掉了，椅子也打碎了，没离成。

他就走了，回开封。红儿一直在娘家待着。十月份到湖南浏阳做生意，服装生意。

三类苗在开封勾上了一个女的，这女孩叫李文化，挺可怜，才十八岁，从小没父母，是外婆带大的。女孩在商场卖表，三类苗看上她以后，就用蒙汗药，在女孩住的地方，三类苗这人挺狠的，给那女孩喝饮料，饮料里放蒙汗药，是晚上，女孩自己住，她不是开封人。

那时候这女孩还是处女，被他搞了以后就非要嫁给他了。

他回来的时候把这女孩的照片带来了，给我们看，叫李文化，四百度的近视眼。三类苗到处给人看照片，跟我说想把李文化甩了。

红儿不相信，两个月都没回家。有一天吵架，三类苗承认了，她就去打那女孩。那女孩怎么打都不还手，把她的眼镜摔了也不还手。打了两次，都没还手。红儿打得也没劲，就不打了。没意思了，就又闹离婚。

女孩一星期打两次电话，三类苗一星期给她打一次电话。到了十月底，大家都回家了。从浏阳回家，把卖不掉的东西拿去退货。我们几个人，还有三类苗和红儿，结果又吵，三类苗又跑了，晚上十二点的火车票。我们三人分头找，没找着，离开车时间只有几分钟的时候，他又回来了。

第二天回到家，他看见我就喊：我再跟红儿过我就是她儿子！

正月十三，细铁不在家了，坐牢去了。三类苗犯病了，坐骨神经痛，脚疼，不算很厉害，往年回家过年十几天就走，这次脚痛待得长些。三类苗一个到道班跟人家打架，他脚痛，不是脚痛别人打不赢他，他是亡命之徒。输了就打电话回家，打给小王的弟弟二眼，二眼出来在门口喊：三类苗被人打了！那天刚好有一队龙灯在我们村玩，门口人多，一听见喊大家马上跑，也没骑自行车，抄近路，走田埂。到了道班，打三类苗的那人还没走，看见一帮人来了，就把三类苗的自行车抢过来。五个人打一个人，那人挣脱了往派出所跑，他脸上都被打青了，身上挨了好多拳头，我们的人没敢追进派出所。河堤上全是我们村的人，小王的弟弟说，打架就一定要打赢，赔多少钱都没关系，一定要赢，不赢就没面子。

别村的人都恨我们王榨，说你们王榨怎么这么爱打架，怎么不死一批。

派出所来调解，三类苗被人打了三个窟窿，那人赔了三百元，自行车也还他了。三类苗买了龙香牌香烟，给帮忙打架的人一人一包烟。

第一一〇段　偷西瓜把守瓜的人吓晕了

他们去偷何山的西瓜，每天晚上都去，三五个、六七个人，走五六里路，天很热，一边乘凉一边走。这边山三十人一堆坐着，看那边山，看瓜的两人在坟堆上睡着了。

看瓜的有一瓜棚。去的人每人偷三个，装在大蛇皮袋里，十几斤一个。这次去的人多，胆大，不怕看瓜的，正好看瓜的摘了一大堆西瓜，堆在床跟前。他们偷瓜的在瓜地里摸来摸去，摸不着几个瓜，往瓜棚里探头一看，堆得像小山似的全都在床跟前。人人挤上去，又拍又挑，拣熟的。人很多，大家都拍，拍着拍着就把看瓜的拍醒了，他一看，床跟前黑压压的满是人，就自己吓昏过去了。

大家赶紧跑，回到家每天都吃。

我们从来不种西瓜，要吃就去偷。偷好玩，种不好玩。

四组的一个人在山上种了好几亩西瓜，有半个山坡那么多，他专门在鬼多的地方种瓜，偷瓜的怕鬼就不敢来。那山坡坟地多，埋的都是喝药、上吊、跳水、生孩子死的。

六月西瓜熟了，有一天特别热，有一个小孩喊：今晚偷瓜去！于是一人拿了一个大蛇皮袋，走了半里地，一人偷了三个大西瓜回来。下坡的时候砸破了一个，挺甜的。第二天又去，一个叫王爹的，一人拿了两个大蛇皮袋，都吃不了，就隔了好几个晚上没去。

吃完又去。整个六月都没怎么喝水，天天都吃西瓜。渴了就吃西瓜。

有一次去偷，每人都扛了九十多斤。本来不过称，也不知道多少斤，那人在路上腰扭了，不能走了，别人帮他把西瓜挑回家，在地里拔了两根豇豆架的木，是枞木，特别重。回家一称，说怪不得，怎么那么重。

第一一一段 偷西瓜被电死了

火车是泰山北斗的儿子，十五岁那年偷西瓜被电死了。

他本来有先天性心脏病，在死的这一年，没吃药就好了，很奇怪，跟正常人一样。那时候电视里放《射雕英雄传》，全村只有牛皮客家有电视，看电视的人把他家的鸡笼都压垮了。

对面村姓李，有一个叫"猴子"的人每年都种西瓜，每年都被人偷。这年猴子想了个办法，在缺口的地方安了电线，四面用刺围起来。晚上我们村的几个孩子约好去偷西瓜，火车走在最前面，他偷偷往上扒，结果就给电抽倒了。剩下那几个孩子不敢喊，只知道跑回家，回家有一公里。到家了也不敢大声喊，只偷偷说。

那时候泰山北斗不在家，在武汉，他家里只有妈和奶奶，还有两个妹妹一个姐姐，全家只有他一个男孩。全村人都去了，跑到西瓜地，猴子以为是偷瓜的，喊：干嘛干嘛！大家说，人都被你打死了你还喊。

火车的大伯胆小，不敢抱火车，一看人死了。小王胆大，把火车的尸体抱到猴子家里，跟他扯皮。村里人都说要猴子赔钱。泰山北斗说，儿子都死了，要钱干什么。猴子就坐牢去了，坐了两年半，回来了。

从那时候起，就不偷西瓜了。

第一一二段　秧苗不够就去偷

冬天把二季稻收了，耕地，种油菜，秧苗不够，就去偷。

专偷外村的。晚上出去怕鬼，一个人不敢去，都是三五个一伙去偷。到了人家的地里，专拣好的偷，越高越好，专门揪高的。

有一次三个人一起去，走四五里地，看见人家下了夹野兔子的机关，叫"抽子"，一根签，顶在地头，铁丝夹，一抽就夹住了。里面夹了一大一小两只野兔，还是活的，就带回来了。

拎到马连店卖，不值钱，才几块钱，觉得不值，干脆拿回家吃了。

第一一三段　偷学校的建筑材料

95 年建小学，包工头是外族的。建学校的砖、木、钢筋、水泥、窗户，堆在外面，每样都有人去偷。

村里人说，要是不偷一点，他就会说我们村的人老实，会看不起我们。拣小的偷一点让他心里不舒服。好几个村的人都去偷，我们村的人说就是要去偷。

第一一四段　老壳和大玩意儿专门偷狗

老壳不是坏人，他就是爱偷狗，他不偷别的东西，就是偷狗。

我们养了一条黄狗，老壳就跟小王说，我迟早要把你家的狗弄吃了。过了几天他又跟我说，我要把你家黄狗药了。

老壳他妈过生日，他们家吃肉，我们家吃白薯，他拿三块肉拌上药，塞到白薯里，放在我家门口的椅子上，结果我家的黄狗没吃着，他家的小狗吃着了。小狗是他侄子的宝贝，还喝过一次牛奶。老壳一看不好，就进我家要两只桶，提了两大桶水，给小狗灌肠。他蹲在我家院子里，用我家的水杯给小狗灌水，才灌了两口，又让我去关院门，生怕他侄子看见了。水灌不进去，地上汪了一大滩，他让我帮忙，我不帮，小王也不理他。后来是我看不过，帮他把小狗的嘴掰开，灌了半桶水下去。第二天小狗还是死了，侄子哭得躺在地上不起来，他妈骂他绝八代，老壳躲在我家不敢回去。

老壳他爸是个篾匠，老壳给我家编过一只晒腔，挺难看。现在人都爱用塑料，篾匠的活越来越少，老壳早就不做了，他除了偷狗，还捉蛇，捉青蛙去卖。他虽然偷我家的狗，但我没觉得他坏。

后来老壳还是把黄狗药死了，在门口架了一口锅，煮狗肉，大家都去吃。

下湾子有一个人专门偷狗，外号叫大玩意儿，他偷了狗就养在他家二楼，到天冷就拿到县城去卖，三十多斤的狗能卖到一百六十多块钱一只。大玩意儿谁家的狗他都偷，每年冬天，他家二楼上总有十几二十条狗，他走路拿一根棍子，再恶的狗也不咬他。

我家原来养了一只大狮子狗，长毛，卷的，身上有黑有白，花十块钱买来的，养了三年，很厉害，怕它咬人，用铁链拴住。很多人都想买这只狗，我们不卖。开始它的颈圈是皮的，磨断了，小王又用铁丝给它拧了个环。这狗被大玩意儿偷了。

还有一只狗，灰狗，没养多大，也被大玩意儿偷了。

第一一五段　偷鱼

王榨这个村就是怪，每天晚上都有人商量晚上搞什么活动，或者偷花生，或者偷甘蔗，不像我娘家，晚上就是串门聊天。

有一次七八个人上县城买鱼药，有专门药鱼的，连泥鳅都能药。每人几块钱买药，第一天晚上，两人骑摩托去把鱼药放进别人的鱼塘里，过了两个小时，拿蛇皮袋去拣鱼，一看，鱼没了，大家都笑。笑完第二天又凑钱去买药，晚上又出动，这回找到山坡底下一个鱼塘，在山里头，人少，被发现了也没多少人追。下了药就到坡上睡觉，醒了一看，鱼又没了，又白弄了，大家又笑得不得了。

第三天，又去买药，每人十块钱，有七八个人，这回去一个远地方，弄一口大塘，下重重的药，两个小时再去看，又没了。第二天一早，又骑车去看，哎哟喂，塘里全白了，白花花的都是鱼肚子，全是七八斤的大草鱼，别人正拿大蛇皮袋拣。大鱼吃了药，两个小时死不了，到天亮才翻上来，他们去早了，鱼没死，没浮上来。回去一说，大家笑死了，弄了三次没弄着，大家笑死了。

第一一六段　泰山北斗

泰山北斗叫王楚汉，打麻将最厉害，所以外号叫泰山北斗。他有三个女儿，一个儿子。儿子偷西瓜被电死了。

他上过高中，做木工，做得很好，在武汉做，在省委大院待了几年。儿子死后就没去，也没在别的地方做木工，就在家里打牌。

他大女儿嫁在马连店，挺有钱，在新疆做生意，卖鞋，卖服装。

二女在广西，读了中专，是我们村唯一上中专的女孩。小女在家，女婿倒插门，两人都修表。

泰山北斗不信邪，不信迷信，别人不敢说的话他都敢说。以前他跟七组的一个姓张的女的好，这女的有两个女儿，没儿子，她看到另一个男的生了两个儿子，就去勾引那男的，于是生了一个儿子。她丈夫也不管她，说反正叫我爸爸就行了。借种的那男的两个儿子都不怎么像他，反倒是姓张这女的生的儿子特别像他。大家就都知道了，两个女人对打，两个男人不管。借种的这个儿子高中毕业，在汪岗剧团当演员，唱楚剧。

大集体的时候泰山北斗是会计，这姓张女的也是会计，就是那时候两人好起来的，后来没听说过。

王楚汉说自己是幼年丧父，中年丧子。去年女儿怀孕，医院说是胃癌，他就哭。结果不是，生了个小外孙女儿。

死了人去吊香，都要跪，就他不跪，他说平生只跪两个人，只跪父母。他岳父死了都没跪。别人说他不孝，他说不孝就不孝，反正不跪。

他辈分小，管我们叫奶奶，我们辈分大，吊香里不用跪，要是辈分大的人跪，死的人辈小，他就受不起。

修家谱的时候，王楚汉用毛笔把他的全抹掉了，他说反正我没儿子。他种半亩田，种一季中稻，收了以后就种麦子，不种油菜。

第一一七段　有个女孩特别苦命

有一个挺好的女孩，叫小莲，十八岁了，她爸她妈老骂她。满河的河水，爸爸就把女儿往水里推，她妈就在家里骂她，骂她细逼，说卖逼去。她没干错什么事，什么活都干，别人让她帮忙她也肯帮，不管谁叫她干活她都干。她爸妈不喜欢她，喜欢儿子，她有一个弟弟，从来没挨打过，弟弟总是打她。她小学没毕业就回来了。

去年她爸把她往河里推，什么事都没有就往河里推。她弟弟说，跳河去吧！淹死算了。她爸爸死命推她，村里人抱着她，一个老太太把她牵到她家去了。村里人都议论，说这孩子没骨气，就应该跳下去。

9月份，又犯着她爸了，硬往塘里推，四五个女孩扯都没扯住。

小莲的表姐生了一个儿子，七岁，老喝凉水，不吃饭，奶奶带他上医院，看不出症，介绍到黄石，也看不出症，介绍到武汉同济医院，照出八个肿瘤。晚上他自己起来喝水，挺乖的，都是他自己，晚上喝一脸盆水，尿一桶尿。发病的时候头疼，不吃饭，没吃药治，快死了，自己不吃药又好了。真怪。他每天喝娃哈哈，是批发的，上十天批发一箱娃哈哈，他想吃什么就给什么。

百六九说他是天上的童儿托生，来转劫的，是什么神仙的道童，是不可能养大的，这样的孩子都挺乖。百六九说这孩子还要托生一家，这是来讨三万元的债的，用完三万就死了。再托生一家就功德圆满了。每年正月初五初六有童子节，念童子经。

比小莲小的小孩都打她，她打别人都打不赢，打不赢，她就哭，她妈骂她，狗婆子逼，细逼，叫你回你都不回！她妈拿了一根很长的刺条来了，使劲打她，边打边骂，八门儿死伢了你怎么留着不死！你这个狗婆子逼，你去死吧！

很多人扯，把刺条抢下来了。她妈抢起一把锄头，说要一锄头打死她，小莲就掉河里了。从桥上往下跳，平板桥，四米多高，跳下河。河里有齐腰深的水。没事，衣服全湿了，腊月二十六，冬天，大嫂把她拉起来，她妈还在骂，回家还打。

第一一八段　百六九专门管下界

百六九是楚敏的外号。他是专门管下界的，迷信中的说法，分上界和下界。遇到难事找菩萨，叫找上界。人丢了魂就找下界的。百六九管下界，管捉生魂，他六十多岁，会看相。

小王的大哥在稻场打谷，大哥当时是治保主任，百六九路过，看见他，就说：你明年要升官了。大哥说，我明年要升，那好啊，那我今天喝酒了。大哥其实根本不信，他有肝炎，是小三阳，大三阳就没救了。他治不好，长期吃药控制。我们想他病得这么重，明年肯定没命了，还升什么官。没想到，果然，像百六九说的，第二年，他就升了村长。

村里人看地基，看坟地，都叫百六九看风水。有时是林师傅看。

撑头做谱的人外号叫老爷，牵头唱戏，向团长借了一百块钱，不还，结果他老婆就生病了，病得很重，打电话叫两个儿子回来。老婆就死了，人一落气，必须在堂屋烧往生钱，叫"买路钱"，要是不烧，鬼就不让过去，这个鬼叫黑白无常。她落气很突然，没来得及烧往生钱。她第二天又活了，醒后说的话没人能懂。她快死的时候吃不了东西，来看她的亲戚就给她一点钱，她口袋里有一百多块钱，她醒来就说：钱。没人听得懂，像普通话。

老爷就去找白六九，白六九说，婆婆的寿数到了，只能活这么久。没给治。

婆婆迷迷糊糊，死了两次，后来又死了一次。老爷领着两个儿子儿媳妇，又去找百六九。百六九说，这次差不多，儿子也带了，有孝道。儿子媳妇都求他帮帮忙。百六九说，行，不过很麻烦，阳间的花名册已经去掉，麻烦。他拿一张黄纸，点着一根香在上面画符，盖上他的印章，烧掉了。说没事了，还能活几年。

真的活着，现在还活着。婆婆说，阴间那边挺好玩的。以前的书记死了，婆婆说她看见以前的书记领着一拨人，在下坡的地方拦着，不让她过，书记头上还戴着一顶草帽。

第二次死过去醒来的时候说，那边每人一间长房子，里头一口锅，下面是睡觉的地方，老太太穿的衣服全打补丁，她姨穿蓝褂，是阴间最好的衣服。书记老婆也死了，穿无袖衣服。阴间那边还挺忙的，拿着铁锹。

我姐去找过百六九，问我伯（就是我爸）的寿。百六九说，你伯没事，寿长着呢。姐说，怎么我伯老病，万一不行怎么办？以前他受苦，现在让他多活几年吧。她让百六九帮想想办法。

百六九说，也行，大不了换一个。意思是别的人死了替我伯。

他是负责抓生魂的，什么人寿数到了，他就去抓。有一次，兄弟俩去偷树，听见不停的喘气声，像猪喘气。弟弟说，哥，人家偷猪了，我们说不定能捡着猪。他们就没偷树，赶紧赶猪，赶着赶着就没猪了，也没人，什么都没有。第二天，两人从百六九那边路过，百六九说，你们昨晚上碍我的事了。以后别再多事了，再多事把你们也捉走了。

百六九，个子不高，有老婆孩子，外号没人敢当面叫，当面都叫他宋师傅。

第一一九段　老领导是一个老太太

老领导是一个老太太的外号。带七个孙子孙女。姓陈，也叫老陈。

她大儿子有一儿两女，是双胞胎。二儿子有一儿一女，小儿子也有一儿一女。

二儿子去年死了，病死，一病就死，没看出症来，在河北，在外面火化。全村都知道，就老陈一个人不知道。她家的小孩都知道。她女儿在外面哭，回家不敢哭，眼睛都哭红了，老陈都不知道。

村里人都说，被迷住了。

她女婿打电话回来给女儿，说把骨灰运回来。老陈还不知道人死了。村里人商量，死的这个人有儿有女的就得给他买棺材，光有女儿没有儿子的就不能给他棺材。这是指年轻的，现在也买棺材，有儿子的就隆重一点，买黑棺材，没儿子的买白棺材。

去了三个人，去杨祠买棺材。白棺两百多，上了漆三百多，苦楝木的。上午订，下午拿回家。

买棺材的人走了女儿才把儿子死的事告诉老陈。她哭得自己打自己，打自己的胸，说伤心啊，下去不得啊，我怎么不死啊，我活在世上做么事啊！看的人都哭了。

下午的时候，两个人带着往生钱和炮仗到村口的桥去接骨灰，老陈的两个儿媳妇扶着她，她哭得走不动了，两个人把她拖着回家。村里人来看她，全都哭了，没有不哭的。老陈哭得厉害，哭晕倒了，休克了，赶紧上马连店买葡萄糖，打针。下午安葬。一般按死的日子算，碰到七就是犯七，犯二七、三七、四七，都好，犯五七不好，阎王是个哑巴，不讲道理。犯七七最好。

老陈的儿子没犯七，后辈没饭吃。他儿子就得要饭，这是一个习俗。他儿子才三岁，得要一百家的百家饭，要米。他腰里捆一根稻草绳，手里拿一根棍子，他大伯抱着他，拿着一个蛇皮袋，还带了五包烟，谁给米就给一根烟。没有不给的，心好的就给一大升，他说，不要这么多，不要这么多。

晚上做功德，买了一个灵屋，纸糊的，请两个道士，到家里念经，死于非命就要做功德超度灵魂。敲木鱼，打锣，念的时候放鞭炮，过天桥，在桌上放上椅子，道士在上面念经。念完经到指定的地方烧灵屋，他儿子拿着纸幡。

用锯末做的灯，叫"路灯"，是给死去的人的灵魂回家照的，放在地上，溜一边，有几十个木垛，提篮里装着，边走边放，后面的人赶紧点着。烧完灵屋放炮仗，回家就没事了。

老陈的儿子都不让她种田，她非种，她怕媳妇回来没吃的。种的田不多，成天在田里腻着，不闲着，村头有小卖部，她带的七个孩子整天在那玩。

大头犯病，不挺痛的时候就哼哼说：哎哟，奶哎，我么了啊！老陈就说：伢呀，叫我么的啊！大头就打头，打完这边打那边。几个妹妹两三岁，坐成一排，大头喝完一桶水，命妹妹去给他打水，三岁的妹妹就飞快去打来一桶水。

大头爱问他妈要钱，要了钱又不舍得用。他妈出门，对他说：平，妈要出门了，你要妈吗？大头说：你给钱就行。妈给了钱，他就说：你可以走了。大头把钱拿出来给人看，十块十块的捆成一捆，零钱另一捆，他不借给人。

老陈也有钱，每个儿子都给她一点。她还种油菜，吃不完，剩的拿去卖，每年养两头猪，一群鸡。省得很，种一点菜，过年的时候不够吃，第二年就种得多多的，舍不得买菜。

王榨的婆婆都省，媳妇都不省。全村最省的是罗姐。

第一二〇段　村里只有一个五保户

这五保户，全村就他一个人姓李。他跟他姐姐住在王榨，没孩子，结过婚，说他不行。跟大头奶奶老陈结过婚，又离了。老陈背着自己的一口箱子要回娘家，大头的爷爷，叫酒葫芦，在路上拦住，让她别回家，跟他一起过。那时候他家里只有一张乘凉用的竹床，村里人晚上就偷偷看这两人怎么睡觉。

五保户的姐姐家只有四间屋，叫长两间。他姐有三个儿子，一个女儿，谁住舅舅的房子，谁就养舅舅。大儿子住了，但没养他，后来那儿子又盖了房子长三间，是六间。村子里照顾他。

五保户天天都问有什么新闻，或者问，今天哪有死人的，要去看看热闹。他叫楚宗，人家说，死了，王榨的楚宗死了。他听了就哈哈大笑。他出门，人家问他上哪去，他就说，哪死人上哪去。

第一二一段　碰到几次鬼

小时候我住的屋子埋过死人，后来做了房子。我们三姐妹睡一个床，父亲在武汉做木工，妈上二十几里地捡柴，没电灯，煤油灯，像豆那么大，鬼的手挺凉的，感觉到有人使劲捏我的脚腕。第二天晚上，鬼又来了，这回是捏我的手腕，他的手不是很凉，捏了有一两分钟。

第三天晚上，鬼不捏脚也不捏手，他的手掌在我的脸上抹，抹来抹去。到98年，我三十六岁了，我问我妈，是不是屋里有鬼，我妈妈说以前埋过死人。

又有一次，睡到半夜脸上满脸凉水，感觉有人用手指往我脸上弹水滴，真的有水。第二天洗脸，问我妈，妈说，是老鼠洒的尿。还有一次，晚上醒了感觉有人拔我的头发，不疼。

有一年，有个哑巴在我家屋檐下窗台下睡觉，"三月三，鬼上山"，到了三月三晚上，他忽然怪叫起来，村子里有不少人都出来了，他比比划划，说有个女孩，这么高，弄头发，往这边，又往那边。

七月半也是鬼出来的日子，这天要泼水饭，煮熟的饭，放上一点水，给没人管的鬼吃，泼在村口。七月半还要烧包袱，把往生钱叠好，封好，写上收的人和寄的人，在家烧，有的在坟前烧。骂人的话说：抢抢抢，你抢包袱啊！你赶紧投胎吧。

我们村信鬼的多，一到七月半，村口一地都是泼水饭。鬼吃的时候人看不见，有小孩能看见，一般说小孩火焰低，能看见。

活人吃水饭，不出三天，这人就会死。

第一二二段　有个男孩叫哈巴

他外号叫哈巴，叫他像唤狗似的，"哈——巴儿"。哈巴最穷，小学毕业就出去打工，人长得一般，个又矮。他到北京打工，搞装修，认识一个西安女孩，长得挺漂亮，过年的时候他把女孩带回家，全村人都佩服他，女孩很白，漂亮，长头发，父母在西安做生意，老家在河南。这女孩也姓王。

哈巴每年外出打工只能养他自己，挣不了什么钱。女孩就住他家，开年又带着女孩上北京打工，没找着事干，两人又回王榨。

过一段哈巴又去打工，女孩留在他家。女孩怀孕了，没结婚就怀孕很正常，没人说闲话。90、91 年以后开始这样。

女孩不会种田，她婆婆干活，她也跟着干，满头大汗，晒得红红的，干完活还洗全家衣服。

第一二三段　我们什么生意都做

什么生意都做。做百货，一个人撑头，把倒闭的商场包下来，没多少钱。牛皮客在北京也没熟人，给了押金四千块，什么都卖。很好玩的，弄一个宣传车，每天二百到三百块，还请乐队，民间歌手，西洋架子鼓，他只上过两年小学，照样做生意发大财。在湖南湘潭做过，请扭秧歌的老太太，一天二十块。

在浏阳那次我去了，卖首饰，把摊位弄好了就挑营业员，像挑猪似的，让她们来报名，拿身份证来，给她十块钱一天，1% 的提成，自己带吃的。全是女的。我们就玩，在商场里，找一个角落打牌，打斗地主，差不多打了一个月。在浏阳百货公司一楼小厅。

后来又去黄石做，还是卖首饰，在良友批发中心二楼，挺大的，在二楼。全是假货，海尔春兰，灶具，三枪内衣，化妆品，统统都是假的，那天打假，曝光，上电视，正好那天我看生意不好，没卖。统统没收了。后来找了熟人，没罚款。那时候住在黄棉招待所，五人间。也是二十多天，进货十三块，卖一百，被人发现是假的就给他退，二话不说就退。

我没赚着，不赔不赚，有的人发财了。"安南"老卖刮须刀、随身听、磁带、收音机、照相机、打火机，他是元老了。湘潭那次有人赚了近一万，卖内衣也赚了一万多，好得不行，说"弄一泡牛屎都抢走了"。扭秧歌的二三十人，休息的时候她们也来买，说是便宜。还有洗发水，全是水货，全抢光了，上午拉一车，下午就光了。靠运气。

有个姓汪的，场场都赚十几万，大家都愿意跟他做，这两夫妻的运气好，写一手好字，广告全自己写。今年就是牛皮客做了一趟，不好做，往年正月初几就出门，今年五一过了才出门。

第一二四段　细瘌痢也贩牛

细瘌痢不知道30加20是多少，没读过书，看电视都看不懂。他爸爸是篾匠，他跟着学了多少年都学不会，没读过一天书，不会加钱，一碰到要加，就让旁边的人帮忙，他说：你算一下，几多？

矮子的老婆也从来不认识钱，只认得大钱小钱，一百元，要换开，她宁可不换。她嫂子教她，这个是多少，那个是多少，不知道五十比一分钱多。从来不用钱，从不吃零食，她娘家开铺子的。这人有点弱智。

细瘌痢不弱智，他认得钱，就是不会加，他也去打牛鞭。他跟人合伙，都得跟人合伙，一个人弄不好，没读书的人做不了什么事，除非特别聪明。所以得人多。细瘌痢的姐姐也不识字，也看不懂电视，电视剧都看不懂，她宁可不看。

第一二五段　我爸爸是最好的木匠

木匠比篾匠厉害，村里有两个篾匠，每家都有竹园，做竹床、米筛、竹椅、床垫、筥箕。但竹椅篾匠做不好，木匠能做，但水货的木匠不能做。

现在很多都是水货木匠，凳子都没人能做了，就我爸爸能做。那种马鞍凳，所有的角都不是直角，老话说：一个凳子九个把，十个木匠九个怕。有一次我家的凳子丢了，后来王榨唱戏，我又看见了，我说，这凳子是我家的，要回来了。整个四季山只有我家有。没人会做。老木匠照着我的凳子做都做不了。洗脸架也难做，糖榨难做，织布机不难做，桶难做，木盆也不好做，我爸爸做带腿的木盆，用苦楝树和杉树做。

排骨凳、大小桌子最好做，水货木匠都能做。现在的柜子，买几块现成的木板，一钉就成了。人家的箱子都是方角的，我姐的全是圆角的。

木匠和裁缝是最受尊敬的，钱也多。以前十五块钱一天，现在二十五，管吃，一天一包烟，一天吃四顿，有木匠在家里干活，天天都买肉，买鱼。我爸爸上半年在武汉干，下半年回家，天天都有人来找，他就骗人家，说明天上你家，到时候又不去。他爱干净，脏的人家他就不去。我们子女六人都读书，那时候是 70 年代，每人的压岁钱是二元，很多了。每年每人都做两套新衣服，一套短，一套长，细布做的，五月，过端午做一套，到年底又每人做一套。

他那时候在武汉做木工，也是私活，大队不让外出，交钱就让走，一天交五块。我们那一大片，我姐第一个穿的确良，我们什么都有，饼干，一买就买一锅。

有一次我爷爷住院，人家就来医院找我爸爸。整个马连店乡，一共 26 个大队，都说只有"三个半"木匠，我爸爸就是其中之一。人家来医院找他做家具，我爸爸说，认识，他是我弟，他问了这家的情况，后来去了。

60 年代的时候，他最多一个月能挣三百块。中药柜、卡片柜都难做，就找他。

王榨没有裁缝。

第一二六段　线儿火就是闪电的意思

线儿火是她的外号，本人叫春英。现在都四十多岁了，娘家不远，她出嫁后全家就上蒲圻市去了，她爸爸在蒲圻市工作，她妈后来都转到市里去了，就她不转，她父母都不同意她嫁到王榨。

是小王的哥哥天不收介绍的，那时候他是铁匠，到她村打铁，认识她，天不收就要跟老婆离婚跟她在一起。都生了女儿了，一岁多。后来没离，介绍她嫁到王榨，这样两人就更方便了，这么多年两人都好。线儿火的丈夫本来挺喜欢说笑，现在变了一个人，一天到晚，拉着脸，像人欠了他钱似的。他长相一般，平平常常，做石头客，家境不错，父亲是大集体会计，一年四季都穿棉鞋，兄弟姐妹四个，喜欢开玩笑。

村里有个挺风流的女的，外号叫和尚，也跟很多男的好。她听她叔叔说，线儿火特别漂亮，那时候她还没嫁到王榨，刚介绍。晚上看电影，是露天的，和尚专门跑去看线儿火，回来说：几好看几好看哪是几好啊！

她嫁的时候没嫁妆，生了三个女儿一个儿子，她大女儿特别好看，三个女儿都挺漂亮。二胎时让结扎，她不做，躲，跑，儿子是第四胎。天不收帮她的忙，生三女儿的时候要罚钱，没罚。她儿子是88年生的，这一年起，正好是划到重罚里面，天不收又帮忙，又没罚。只牵走了一头一百多斤的猪，大柜也没拉走，没怎么罚。现在生二胎都要罚一万多。

有人说，为什么我家罚她不罚，说了还得罪她们家的人。都怕天不收，他权大。

线儿火随便得很，只要能躺下，就行，不管什么地方，油菜地，后沟，稻草堆，山上，多着呢。天不收上她家多，老上她家，她小女儿问，你为什么老上我家？他不管。

天不收有个店，老给线儿火的孩子吃东西，糖、饼、瓜子、蚕豆。天不收做了结扎，那时候线儿火还没生儿子，她丈夫就没做手术。后来生了儿子，她丈夫用电扇差点把儿子扇死了，不到一岁，吹了一夜，送到滴水县抢救，住了十几天。

线儿火什么时候要钱天不收就什么时候给，她在什么地方打牌，他就在什么地方看牌，线儿火老输，一输，手一伸，他就给钱。当着大家的面。

大嫂知道他跟线儿火的事，她管不了，就每天打牌。闹过一次，没用，她爱面子，晚上偷偷闹。

有一次大嫂去当喜娘，头一天去女方家，缝被装箱。那天，线儿火知道大嫂不在家，她就从后门进去。有人看见了，就喊我，说快快，木珍娘，说个好话给你听。我赶紧去，以为真的有好事。她们在挑石头，说，毛球上你大哥家了。线儿火也叫毛球。我说：这有什么好稀奇的。

二叔也挑石头，他听说了就往回挑，在后门等着，等了一会儿，他让我等在后门，他上前门。他又叫和尚，和尚说什么事，他说，好事，你在这待着。侄媳妇也来了，几个在前门，我晾衣服，很好笑。侄媳妇外号叫八杠，她把耳朵贴着窗户听，没听见。开门了，大家装着要吃糖，大哥那年嫁女，所以要糖吃。一看，线儿火脸都红了，大家都笑。天不收说，吃糖，抓了一大把。

他平时给线儿火买衣服、鞋、金耳环，还给钱，他跟大嫂说钱丢了，经常是一千就掉了几百。线儿火平时爱吃零食，天不收有钱上街，就给她买好吃的，牛肉、小鲫鱼、苹果、梨。

就是不给她家干活。一般男的跟女的好，男的都给女的干活。

线儿火上街跟他约好，其实是两人上街了，买的衣服就说是她姨给的，还带上"林彪"的妹妹，买了柔丝纱，让那女孩说是她姨给买的。买了耳环项链，都说是娘家给的。她姨在县邮局。

后来大哥跟另一个女的好了，叫刘巧，高中毕业，嫁到王榨来的，她比她丈夫大两岁，丈夫做木工，家境还可以。那时候他正当治保主任，是最红最有权的时候。刘巧长得高，不白，有心眼，她跟大哥好，不像毛球（就是线儿火），毛球还悄悄跟踪他们，全村都笑话，说天不收的老婆都没跟她倒跟上了。

我们村吃自来水，得从井里抽到山上的水塔里，每隔一天得有人起早抽，村里给这抽水的人一年四百元。天不收就让线儿火干这差事，她每天都得起得特别早，鸡一叫就起，她丈夫都起不来。闹五更。她每次都得从我们房前路过，每次过就咳一声，给大哥一个暗号。大哥就每天早起上厕所。有时候她早上没抽就晚上抽，晚上也咳一声，大哥听了就又上厕所，上干渠那边上。

大哥跟刘巧好了，线儿火就上她家跟踪，有事没事，就装着要买鸡蛋。刘巧说，我们家没养鸡，自己都不够吃的。有时候就装着找猫，上刘巧家找。刘巧说，怪了，隔这么远，怎么跑到我家来了！

有时放牛，线儿火就到坟地去放，坟地高，能看到地势低一点的地方，她有时在地基里搞。有个男的看见了，跟她说，你不给我，我就告诉你家石头客。她只好跟他，她多一个少一个无所谓。

有一个单身汉，外号叫妖怪，又难看又脏，是卖力气的，送粪，把粪挑到地里去，给他十五块钱一天，管吃。我家小王也让他挑，给他煮面吃，他太脏了，他吃过的碗要用开水烫过。线儿火不嫌他脏，跟他一个碗吃，一根面条一人一头。有一次闹着玩，线儿火要脱妖怪的裤子，没脱成，线儿火就一把抓住妖怪的下身，妖怪说：哎哟，你别捞着胡子一把揪。在屋里，大家在打牌，线儿火喊人帮脱妖怪的裤子，都不帮。

有一次晚上，线儿火出来跟踪刘巧，她丈夫又跟踪她，她丈夫叫细头。十二点了，天不收上刘巧家，刘巧在村尾，没人上那去，一年最多上她家去两次。十二点，线儿火在窗口蹲着，听到天不收咳了声，马上就敲门。她喊：开门，开门，猫不见了。其实没猫。天不收听见，就从楼顶跳到外面的坟地上，跑了。

人跑了刘巧才开门，她抓着线儿火，说，你看一下看一下，到底找猫还是找人！闹了半天，非拉着线儿火喊，这时候细头跟踪也来了，刘巧喊，细头哥你看一看，她怎么上我家找你了。

以前两人表面上还挺好的，这件事以后就闹翻了。去年有一次线儿火的外孙过生日，周岁，线儿火让篾匠给孩子做睡觉的床，篾匠在刘巧家的背后。那天挺黑的，线儿火来我家敲门，小王让我别开。她说把你的电筒借我一下。我没开门，把电筒从窗子递出去。

第二天中午，桂兰看见我就笑，笑得很有味，她说，你来你来，我说个好话给你，我说，什么好话，多少钱？她到厨房里告诉我，昨晚上天不收买了五斤小鲫鱼，三斤蚕豆，两斤牛肉，用黑袋装着，送给刘巧。刘巧晚上没在家，她上别家吃耙了，她的两个孩子都不在家，上晚自习。天不收进不了门，又不好拿回自己家，就放在后沟里。线儿火看见了，她就上我家拿电筒，悄悄把那些东西拿回家。第二天一早，她就把牛肉送到侄子家，早早的就让炒牛肉吃，是熟牛肉，再炒一炒，好吃。

天不收丢了东西也不敢找。刘巧最狡猾，第二天她干脆回娘家。

下午线儿火让我到她家吃鸡蛋，我说，还得吃蚕豆呢。我们好几个人，吃了鸡蛋，每人兜了一兜蚕豆回来吃。她还给我们看，洗脸盆里有一盆鱼，她说，这有五斤吧。蚕豆有一大袋。

第二天，很多人干活，在四季山挖地基，做庙，天不收的儿子问他爸爸：鱼多少钱一斤？天不收骂，你嚼什么舌头！刚好那几天，卖猪油的也掉了十四斤，有人去洗衣服，捡着了。全村人都说：这些人真行，有人捡牛肉，有人捡猪油。

刘巧的丈夫做木工，老不在家，以前刘巧有一个相好的，悄悄闹了一次，刘巧一气就跳了干渠，顺河推了二三百米，下着大雨。

这次她就喝农药，刚喝的时候丈夫抢下来了，没喝成。线儿火就说闲话，她们一块上马连店，刘巧也在，线儿火说，想死就能死掉，我要是跳河，一定要跳死，喝农药一定能喝死。没有想死死不了的。

那次线儿火跟踪他们，又守门又叫门，结果天不收从房顶跑了，第二天村里人说，两个女人，围着一条螺（男性生殖器）扛了一夜。

线儿火的丈夫老是抓线儿火，山上一边是杉树，一边是松树，杉树刺扎人，密，人少，他们老去那边。五月十几，天不收去找线儿火，细头在山上坐着看。天不收一进门，他就回家。进了家门，就把门闩上，把后门堵上，他就到处找，屋里到处找遍了，都没有。后来他找到了楼梯转弯的地方，那地方叫休息台，平时放着两张竹床，在床底下，两人，找着了。

门关着，没人知道，细头的哥是个单身汉，外号叫黄鼠狼，他来了，说要杀人。一个外号叫黑炭的，赶紧来喊我家小王，说你大哥上她家，在她家被抓住了，黄鼠狼拿着刀，要砍人。

小王赶紧拿楼梯，从外面翻阳台进去，很多人看，进去看现场。他大哥的裤子没提上来，线儿火的衣服穿上了。细头说要打人。这两人说，你打，打就从这跳下去！两人都坐在地上没起来，线儿火死死抱着天不收，他在前面，线儿火坐后面。

我二嫂说，现在叫谁去都不行。我婆婆着急，说让谁去救猴子一命。平常管天不收叫猴子。二嫂说，大嫂能救。

大嫂正在家晾衣服，二嫂让她上线儿火家。二嫂怕她来了脾气不管，好好跟她说。她晾完衣服，就上线儿火家，跟细头说：我的人，上你家玩都不行。这边跟天不收说：哪不好玩上这玩！领着大哥就走了，带回家了。

下午，线儿火又上另一个人家，大哥也去那人家，这两人一起走了，到汪岗待了一晚上，住在乡旅社。第二天大哥回家了，线儿火待了四天才回家。

开始的时候，两人每次总是约好，一个走前一个人走后，就我大嫂不知道，村里人都明白。大哥的孩子都知道，线儿火的孩子也知道。大哥的儿子说，要是他看见了，非出他们的洋相。

大哥认得字，不会写也不会算，小队的账不会算，每年让刘巧算小队的账，每年每个劳力都要上交义务工，刘巧就可以用算账来顶。大哥给她的好处挺多的。他当治保主任，管松枝，干的松枝一百斤十块，湿的五块钱一百斤，那年他给了刘巧两千斤，没要钱。那年刘巧盖房，地皮费也没要。大队盖学校的树，也批给刘巧盖房。

97年，念黄经，村里去了一半人，刘巧没去，跟天不收约好了，没去。那天她伯父家的哥哥来王榨找她，要选举了，他想通过刘巧问一下，村里人对他印象怎么样。他找到二楼，正撞上天不收跟刘巧干事。他回家就打自己的头，看见这个事是最倒霉的，他告诉他妈。他妈骂：这个狗婆子逼，晚上不够，白天还要，我儿不行时了。那年这人挺背的，竞选没选上，去年看出是肝病，他死要面子，人多的时候撑着，没人时龇牙咧嘴，痛得受不了，在床上勒死了，用毛巾。晚期了。

线儿火大概跟了六七个，给钱就行。她很机灵，眼睛很醒，谁跟谁好，她看一眼就知道，我要看几年才看出来。她有四个孩子，三女一儿，大女儿嫁给一个出租车司机，自己买的车，她女儿漂亮，女婿不好看，是王榨的女婿最难看的。

第一二七段　有个女的叫和尚

这和尚喜欢打扮，比线儿火高档，线儿火只要新的就行了，她要有档次的。她丈夫开手扶拖拉机的，今年在北京打工，在海淀搞装修。手扶是自己的，以前是大队的。她们家叫"有好网没好箩"，捞得着，装不住，男的会捞，女的不会装。

老话说：三十断红，四十断绿。和尚不管，现在还穿大红的裙子和裤子，她是 60 年生的，都四十多岁了。她大女儿都不穿红的，穿灰的蓝的，她小女儿买了红的不穿，她就穿。周围的人说：八十岁的婆婆穿红裙，落得个远望。村里人在背后议论，她不管，越说她越穿，她说，我独要穿，气死你，再不穿，够晚了。

她一年四季脸上都要抹东西，一般人只在冬天抹，用二元一袋的"可蒙""孩儿面"就行了，她要抹"小护士"，夏天要抹花露水，香喷喷的。她的头发是到马连店烫的，十块钱，半长的卷发，盘起来。线儿火从来不弄头发。

她穿鞋从来都要穿皮鞋，高跟的，什么衣服时髦买什么，没钱就借，村里有钱的人她都借遍了。还贷款、信用社、基金会，哪个人好说她就找哪个借。有时借二百，她找她妹也借了五百，不让丈夫知道，不还。

王榨田地少，没吃的，每晚都有人去小偷小摸，86年严打，村里的小孩偷了两个手扶的轮胎，回家就给了和尚的丈夫驼子，碰上严打，判了两年。村里的民兵连长带着严打的人，说开他的学习班，去了就没回来。

她丈夫被抓走的当天晚上，小王的大哥，天不收就上她家去了。我生女儿的时候她老来玩，我一个人在家，每天上午她就来跟我聊天，她不怕人知道。

她说王榨这么大，丈夫坐牢后，只有两个男的不想她，全王榨的男人差不多都想她。她丈夫坐牢前她没跟过别的男的。出事的当天，天不收就去了，那时候他是生产队队长。那天晚上，她骂天不收，说驼子犯事了，队长也不帮忙，还好意思来。

驼子家没地方住，住在生产队的保管屋里，本来是放稻谷的，后来生产队解散了，就让她住，在干渠的那边，外边，不在村里，只有她一个人带着女儿住。她家挺热闹，她丈夫不在家，十七八岁的小伙子都上她家打牌，打扑克，三打一，挺时髦的，有对象没对象的都上她家打牌，每天晚上像开会似的，天天去。打牌是借口。

村里人都说，这村没一个童男子。

每天都有人去，玩得夜深了，走的走，留的就留下来。打牌的时候使眼色，有的是兄弟俩一起留。村里有二十多个小伙子。小王的弟弟，叫四伢，那时还没结婚，他妈也看着他，结果没看好，也去。白天收棉花，晚上打夜工，他妈妈就看四伢老上和尚家，四伢让队长跟家里说，晚上打夜工，他妈等四伢回家，等到一点多，还没回，就上大哥家问，说打夜工怎么还没回，大哥说，根本没去。我婆婆就上和尚家去了，在外面叫的门，不能闹，一点都不能闹，闹出去就很难找对象。我婆婆把四伢带回家，四伢跟他妈说：妈，好妈，莫作声了，别说！这是婆婆跟我说的。

和尚的丈夫没在家的时候她生了一个孩子，男孩，她原来有两个女儿，丈夫做了结扎，中间打过一次胎。跟她搞的全是没结婚的年轻小伙子，她生了孩子谁来照顾她啊，人家还要找老婆呢！

和尚抽烟，村里好多女的都抽烟，抽龙香牌，软的一块五一盒，硬的两块一盒。和尚这个外号是她小时候取的，好养。

她怀孕了就到县城打胎，又怀孕了，就上丈夫的监狱，在湖北沙市，去了一趟，住了两天。老爹爹老在家里看着她，不让男孩们上她家。有一次，那个男孩上她家，白天，老爹爹推门，推不开，门闩着，老爹爹使劲敲门，就是不开。老爹爹就拿个棍子打门，她只好开门，门一开，老头就拿棍子赶那男孩，和尚就骂她老爹爹，说，老不死的！老畜生！老儿！哪个要你管这些闲事！骂老儿是最侮辱的。

很多人说和尚生的那个男孩是四伢的孩子。她在家生的，接生婆帮接生。生下都说像四伢，我婆婆让人抱出来看，看了三次。

村里谁都知道那些小伙子都跟她睡过觉，不过后来都找着老婆了。

她最后一个孩子，第四个，儿子，像三类苗的哥哥，外号叫河南人的，一举一动都像。没人的时候河南人就偷偷看着这孩子笑。去年河南人在河里游泳，木香在河边洗衣服，她在边上喊，侉子侉子，我以为你是细狗，动作都像。我们在上面偷偷笑，她说她都忘了。

和尚的丈夫也知道。他坐牢回来，回到武汉，我们村的牌圣当时在省委大院当木工，他从头到尾跟她丈夫说了。回家的当天晚上，她睡小床，丈夫睡大床。叫驼子，人还算乐观，他说，我没儿子，只有两个女儿。他知道那两个儿子不是他的。

开手扶的，驼子最早，别人都盖上楼房了，就他还是瓦房。挣的钱和尚全花光了。两人成天打，晚上打。

和尚还最会吵架，拿张椅子，坐在门口，边梳头边骂，慢慢骂，不慌不忙的，说，我就是喜欢穿，你不给钱，不如人家，你这个鸡巴。有时她边骂边哭，说，过路你就被车撞死，过河落河死，过江落江死，出远门被人打死，没用，不会挣，家里没钱花。她丈夫脾气好，每次骂都不吭声。他把他的钱自己放在抽屉锁着，和尚偷钥匙打开，偷偷拿钱花，还偷烟抽。他开手扶，每天十几家，有时给他硬盒的龙香烟，她就偷。

现在她女儿出嫁了，她也当外婆了，四十岁就当外婆。以前男人都给她钱，她有很多钱花，现在连抽烟钱都找她女儿要。她女儿找了一个不怎么好的人家，男的以打牌为生，没手艺，没事干，外号叫"大师"。她大女儿二女儿都上广州打工，她自己没什么钱了，现在还喜欢打扮。

第一二八段　我堂姐投水死了

我堂姐死的时候才十九岁。那时候是大集体，有基建队，很多女孩在乡镇干活，插秧。有八个女孩想集体投水，跳河，后来只有三个人跳，约好的几个没去。政治夜校。前一年喝药的是狗子，二十六岁，也在夜校，他们谈恋爱，二娘不同意。堂姐长得不错，高中毕业，狗子家境不好，又大这么多岁。

插了秧，收割油菜的时候，那天早上我放牛，我姐在薅田，妈在稻场上喊：桂哎，你回来哎。她带着哭腔，我以为是爷爷死了，赶紧回家，到家才知道是堂姐死了。在大岭乡投的水塘，没多深。

第一二九段　冬梅从来不说别人坏话

冬梅是 65 年生的，三十多岁了，线儿火和尚还说别人坏话，冬梅从来不说别人坏话。她生得一般，也打扮，没上初中。她跟线儿火的丈夫好，被线儿火抓着了。她又跟四伢的岳父。这岳父在三岔口开了个店，什么都卖，冬梅丈夫在那修表，还修无线电，她在那摆了个菜摊，后来又不摆了。那老头六十多岁了，她丈夫上武汉，老头晚上就上她家，她跟婆婆同一个大门，小叔子也一起住，她住里头的两间，老头晚上来，让她婆婆抓住了，男的下跪，婆婆说要告他，后来男的给了两千块钱，私了。

冬梅像没事一样，也不辩护，也不说什么。她喜欢打牌，有的男的坏，打着打着就跟她亲嘴，她也没事。有一儿一女。她丈夫肺病死了。老话说：一棵草，都有一滴露水养着。男的喜欢跟她打牌，手经常摸一摸。

第一三〇段　桂香

桂香跟那个大眼好，大眼逗人家，逗上了，又跟妻子说，妻子生气，不好说。他妻子跟桂香挺要好的，两人同姓。大眼两口子最喜欢看电影，大队放电影，晚上，让大眼走，大眼说，你先走，今晚我不看。他就上桂香家，两孩子都看电影去了，桂香丈夫在武汉做泥工，不在家，这两人就逗上了。

我眼笨，看不出，线儿火一看就看出来了。大眼跟桂香只有三次，桂香家是丈夫做绝育手术，大眼家是他妻子做，怕怀孕了，大眼不敢。

就跟妻子说，妻子就不理桂香了。桂香丈夫跟大眼也关系好，互相到家里玩，他问大眼到底跟谁了，大眼妻子说：你莫要问，说出来对你没什么好处！

细铁的老婆没人敢惹，说起话来唾沫横飞，气急败坏的，眼睛特别大，喜欢翻白眼，六亲不认。

第一三一段　秋莲是个嘎姑

秋莲和李丽，两人最脏。李丽是家里脏，穿得还利索，秋莲老是前面的拉链不关，叫大门不关。有一次，大家玩，有一个人喊，秋莲，你的大门没关。她说鸡要进去。只好告诉她，不是那个门，是身上的。

这人有点傻，她的一个哥一个弟三个姐全是吃国家粮的，她父亲过生日，三个姐姐都来，有个姐姐是滴水县人民医院的护士长，带了药给她不长个的孩子吃，还带了一大袋苹果、衣服，都是好衣服。她穿不出样子来。

她家太脏，没养鸡，就一头猪，厨房和牛栏是对门，牵牛要从厨房过，牛栏从来没扫过，堂屋里养一头猪，屋里的地上被猪拱得大坑小坑。睡觉的房子到处都搭着衣服，沙发、桌子、柜子、床，到处都是。她姐姐在她屋里站了一小会儿，赶紧出来了，说：真脏！让她换衣服，下面裤子那地方又没拉上。她父亲也在，她边走边梳头，她侄女十二岁，看见她裤子也笑，说：大门大了。她姐姐说这么多好衣服不穿，别丢人现眼。让她上小车。

秋莲有羊癫疯，跟和尚抬潲水喂猪，抬着就倒了。有一次在床上躺着，两手举着，她丈夫从上到下按着。她挺白，村里最白的。也不算很傻，知道照顾自己，从不下地，就洗衣服做饭，孩子四五岁了她老抱着，孩子跟我们说话也会说，跟她说话就说成她那样。她把掊菜说成是掊太，细猪说成帝姑，衣服说成是低甫，她骂人这样骂：咦咦咦咦——就是你你你你——，说鸡要生蛋了，说：滴——滴——要生袋了。她结婚的那天晚上，洞房里一屋子人，喝辣茶，全看着她。那时候不知道她说话听不懂，她突然冒出一句"鹅——喝不得"，声音尖的。一晚上，就说了这句话。她把有病说成有笨，她丈夫叫楚明，她就叫成楚毛。

第一三二段　李丽家里最脏

李丽跟公公进一个大门，计划生育的把自行车、电视都拿走了，要封她的门。她生了个女儿，又生了一个女儿，在北京生的，生了就抱回家，后来才送人了，计划生育的就要封门，她公公自己把门堵上了，她就跟公公同一个门出进。她又上北京，待了两年，生了个儿子，抱回家了。

她从来不扫地，屋子里洗屁股的水就在门的后面放着，不倒，尿在洗脸盆里，满满的，白天也不倒，屋子里从不收拾。要是我屋子不收拾，村里的人就会说，太脏了。因为我家来的人多。

我从来不上她家玩，地上从来都是湿的，泥地，没楼房，衣服到处都是，和婆婆共的堂屋，进门养着一头大猪，右边是猪，左边堆着一堆柴禾，厨房里黑黑的。

洗屁股的水第二天洗的时候才倒，谁都说她脏，她不怪人家。她丈夫是泥工，女儿是婆婆帮她养，她躲计划生育，在外面好几年。

我打牌从来不吃饭，在家打，要是小王不做我就不吃。在村里打每天都有人，不同的人送饭让我吃。让我吃，我就吃，每天都吃。那天快过年了，李丽的丈夫打牌，她做饭，她端给我一碗粥，有咸鱼腐乳，她就给我腐乳，吃着吃着，吃出一颗老鼠屎，我不好说，还吃，我偷偷踢她丈夫的脚，他说她做过了。

早上她女儿上学，给她几毛钱买方便面，她婆婆不给她女儿吃，公公给，有时候女儿自己炒饭吃。现在九岁了，那时才六岁，炒饭，不洗锅，就这么炒。家里养的鸡跳到灶上，把人的饭吃了，她不知道，接着炒来吃。

儿子的头是瘌痢头，每次一百多元的药，现在好了，禁吃花生、红薯，结的白壳，痛的是红壳。那时候她不管，脓水直流，苍蝇乱飞，孩子总是用双手赶。可以用草药治，贴地长的，地边、路边都有，她没有耐心，不管。女儿刚会爬，放在泥地上，下雨了，才一岁多，瓦房滴水，滴到孩子的棉衣上，二月份，冷，穿着棉衣，淋得全身都湿了，她也不管。

她不干活，公公好，公公帮，油菜籽打回来，婆婆说公公，又帮她干！李丽打牌，公公一手抱孙子，一手做饭。她出去了，堂嫂给她收拾房子，灶上的碗全堆着，在谁家打牌，送饭来了就不带碗回，我家还有她的三个碗。她有吃的也给人家吃，花生、米粑、苹果、冬天的萝卜，晒干的菜。我们每年都吃她的萝卜，种得多。

李丽懒，晚上睡觉连门都不关，衣服今天堆着，明天堆着，一洗就是一大桶，晒一大片。碗，没碗吃了再洗。

第一三三段　冬花吃得最多

她说，你们家吃饭像喂猫，这么小的碗。她生孩子时，狗头钵有砂锅那么大，她吃了一钵面条、鸡、鸡蛋。她平时也吃得多，煮鸡蛋，一顿能吃十二个，还能再吃两碗面条。她家大人小孩全用大汤碗吃饭，孩子也不胖，但有力气。她说，吃两碗？还没垫肚角呢！吃扯坨粑，我最多能吃两坨，她能吃六七坨。

双抢的时候她卖功夫，一天二十元，四五个女人一伙，人家吃不了多少，人家放碗，她没吃饱，不好意思吃了。吃鱼头，塑料桶一桶，给她，她全吃光了。

她丈夫没她吃得多。

冬花爱干净，家里干干净净的。孩子的衣服破烂，她收拾得整齐。谁家的衣服穿不了就给她。90年的时候，六月，正双抢，刚好那天结束，插最后的秧，就听见有人喊："冬花，快回来！"她大儿子掉水塘了。大家都往回跑，6月22日，淹死了。小儿子十一岁，丈夫结扎了，她后来又生了一个儿子，跟别人生的。95年，四十多岁了。

我经常拿个盆上她家去，我说：冬花哎，我又来了。她说：你来就来，我怕你啊！她就给我满满一大盆咸萝卜。我不爱种菜，她给我豇豆、大蒜、青椒，有时候她送过来。我没菜吃就上她家要。

第一三四段　桂香能看见死去的人

桂香没读书，有一次，病得厉害，像神经病似的，躺在床上唱，没人能听得懂。她能看见死去的人，她跟我说，在屋角里，亮亮的一坨升起来了，就糊涂了。

公公怕她跑塘淹死，就把竹床卡在房门睡，她在床上挥手说："哎呀，来了来了，来了来了！"她能看见她家的祖人。公公问：在哪里呢？她说：在房里，全在。公公又问：什么样的？她说得清清楚楚，男的女的，多大年龄，穿什么衣服。人家都说她得道了。姑姑说干脆念经，念了有反应，姑姑把她接走了，养病。第一天像正常人似的，亮亮的一坨没跟过去，第二天跟过去了，就又发病了，发作的时候，几个人按不住，劲大。后来她丈夫回家了，她一下就推出很远，劲特别大。她自己清醒后都不知道。在她姑姑家请道士念经，念经后慢慢就好了，本来都不指望她好。差不多闹了一个月。

第一三五段　细枝喜欢看书

细枝像桂香似的，也有这个病，读了初中，神经了就不念了。嫁到我们村，十六岁说媒，十七岁就嫁过来。她婆家三个孩子，两女一男，大女婿是个歪脖子，偏颈，不是偏颈不会要那女儿，二女儿耳朵聋，去学修表，被堂哥扇了一巴掌，就聋了，回家还不说。这二女儿嫁了个丈夫，比她矮，眯着眼睛，儿子挺老实，眼睛也眯，村里人说他"磨盘压不出一句话来"。

细枝爱看书，经常借书看，会写字。犯病时要吃药，刚好犯病时就嫁过来了。她晚上不让丈夫合房，脸上脖子上全是一道道的，她丈夫扁头也找不着对象，也喜欢看书，没手艺，就找了她。她在屋角冲着大树笑，自言自语，跟树聊天，都说是树精占了她的灵魂，叫精占了。

她结婚几十天都不让合房，全村都问她，是不是不想待，她说不是。又问，是不是你妈让你这样？她说不是。全村都笑扁头，他说细枝的力气大，一下就把他掀掉了。他爸爸急了，说他家娶了个摆设。他爸爸很消沉，说人财两空。其实细枝只有十七岁，还小，不懂这种事。扁头的爸爸就让村里的小伙子教他，扁头很老实，谁问他他都全说，现在问他，他说：现在是叉着的。

一屋子都老实，大姐也挺老实，喊她，她就唔一声。他妈成天干活，不闲着。全家都没有外号，太老实了。

第一三六段　润芳睡觉不关门

就是细枝的婆婆，特别老实，没故事。有一次有人结婚，一家出一人上别人家喝酒，她丈夫喜欢喝酒，就去了。

润芳在家里睡觉，门没闩上，来了个男的，也是本村的，但不知道是谁。这人进来了，上床就睡她，她不拉灯，不知道是别人，以为是自己丈夫，给人家睡了。后来丈夫回来了，喝酒了，又要睡。她说：你刚搞过，怎么还要！丈夫就骂：你妈的逼！逼被人日了还不知道是谁！

没打她，全村都知道，她丈夫一喝醉就说。她丈夫以前是癞痢头，叫望良，头发稀稀的，村里也有个女的跟他好，这女的叫绍义。

第一三七段　绍义跟银山好

绍义丈夫也是肺病，92年中秋死的，外号叫老爷。他在的时候绍义就跟细枝的公公好了，就是望良。她丈夫不能种田，全是望良帮，俩人经常在绍义家睡觉，她丈夫都不管。他们两口子分床，在后面的一间房。望良晚上回家，穿了绍义的一只鞋，老婆问：哪来的两样的鞋？他说：穿错了。第二天早上就去绍义家换，换了就完了。八月十五，她丈夫死了，这两人也闹翻了。

绍义的妹妹也有肺病，嫁给水李村，也是个癞痢头，头发只剩几根，她妹妹生了个女儿，不到一岁，妹妹就肺病死了。妹夫的头像个葫芦瓢，只有几根毛，牙齿又稀又长，他把妹妹的女儿抱给绍义养。绍义有两个儿子，送了一个给别人养，大儿子十五六岁，绍义就嫁给妹夫，上他家了，儿子都不要了。

她妹夫炸石头的，炸死了，炸成肉酱，很多人去看，说葫芦瓢不知炸哪里去了，有人说看见天灵盖了，只有几根毛。线儿火哪有死人她就去看，她不怕。我们村的人都挺高兴的，觉得绍义找他冤。就在山那边，我们在这边，没一年的时间，她妹夫有兄弟七人，有一个老母亲，不喜欢绍义，说她克夫，又克死了一个儿子。

她又回家了，回王榨。村里都说她儿子不该接受她回来，说你家又不是她的菜园，由她进由她出，还说莫要她妈算了，莫要她当家是菜园门。

她走时也没跟谁打招呼，回来也没打招呼，没公婆。

绍义回王榨后就跟银山好了，他以前就想跟她好，她不同意。银山是鱼客，给各村打鱼的，不在王榨，隔半里路，我们村能看见他们村。银山的儿子是抱养的，只有两个女儿，妻子是哑巴，叫"一声哑"，能说一句话。小女儿也是哑巴。

银山把大女儿给绍义的儿子当媳妇，结婚生了个女儿。银山就在绍义家住下了，没人说他，有时候他小女儿看她的哑巴妈妈伤心，就来叫她爸回去。银山有钱就给他女儿，绍义的儿子爱打牌，当木工，出来装潢，绍义的弟弟在北京开家具厂。她的衣服是银山买的。银山的小女儿出嫁了，不会讲话，挺聪明，打毛线、鞋垫，看一眼就会，比她会讲话的姐姐聪明多了。

银山打他的哑巴老婆，有一次，种田在一块，打得哑巴都哭了，本来哑巴不会哭。他老婆什么活都能干，能挑一百多斤。村里人爱管闲事，在田边喊：银山，银山，你要不得了，哑巴不能讲话，跟畜生一样，死打不得！

有一次，哑巴到王榨来找她丈夫，看见绍义穿新衣服，她就说：褂子，不要脸！

银山上我家捞鱼，捞一百斤给工钱二十到三十元，或者拿鱼抵人工钱，两三条就给绍义，过年的时候鱼多，有三十斤，就给女儿家。有一种是丝网，围水塘，撒网是打鱼，打四条，留三条，给他一条。老人小孩过生日，结婚、死人，都让他打鱼，他就在王榨住着。现在女儿女婿都在北京打工。他还帮绍义干地里的活，肯定的。

（这段内容跟上面有重复，是闲聊的特点。）

第一三八段　秋菊有一个金菩萨

秋菊学法轮功，两口子都学法轮功。她丈夫是油漆工，脾气很温，秋菊急，两人相反。她家是女人犁田耙田，最有本事的女人才犁田，像男人似的。她也是用牛。有力气，能吃三碗饭。

生了三个女儿，计生罚款，没儿子也不能再生了，绍义的儿子就给她做儿子。

她在家当姑娘的时候，有一个五保户，没人照顾，她照顾，那老人死的时候给她一个金菩萨，她谁都没告诉，就告诉我。97年，京九铁路没通车，她一个女的就去贩煤，才十五天，一个女人就弄了八千块。还没盖房，在稻场上打谷子的时候她悄悄告诉我的。这批煤出手在滴水县第二砖瓦厂，她有个堂兄在里头，当时不是现钱。

她告诉我，想把这笔钱用来防老，毕竟儿子不是自己的。后来三个女儿都读了书，又盖房，加上女儿的学费，一学期要一千多块，现在还剩四千。她说这钱不想动了。那儿子二十三岁了，也在北京打工，我就是跟他来的，都有手机。他喜欢打牌，钱全输了。去年秋菊给我一百块钱，说要是儿子上你这里借钱，你就给他一百块，你跟他说，你急着要钱用，让他还，还了你就寄回给我。后来他儿子不敢上这来借。儿子还挺义气的，他哥哥上他那儿拿了两千。

秋菊想拿那个金菩萨给女儿三人一人打件首饰。我们那里有一种说法，没后代的人的东西最好不要。有小孩生病，怪病，发烧头痛，就去问菩萨，菩萨说，某某没有后代，你要给他钱。秋菊因为要了五保户的金菩萨，所以就没儿子。她婆家五兄弟，大嫂二嫂都是两儿一女，三嫂四嫂也每人两个儿子，就秋菊一个没有儿子。婆家有个姐姐是个瞎子，现在死了。活着的时候，秋菊和二嫂四嫂一起养这个老姐姐，二嫂是师范毕业，但不讲道理，骂这个大姑子，什么都骂，丈夫在跟前骂得更厉害，后来她丈夫宁可不养姐姐了。

就剩秋菊和四嫂养。大嫂因为丈夫死了，三嫂的丈夫得了肺病，就没养。

这姐姐是胃癌，也看了，知道的时候已经是晚期了。这姐姐是五保户，一辈子不嫁，有人要，她父母不让，怕别人虐待她，结果自己人虐待得还狠些。瞎了，自己能洗衣服，能认出村里人。一人养她半年，或四个月，生日轮流办。没病的时候很干净，帮左右邻居看孩子。病得不像样了，在床上大小便，她弟弟进去了就吐，秋菊对她不错，经常帮她擦洗。

秋菊家是法轮功的点，她娘家那个村，是姓李的，她妈最早开始学，学得走火入魔，说死后不用棺材，每晚都有人去，村里十几个人去她娘家学。她挺想让我去学，我说我起不了早，早上四点就得起床，晚上讲课到11点，还要打坐。学了之后，不准打牌，不准抽烟，不准随便骂人，吵嘴不还嘴，打不还手。有的还能做到，有的就做不到。

秋菊全都能做到。还要不供神、不供祖宗。每人一件"真善忍"的背心，夏天穿的，上面印了字，15块钱一件，开法轮功的会就穿着。

秋菊家是一个点，她是小组长。小组长开会就不知道在哪开，有一个大城湾，还有一个细城湾，全是学法轮功的。后来不让学就不学了，有个女的非要学，抓就抓，不怕，乡派出所的来抓，抓过了，关一下，没办法，放了，放了还学。村里有好些人学，李丽的婆婆，"日本人"、蓝大营，秋菊丈夫，六七个人，学了几天，要戒烟戒牌，戒不了，就不学了。

第一三九段　兰花和学东

这两口子爱打架。丈夫学东，外号"九个半"，好赌，兰花没钱花，让他别赌，不听，两人对打。那次一屋子人聊天，不知怎么就打了，学东打兰花，他把兰花按在地上，用脚踩着她的腰。没打坏。后来她躺在床上哭，学东给她煮面条，哄她，没事了，过两天又往死里打。

有一次头打破了，拿着刀，很多人扯，好的时候挺好的，像城里人一样搂着腰，拉着手，都说"好的时候摸不得"。学东比兰花长得强，他家太穷，岳父不要什么钱，愿意把女儿给他，他白得一个老婆。他打扮起来很漂亮的，白、瘦，就是脸长一点。

学东是木工，带着和尚的儿子在北京，兰花的舅舅在北京开家具厂，她也在北京，在家具厂贴胶条，生意不怎么样，正月初来的，一直在玩，兰花上班。去年在北京，他们跟房东合不来，房东就请黑社会的打他们，打得不轻，二十多个黑社会的，把院子围住了，他们只有两个人，黑社会的人几下把两人打昏迷了，用皮带打。昏死过去几小时，房东怕出事，求情，让别打了。村里谁都不知道。

黑社会让他们到什么桥底下，带人再打一次，后来学东三个人去了，没带人去，幸亏，要是带人一定全死光，对方全是牛高马大的山东人，一看他们只有三个人，就放了他们。

在家的时候兰花打破头，就用吸烟的烟灰捂上，或者用火柴盒的黑纸贴上，就没事了，几天一个礼拜就好了。

第一四〇段　我女儿命大

有一次，我女儿跟小王去弄松枝，小王要弄一个大的，女儿非要弄，镰刀掉下来，刚好砍到女儿的头顶，一道大伤口，我就骂他，吓得要死，他背起女儿送马连店医院，没几天就好了。

女儿命大，我怀孕的时候，种麦子，往沟里放麦子，要退着干，从后面掉下去，一人多高的岸，怀孕九个月，没事。后来还有一次，很硬的松枝弹到我肚子上，肚里怀着我女儿。生女儿的时候，接生婆说：哎哟，这伢命大，胞衣是紫的。

几个月的时候，会爬了，我把女儿放在床上，我锁上房门，回娘家了，她把箩筐扒过来，掉在箩筐里，屈在里头，透不过气，脸都紫了，小王回来看到她口里流着涎水。还有一次，大眼老婆给她吃米糖，我女儿一岁多，嘴里没牙，卡住了，不行了，我腿都软了，我心里想，完了完了，她死了，我上哪找。我拍她的背，拍拍就"哇"的一声出来了。

我家楼梯挺高的，十一步档的，楼上没楼板，用竹子挡着，她快两岁，我在码柴火，我没看她，听见她喊：妈吧——我说唔，她又喊：妈吧——我一转身，发现她自己爬上去了。我不敢喊，心里说：女儿，千万别动啊！我悄悄地，一下抓着了。我们那，每家的第一个孩子都笨，老实，第二个孩子都心眼足，不知为什么。

第一四一段　二娇和三娇

二娇有四十岁了，是罗姐的媳妇。没手艺，丈夫在水泥厂，南溪水泥厂，正式工人，以前当兵的。水泥厂没多少钱。开始承包给私人的时候，效益还可以，期满了，转给另一个人，就不好了。二娇在家种田，水泥厂效益好的时候去当临时工，缝水泥袋，用缝纫机，按件计，说没多少钱。

她两个孩子都在家读书，后来带到水泥厂读，钱比在家贵。穿得一般，家里还没盖房子，只有两间，一间睡觉一间当厨房。

二娇到广州打过工，不识字，没读过书，不行，又回家。在水泥厂干一阵，又上深圳，做服装厂的临时工，半年就回来了。她的小叔子在武汉修表，她也跟着修表，修了一年。

她有个妹妹叫三娇，两人一块去。她们的姐姐高中毕业，姐夫是海军里头的，在广州开了个旅馆，说让她们去当服务员，检查身体，三娇有乙肝，没成。就回家，姐夫让三娇上武汉打工，上一家当保姆，这家也是海军也是大学生。海军跟妻子不知是不是离婚了，自己一个男人带儿子过。三娇读过书，初中，大眼睛，白白的，长得不错。后来就跟这个海军结婚了。三娇还说："谁要嫁给这个二婚头！"好像还不愿意似的。

二娇小时候，她爸爸打她她都不想读书，像个男孩似的，专门上树掏鸟。她的两个姐姐高中毕业，一个弟弟大学生，一个弟也高中，还有一个妹妹也读书了。二娇长得还成，一儿一女，讲话很冲，外号八杠。她跟婆婆不好，没怎么在家，公婆生日才回家。

三娇结婚后不让生孩子，海军的前妻有孩子，所以开始时她不愿意跟他结婚。她丈夫是广东人，公公死了，让带妻子回家，他带前妻回去，不带三娇。二娇说她妹妹真不值。她婶子告诉我的，婶子什么事都说，叫她"话篓子"，说起没停。

第一四二段　打孩子

二娇的大姐，叫桂娇，她打孩子都不让人扯，非要打个痛快。桂娇高中毕业，打孩子就像没文化的人。她嫁到大贵乡，比我们马连店乡落后，计划生育很松，生了两女两儿，四个孩子。大女儿还聪明，二女儿读到五年级，让她数家里几口人，她就数：我爸一个，我妈一个，我姐一个，我一个，我妹一个。数完了，人家问：一共几个？她说：不知道。

爸爸买饼干，让这女儿数，说数多少就吃多少，她数不了，就宁可不吃。她爸爸说，你数一个就吃一个嘛，一个还数不了啊！村里人不认为她是弱智，只说她读书不成。

桂娇打女儿打得狠，她揪着女儿的头发，往墙上撞，不让人扯，非要打个痛快。她大女儿，现在在深圳打工，别的病没有，就是头昏。有一次，两个女儿在田里吵架，割稻谷，她走过去，拿镰刀往她女儿头上一啄，头上砍出一个大窟窿，还不让人处理包扎伤口，谁包就骂谁，还不让孩子哭，别人把孩子藏起来，她就坐在门口哭，生气，没打着。

有一次，她大儿子带小儿子，没带好，小儿子掉水塘里了，人家告诉她，小儿子差点没淹死，她就把大儿子踢到水塘里，才几岁，她还不让人家拉，骂人家。去年她女儿头昏，她就后悔了。

桂娇高中毕业，出嫁前在村里是妇女主任。她不同意这个丈夫，结婚晚上就装傻，吃饭时故意抢菜吃，抢三丸，说：抢！又说又抢。她丈夫往死里打她，打到苕坑里，用大石头压在洞口，不让她上来，她回娘家也不说。二娇知道了告诉她爹妈，她爸骂了女婿一顿。

小王从来不打我，我老爱笑。

第一四三段　罗姐最省

她一个月才用两度电，有病从来不吃药，都是用偏方。人是挺好，找她帮忙她都帮。在稻场上，打连叉，我打不了，小王又不打。这活是老头和妇女干的，算轻活，但得两三个人一起干，我家就我一人干，我挺累，她就帮忙。罗姐还帮二娇种田，帮她打连叉。她的丈夫像女人似的。我儿子喜欢上她家吃饭。她有两儿三女。

第一四四段　李胖儿特别瘦

有个女的外号叫李胖儿，特别瘦，有四十多了。她丈夫以前当兵的，那人，讲道理讲一天都讲不清楚，你讲东他讲西，你七说他八说，你八说他瞎说，怎么都讲不到一块。你不理他，他非要跟你讲，你上哪他跟着你到哪，非要讲。

李胖儿生孩子，线儿火骗她丈夫说，女人生孩子像狗一样咬人。丈夫弄了油面，线儿火让他不要亲手端给她，说她会咬你的，别进房门。他就信了，用一种叫"箱篷"的，装垃圾的，把面条放在上面，举着进去。李胖儿问他，他说人家说女人生孩子会咬人。李胖儿就骂：

人家让你吃屎你吃吗？人说什么你就信！

后来李胖儿跟楚山好上了，楚山的妻子知道，姓孙，也叫胖儿，叫孙胖儿，人也不胖，孙胖儿两儿一女，这女儿有残疾，左手不长，一直很小，人还白还好看。后来李胖儿跟孙胖儿丈夫好，她生气，得了癌症，死了，死的时候小儿子才三四岁，楚山就没人管了，这下解放了，李胖儿的丈夫也管不了。

全村都知道了，就来明的，李胖儿干脆住到那边去，住到那边才离婚。她在前夫家待着从来不下地干活，只做饭，到楚山家还干了几天活。人家说当初不干活是不想在前夫家待。

楚山不只李胖儿一个女人，李胖儿不干。她在前夫家什么活都不干，像太太似的。她跟楚山领了结婚证，发现楚山有别的女的，又不想在楚山家待了。她又不干活，躺在床上不起来，衣服也不洗，残疾女儿才十岁，帮妈妈洗衣服。她还在屋里拉屎，什么都不管，楚山拿她没办法。

后来李胖儿就出走了，听说又在外面结婚了，说是跟算命的瞎子结婚了。钱用光了，又跟大仙，钱又光了，她又走了。又有说她人在黄石，头发全白了，人更瘦了。前年99年，回王榨，跟楚山办离婚。

楚山说，李胖儿的户口在他家，每年的税都是他帮交，加在一起，要李胖儿给他三万才离婚。李胖儿只给五千，法庭断不了，李胖儿又走了。去年我们在黄石做生意，真碰到李胖儿了，没老，头也没白，带她大女儿的孩子。我问她找人了没有，她说找了一个补鞋的，没回王榨。她的前夫现在还没找着媳妇，有人逗他，说给你找个媳妇，你给我家干活？他真去了，他时常让人帮他找媳妇。

我从来不跟他开玩笑。

第一四五段　木莲一辈子不嫁

木莲生下来眼睛就瞎了，一辈子没嫁，父母怕嫁了人家虐待她，就没嫁。也没找男人，村里都是姓王的，不欺负她，她兄弟媳妇欺负她，不养她，说得难听：你这个老逼，我做的你来吃，你这么有味，你莫想在我屋里吃，各人做的各人吃。

那几家的小孩全是她带大的，她根本就没吃闲饭。她也不还嘴，听她骂。她二弟听不过，让别骂，二媳妇说：那你干嘛跟我结婚，你跟瞎子结婚好了！二弟生气，打她，只打了一巴掌就不敢打了。一到老二家养，就骂，只好不让她养了。

她洗自己的衣服，能自己补衣服，喜欢听人聊天，爱往热闹地方去，到村子中间，一个露天的地方，人家的门口，屋挨屋，每人从家里拿凳子出来坐，聊天。爱吃肉。

后来得了胃癌，晚期了，临死前在楚国家，想吃鱼，最想吃芝麻饼，一角五一个，很好吃的。滴水县城都没有卖的，得上黄石。她侄子在黄石，带了几个回来，给她吃了，很高兴。她又想吃鱼，楚国在田里弄了一条鲶鱼，让老婆腊梅给她用鲶鱼做面，吃了，吃了一碗多，吃完了说：一辈子没吃过这么好吃的东西，真甜。

她六月死的，快死的时候吃的鲶鱼面。在家断的气，村里给了点钱办后事，普通的柞木棺材，二百到三百块一副。抬棺材的人和亲戚吃了一顿。村里给的钱不够，兄弟三人分摊，有的出得多，有的出得少，吵嘴了。我们村另一个五保户，死了就比她热闹，钱是村里给的，他对村里有贡献，学过畜医，教过书。

第一四六段　兴红年轻漂亮

兴红年轻，76年生的，挺漂亮的，瘦瘦的，大眼睛，薄嘴唇，全村最漂亮。她跟舅舅在河南博爱县修表，她修得还可以，不算很糟。

兴红不喜欢打扮，她要用贵的化妆品，一百多块一瓶，口红几十元，像油似的，不掉色。她看不上疤子，嫌他不够长，就是不够高，他姐姐还比他高。疤子本来也不是追她，他想追另一个女孩，人家有主了，就追兴红。

那时候疤子也在博爱学修表，跟他姐学，兴红跟我说，晚上出去玩，他强吻了她，还摸了她身上，她放不开，只好同意了。就一起去新疆，第一年疤子没做生意，全靠兴红修表。半年有一万块钱，就用这笔钱做本钱，做服装、鞋生意，赚不多，只有两万。后来兴红就怀孕了，想先生孩子再结婚，后来还是打掉了。结了婚，第二年正月初一生了个儿子。三十晚上开始生，初一才生出来，有点难。三十下午就到医院了，初一下午才生出来，疤子在新疆，她婆婆去了。找很远一个地方的半仙取了名字，叫王进。

兴红不想再生了，没上环，老打胎，一年打两次，打了有五六次了。最后一次打胎没刮干净，要清宫，在新疆，痛得受不了。后来上环了。

她让疤子别打牌，他发誓不打，拿起一把菜刀，把小指头砍了，伤还没好，又打。

第一四七段　房英最舍不得吃穿

房英快五十岁了，有一儿一女，大女儿一直在河南博爱修表，二女儿在河南安阳修表，小儿子做缝纫，学了几个月就上广州混。她是全村最舍不得的，舍不得吃，舍不得穿，从来不穿新衣服，平时从来不舍得穿，走亲戚才穿一两次，女儿给她都不舍得。双抢，谁都吃，她不舍得，她说她心慌，拿了三个鸡蛋，坐在灶上想了半天，三个鸡蛋能卖一块钱，最后还是没舍得吃。

有一次，插秧到最后，她跟别的人来帮我家的工，那天我们吃包面，包面跟大馄饨差不多，还杀了一只鸭，买了二斤肉。她上我家插秧，我给她两人打了两个鸭蛋，还有鸭肉、猪肉，一人一大碗，给她们送去，我想她这么不舍得，给她点好吃的。

第一四八段　金发的发财相不好看

金发是个木工，还行，跟师傅学过三年，手艺好，不出门，外出的话想家，待不住，赶紧回家。他财心重，走路从不慢吞吞的，从来都是大步走，赶时间。他看人家做粑卖，做馒头，学会了。本来有别人上我们村卖，他把别人都赶走，就他一个人卖。村里人说：别人的发财相好看，他的发财相不好看。

他做的馒头小，四口就吃完了，人家的都比他的大。他还脏，让他老婆卖面条，上厕所不洗手，边擤鼻涕边卖面条。这人脾气急，喊他老婆，一声超一声，不来就骂，日你娘，你娘死了。也没什么要紧的事，他老婆不跟他吵。有一次，晚上唱戏，他看戏去了，他用一个大油桶，上面放锅，锅上放蒸笼，晚上没人时，不知是谁，把他的灶悄悄推到河里了，都恨他。一早起来，灶不见了，开水瓶也给砸了。灶捞起来还能用，铁的。

第一四九段　我们村的人花钱花得最厉害

我们组的人就爱借钱花，前村四个组贷款四十到五十多万，我们一个组就借了三十多万。细牛皮说，在新疆，他们花钱最狠，出门就打的，买包烟都打的。连烟带打的，加在一起，五十块钱就没了。上厕所都骑摩托，厕所就在村口。村里人说，这过的才是日子。

细牛皮还有一个外号叫"狗屎"，意思是只干坏事，不干好事。他的儿子不好养，要找一个亲爷，就是干爹，干爹的外号叫"青天"，说话很直，他说狗屎发泡，平均每天花一千块。他做生意赚了一点，家里还给他寄，还有五六万贷款没还，他就敢花钱。

基金会起诉他，法院来过一次，给了法院三百块钱。关系好的基金会就不起诉，细牛皮通过小王找我二哥借了两千，我二哥没起诉他，他这回守信用，到日子真还了。去年他做生意，卖首饰，赚了三万多，还了两万。

在新疆他闹离婚。有一个湖南的女孩，姓周，是个妓女，他跟这女的在一起。他还带回了这女的照片，回家也闹得厉害。这女孩长得不好看，钱花得最多，买了皮鞋，衣服，给了很多钱，花钱像流水似的。那年过年回家，第二年这两人就没事了。

那年滴水县在新疆做生意的，个个老板，个个都嫖娼，没一个不嫖娼的。一个接一个闹离婚。

细铁人挺好的，以前在北京从不拈花惹草，到了新疆，大家都嫖，他也嫖。要不是嫖娼进不了监狱。

今年你闹，明年我闹，一个都没离成。细牛皮也没离成，他就跟妓女同居了。

楚明带了一个妓女回家过年，老婆还怕楚明和妓女合起来打她。老婆的外号叫妖精。他把妓女带到武汉，老婆也在，老婆把几万块藏起来了，楚明老要老要，她就给了。老婆挺好的，对丈夫好，好言相劝，丈夫躺在床上，她把饭做好端到他手上，洗脸水、洗脚水都端到他手上。

那妓女非要跟他结婚，他把那女的送回新疆，就偷偷跑回来了。楚明也喜欢赌和嫖，王榨在外面混的都这样。

第一五〇段　木蓝姐装什么像什么

丈夫比她大十几岁，她说她愿意，大一万岁大一千岁她都愿意。那时候在生产队，我们打赌，让她扮成一个要饭的，在王榨，本村，要是讨得着两升米，就不用干活，一整天都不用干，给她八分工。

平时她就学什么像什么。

她就穿上破棉袄，戴上破草帽，拿上一根棍子，一个破口袋。就去讨。正好那年小兰刚嫁来，头天嫁来，第二天木蓝姐就去讨饭。小兰不认识她，不给，她一顿要饭棍，凶道：你不给？不给就拿你的新鞋！小兰自己做的新布鞋放在床跟前，木蓝姐一把抓着鞋，小兰只好给她一升米，一升等于两斤，十升是一斗。

她又上别家，看见老人小孩，就说"可怜可怜我吧"，每人都给了她一点米。

又上一家结婚才三四天的，叫江儿，江儿不给，她就上江儿的新床躺着，说"你妈个逼，不给，不给我就在你床上困着！"江儿害怕，心想这么凶，哪有要饭的这么凶。江儿就找米，给了半升。木蓝姐大喊：少了！给一升！江儿只好又给了一升。

从江儿家出来，她已经有四升米了！她把破棉袄破帽子一摔，在干渠上笑得要死，大家都笑，她说：你们看看！这多少升了！

当初她就是看到王榨好玩，就让人说媒嫁到王榨。现在六十多岁，死了。她脾气好，丈夫脾气急，老打她，她挺瘦，不经打。我看见过一次，那时候都已经六十多岁了，在稻场上，早上做好了饭，丈夫在稻场上赶辗，赶牛，她做好了没吃，唤丈夫吃饭，丈夫无缘无故地拿着赶牛的鞭子打她，像打小孩似的，没招他没惹他，他就打，她也不跑也不骂。我问，他干嘛打你？她说：没么事，习惯了。

她有两儿两女，还抱了两个女儿，加在一起四个女儿。94年死的，那天三个人结婚，她小儿子媳妇最后到我们村。最后到不好，小儿媳妇就三年没生养。公公老骂，自己不去看看，自己有什么病不知道！成天骂。后来看了，是儿子的问题。吃药，好了，吃草药吃好的，就在滴水县看的，生了儿子。又不好，公公又骂，成日兴（兴就是高兴），兴么事兴，生个儿子什么了不得！儿媳妇说，生了吧也有话说，不生吧，也有话说。木蓝姐高兴，大儿子只生了三个女儿。她给孙子起了个名字，叫工正润，高兴就叫润。

木蓝姐肚子长坨，开刀了。只活了两个月，丧事办得一般，丈夫先死一年，也是病死的。

她生第二个女儿时，说惹着鬼了，她看见到处都是鬼，自己在床上，房间里全是鬼，认识的和不认识的鬼，她怀孕时有一天中午到四季山上，那里有一个埋死人的地方，中午她从那里回来，就惹着鬼了，差点没死，回来就生孩子，很危险。她说鬼到处都是，就赶鬼，有的抓着她的头发，有的拿着毛竹条做的大扫帚，满屋子打，乱转乱打，有的鬼根本不怕，有的扒在楼上，有的扒在帐子顶上。

第一五一段　传说

副县长批给黑帮大哥持枪证，这个老大在新疆被抓，吊了八天，供出来了。

放高利贷叫放马，今天借一千，明天就要还一千一。

县邮局的头，拿了一百万逃到国外去了。从外面寄回的钱，二百块以下就给，二百块以上就不给，他让你存起来。

一个乡长，花八十三万建房子，像宫殿似的。就是我们乡的，第二年换届，退了，没人抓他。他家在后河，三层楼。现在在农村就是这样，什么小官你都要塞钱，办个身份证，除了正常给的十五块，还要给办事的偷偷塞十块。

一个村书记，娶了三个老婆，三姐妹，生了十个孩子。先是大姐嫁给他，他又跟二姐好，大姐气死了。跟二姐结婚，又跟三姐好，二姐就离了。办不了他，村里搞得好，有人服他，有人告状，也有人保，没弄下来。

别的乡的，搞装修没付工钱，五个小伙子，趁那家男的不在家，就去把那家女的小便的地方，就是尿尿的地方，是阴唇，对，那两片肉，钻了一个孔，用锁锁上，他们也不要钱了，弄完马上就走。

第一五二段　绑架（二）

我们村另外一个组的，一个男孩，十八岁，跟人在北京混，修表，有一个绑架团伙，他跟人家混，参加绑架，绑一个北京市的男孩，十三岁，没杀那男孩，碰上严打，判了七年，现在在北京服刑。

他爸爸一直在北京打工，想用钱给他减点刑，没用，不像在下面，在我们那就行，北京不行。他妈妈也没怎么哭，没看见她哭。有好几年了。

第一五三段　八十多岁，九十多岁

村里有个老太太，八十多岁了，身体挺硬朗的，两儿两女，谁都不养她，她的重孙女死了，儿媳妇也吃农药死了，儿子病重，就是她不死。都说是她活得太长，夺了儿孙的福，儿子女儿谁都不要她。她有一个儿子在县城，村里的儿子就把她送到县城，送上了车就不管了，她不认得路，从早上六点找到晚上六点，都没找着，又回来了。

她大儿子给她农药，看着她喝完了，看着她在床上打滚，也不救，看着她死。

我本家的大爷，就是大姑，也是八十多岁，被她儿子杀死了。她的三个儿子都是生女儿，她的二儿子媳妇跑了，扔下孩子不管，她就帮带。她二儿子到外面混，没有钱，回来找他母亲要钱，母亲不给，就把母亲杀了。

母亲的兄弟想告他，后来一想，他还是亲侄子，就不告了。

我爷爷是上半年死的，他活了九十多岁。死了就好了。上半年死了男的就"一担挑"，什么事都没有了，他一担挑走了，如果死了女的，就不行，就叫"满湾捞"，就得死很多人。

第一五四段　也有人每年都借粮

我们村有一个石头客，他家六口人，每年都得借粮。主要是他们家太能吃了，一家都能吃，他们吃一顿就够我们家吃几天的。他炸石头的时候把眼睛伤了，他妻子喝农药死了，她有点神经，第一胎生了个儿子，身上长满了疮，一岁多就死了。又生了两个女儿，人家都有儿子，她没有，就有压力。那时候抓计生抓得很紧，没办法再生儿子，她就喝农药了，她丈夫不在家，是九几年的事。他家柴也烧得多，他爸爸去捡柴。

他弟弟还没讨老婆，讨不了，穷，外号叫测量器。以前安电线杆，有人来测量，他跟着学，所以村里人就给他取外号叫测量器。

现在这家的大女儿十六岁了，去打工，修表，现在日子好过些。

第一五五段　鸡尾和他哥

村里有一个人，外号叫细青蛙，在武汉当鸡尾，染上了性病。

他是个光棍，快四十了，在武汉打工，老跟在"鸡"后头，村里人就管他叫鸡尾。泥工，长得不怎么样，又黑又瘦，主要是穷，房子倒有，家里有四兄弟，大哥二哥有老婆，三哥在黄石也讨了一个傻子，领了一个女儿。傻子什么都干不了，但她很爱那女儿，回王榨，谁抱都不给，别人抱，傻子就使劲哭。她在黄石嫁不出去，她父母就让她的几个哥哥，每人每个月给她一百块钱，不管嫁不嫁人都要给，但她嫁了人后就不给钱了，这男的养不了她，又不要这傻子了，又送回了黄石，那女儿留下来了，在大哥家养着，有五六岁了。

细青蛙一直在武汉，听说他染上性病，治不好了。

去年他大哥媳妇说她公公扒灰，其实是她自己挑逗的，她在家里经常只穿着一个文胸和一条三角裤。叫木菊，她后来跟人跑了，跟唱戏的跑了，上麻城。她跟我们村的细棍好，把她带回她娘家七天，婆婆家来人向娘家要人，娘家说，你们回去问问你们村的细棍，细棍只好到麻城把她带回来。丈夫要打她，她说别打了，你让我干什么我就干什么。过不久，丈夫打牌赢了二百块，回去一看，木菊又跑了。到现在还没找着。

木菊跟她大姐看上同一个男的，趁她姐夫不在家，这两姐妹就跟这个男的睡，三个人睡在一张床上。木菊自己是大哥的老婆，白天就跟二哥睡觉，跟小叔子睡，被人看见了。二哥的老婆最老实，回娘家了。

第一五六段　丈夫把自己妻子卖了

四季山有四人婊子，不是真的婊子，而是长得漂亮，有名，所以就叫四大婊子。其中有一个女的，她结婚以后生了两个女儿，身体不好，丈夫就把她卖了。在酒馆里，她丈夫下的蒙汗药，人贩子就把她弄走了。

卖到那地方怕她跑，在她脚板上钻了三个孔，用铁丝拴着，又生了个孩子。后来被解救出来，上了滴水县的电视，很多人都看见了，看见她脚板有三个洞。回来后她又在四季山山咀嫁了人，那男的腿不方便，比她小，她又生了两个女儿。

另一个婊子是我们王榨的，她交了个男朋友，男朋友上大学了，不要她，她就跳河死了。

卷四　王榨（风俗与事物）

时间：2001 年 5 月

地点：北京东四十条

讲述人：木珍，女，三十六岁

第一五七段　我们结婚都不领结婚证

我们结婚都不去登记，不领结婚证，现在年轻的也不领，但是发户口本下来，上面也有名字，他们要凭户口本上税。

有个女的嫁到我们村，她要跑，也不用离婚，就从男家跑到另一个男的家住下来，这个男的怕她再跑，赶紧去领结婚证，结果还是跑掉了。

别的村有一个男的，老婆老是跑，找一个，跑一个，又找一个，又跑一个。后来他干脆找了一个"鸡"，这个"鸡"也有丈夫，经常带人来打。这男的也是姓王，跟我们村同姓，就到王榨找人帮他打，找多了，干脆他就搬到王榨来了。刚才小王打电话来就是用他的手机打的。

第一五八段　送花

我们村有个女孩，初中毕业，去深圳打工，摔伤了，手臂断了，回家养着。是夏天，天很热，我们大家都在树荫下乘凉，那女孩也在。这时候来了一个麻木，就是摩托车后面有座，像出租车似的，从县城到我们村是二十块钱。

那男孩从麻木下来，喊这女孩，他手里拿着三朵红色的玫瑰，要送给这女孩，女孩怎么都不要。她就是不要。那男孩待了一会儿，觉得没意思，就走了。

我们就说，人家送你花你怎么不要，这么远送来了。女孩说，你知道三朵红玫瑰代表什么意思吗？我侄媳妇说：代表我爱你。我侄子说：I love you。大家都笑。那男孩到了河岸上，就把花扔了。他说：去你妈的！

我儿子去河岸玩，把花捡回家，他说这花多好看，扔了可惜。

第一五九段　管爸爸叫"爷"

同一个村子，大儿子管父亲叫"爷"，小儿子叫"爸"。也有的叫"父""伯"。兄弟几个，老大的孩子叫爸为"伯"，最小兄弟的孩子叫爸为"父"。其他兄弟的孩子称爸爸为"爷"。

称母亲"娘"，也有叫"姨"的，也有叫"大"的。现在赶时髦，都叫"爸""妈"了。

管爷爷叫"爹"。小姨妈叫"细爷"。大姨妈叫"大爷"。

细，就是小的意思，细哥，细姐。

第一六〇段　老人怕火葬

老人都怕火葬。村里一个人娘家，有一个老太太，钻进人家的墓里，那人死了很久了，那里面是空的，棺材都已经烂了。她钻去，封好了墓门，再喝农药，结果没死成。

我们村里死了人，全都是土葬，没有火葬的。都说过了五一就统统火葬，都说，那烧得多疼啊，都怕。那好像是79还是78年，那段就要烧，那段时间真正烧。我二婆说，什么时候死，千万不要在这时候死，死了就挨烧。烧得多疼。她就偏偏这时候死。二婆就烧了。还有堂姐也是烧了。

有的自己家里父母死了，怕烧，就自己家的人，偷偷地埋在菜园子里。后来问起来，追查出来了，就去菜园子挖出来，再烧。那时候很严。

有一个乡的书记，可能是得罪人太多了，有的偷偷埋在茶园里，他就把人挖出来烧。后来，不抓这事了。他父亲死了，埋了，人家把他父亲挖出来，把棺材撬开，把人扔了。他们家又收拾，又葬了一次。葬了又挨弄出去，又扔尸体。只好再葬，用水泥弄死，扒不出来了。

后来又说去要烧。说是2000年要烧。后来说过了五一，那个老太太吓得就自己爬到墓里去了。老头老太太又慌了。七几年的时候，家家都有棺材，后来让火葬了，棺材就做了别的。现在又全都做起棺材了。现在又不烧了。

第一六一段　米是怎样变成糖的

三十斤大米，一桶水，放大锅里把饭煮熟，不能有锅巴，中间要挖小脸盆那么大的洞，往洞放半桶冷水，放八两大麦芽，麦芽在沙滩上发芽，一寸长的时候不能变青，是黄的，扒出来放在河里洗净，在屋顶上晒干，一捏就碎就行，还要放在轧米机里轧。放了麦芽，还要放一点石膏。要把米饭搅凉，手放进去不烫。盖好，保持温度到下午四点，揭开锅还是那个温度，凉的就发酸，烫了也不行，上面的一层像水那么清，底下是饭。

再烧开，放进榨篮里，再放到糖凳上，用糖棍压。把榨出来的糖水放到脚盆，再倒进大锅，留一点糖水在木勺里，木勺必须是枫树木做的，不沾。用大火烧锅，水越来越少，锅边放一碗凉水，用来洗糖签，糖签沾糖水，拿起来一试，像小旗似的，这时候就能喝了，小孩子最喜欢喝，一块五半斤。

还要继续烧，又用糖签试，这就成了大旗。就能炒了，火放小，又用糖签试，一砸就断就行了。起到大钵子里。洗锅，把钵子放到锅里，盖好。第二天早上起来，就好了。

拿一根枫树棍，放在糖凳上，把米糖绕在棍子上，一开始是金黄色的，越拉越长，变成白色的，就好了。

三块钱一斤。一年做三四十次卖。一锅能缠二十多个饼。我们村就小王一个人做，他做得最好，很多人也做，做得不好。

第一六二段　玩龙灯

我们玩龙灯跟电视上舞龙一样，龙里点着灯，每节里都有蜡烛，从正月初一到十五，任何一天都舞龙，晚上点蜡烛，是纸龙，到正月十五就燃掉了，叫"燃灯"。

你要是想发财，或想生儿子，你就挑头找人做灯，要连着舞三年，重做要花半个月，要是光燃掉纸，竹架子还在，只糊纸，两天就行。小王的弟弟挑头舞龙灯，舞了三年，结果就发了。正月十五晚上，举着龙灯从街上穿过，所有两边的人都可以用点燃的鞭炮炸龙灯，举灯的人不许生气，要拼命跑，有的用毛巾围着脖子，或者用衣服打湿，或者干脆脱光。坏一点的人会用长鞭炮围在举龙灯的人的脖子上，或者把捻子去掉，把炸药翻出来点火吓你，但你不能发火。

玩灯要单数，不能双数，最短的有九节、十一节、十三节，多的有几十节，但都要单数。前面有一个联系人，叫"引路的"，还有一个小灯笼。进村前引路人要去问人，从哪边进哪边出，不能乱走，一个村的左边叫青龙，从青龙进，右边是白虎，要从白虎嘴出。引路的后面是龙灯，再后面是锣鼓，最前面有两个大鼓，后面跟着几个人扛袋，专门收礼物，或钱，或蜡烛、香烟，香烟给一条，龙香牌，白金龙、红金龙，红双喜，姑爷家就给红塔山，回来大家分，有一大堆。

第一六三段　每年要交一千多块钱

要交公粮，用钱顶也行。水费，灌溉用水，共五十多元。乡统筹，全部加起来要一千多。提留。生猪包诊费。牛包诊费。鸡包诊费。

防疫费，给孩子打针的。

线路整改费，每家一百二十八元。修路，每年都修，最多时每户三百多元。民兵训练费，一年十元。

教育费。

电费，比北京还贵。饮用水，自来水费。水利费，做江堤的。大田上交，一年好几十元。

每年发一个手册，上头只有几百元，实际上不止，有一千多。

每年还有义务劳动，如果做不够，就得出钱，叫标工费。

每年都有人上访。交不出乡里就来抓人，法院就来封门，有人喝药自杀，村里人就把尸体抬到法院去。

（我在北京青年报看到报道，在四川邻水，每出售一头生猪，就要缴纳地税、国税、定点宰杀费、工商管理费、个体管理费、服务设施费、动物检疫费、动物消毒费、动物防疫费、清洁卫生费等十项税费，共九十三元。为了保证财源，一些乡镇专门成立了"小分队"对那些拒绝缴纳费用的农民给予二三百元的高额罚款。

木珍说，在滴水县，杀一头猪要交一百二十元，比四川高将近三十元。过了几天，木珍的哥哥来，说不止收一百二十元，多的时候收到一百七十元。）

第一六四段　米、油、豆腐、肉

谷子到加工厂去加工，一边出糠，一边出米，老式的机器，有一个风扇。

要吃豆腐上马连店买。

榨油上很远，二十多里，他姐姐的油榨，榨得好吃，香，其实近一些也有油榨，半里地。榨油菜籽的油，一百斤油籽能出三十三斤油，到他姐姐那边能出三十七斤。十三块手工费，手工钱一样，我们去只收十块。我们几家人一起去，用手扶拖拉机拉去，每人凑点钱，买条烟，我们买两斤猪肉，我们那边的肉连骨头一起卖的，六块、六块五一斤，还搭一坨猪头肉。

切成片，放上盐、酱油、味精，一拌，过一会儿下锅炒，先炒熟，再放上蒜、青椒一起炒。

第一六五段　唱戏

唱戏有两种，一种叫庙戏，做庙，落成的时候，开光的时候，就唱戏。

一种是谱戏，修家谱，修成后，唱三年的戏。同一个曾爷爷的，每一家的老大，或每一辈的老大，发一个谱。修谱的时候赞助的也可以得到一本。赞助有三百、五百、一千的。

由一个人牵头，看有多少人，男的才进家谱，活的多少，死的多少。有一种说法，如果死的人或活的人漏掉一个，就对牵头的人不好，不是对他声誉不好，而是他会死掉，所以谁都不愿牵头。

连九十岁的老头都不愿意。

修谱专门有一个谱堂，在祠堂里修，或者盖一个房子，作为谱堂。

这次是楚斌牵头，他外号老爷。有一个管经济的，有跑腿的，一共六个人。94 年开始修，95 年修成，95、96、97 年，唱了三年戏。

到县印刷厂印，经费分摊，男的每人三十，怀孕的未知男女的，叫旺丁，也要给三十元。马连店能照 B 超，女胎就打掉。

唱戏的钱，每人自愿给，别的村来，好几个村的都来。发谱在哪天，唱戏就哪天开张，临时在稻场搭戏台，一人高，短木头从四季山砍，长木头各家出，唱完戏再还回去。木头还能用。唱几天要看钱多少。

马城县的戏班，楚剧。三百元唱一本，有《方青拜寿》《珍珠塔》《天仙配》《反八卦》《乌金记》《罗帕记》《四下河南》《三世仇》《二子争父》《约罗女游十殿》《三堂审母》《安堂认母》《玉堂春》，反正你点什么他唱什么。

由牵头的人点戏。

把亲戚接来看戏，还要买菜，还有很多做生意的。十里八里路的都去接来，我去接大爷和细爷（即大姑和小姑）。接，就是上门一趟告诉她们，邀请的意思，到时她们自己来。如果是父母，就可以住下。

细爷，就是小姑最爱看戏，十里路，扛着凳子，走路去，没人用自行车驮她。她天天来，扛着凳子走十里路。看戏免费的，不要钱。

一般带方便面做礼物，腊鱼腊肉各家自己都有，不稀罕。

大姑最爱面子，穷，但礼物最周全。

看戏是白天，上午下午。开张的时候要拜台，点香，烧往生钱，放爆竹，跪拜。庙戏就得拜庙。要拜四方的神，台不能垮了。谱戏还要拜斗，拿红笔在孩子的眉心点一个红点，家长给十块、二十块、五十块的，男女孩子不限。唱《送子》，台上抱一个假娃娃出来，预先联系好，有新生结婚的，赶紧接，把假娃娃抱回家，第二年果然生一个儿子。接的时候要放爆竹。

上午唱一本，下午唱一本。吃饭他们自己吃。唱到一半的时候要送"腰台"，用一个四方木托，上面放烟、糖、苹果、馒头。"腰台"送到前台，放挺长的爆竹，放烟花，还要吹唢呐。由正在演出的演员接，一般是好看的女孩接，向三方人弯一下腰，然后接着演。

在村的路口搭戏台，正面是坟场，坟头一个比一个高，像阶梯剧场，用一大把稻草垫着，谁也挡不住谁。正月里唱戏，农历八九月也有唱的。

唱谱戏开张的那天，共一个谱的几家人要扛着谱游村，游到哪家就在哪家的桌子上放一下，这家人放爆竹。游完后就拿回家。只有一辈的长子才有资格，全村只有三四个人有资格拿谱。

一个戏团有二十多个人。

庙戏最多有唱十天的。

第一六六段　庙

全村只有一个土地庙，特别小，比厨房大不了多少，有一个土地公。叫社庙，社跟蚀同音，所以不叫社庙，叫赚庙。

正月初一去拜，出门叫出方，不吃饭，每家都要去人，一年的第一天去哪儿很重要。在路上不能说话，说话就不吉利，有人使坏，把人推下沟，也不能说话，有时过河，被人推到水里去也不能吭声。拿上纸、香，烧了，回来路上就可以讲话。

女的不能去。

四季山上有一庙，是菩萨庙，山下有私人建的庙，叫"慈悲庵"，里面有观音，有千手观音、送子娘娘、济公、二清官，住庙的是尼姑，有儿女。

就等香客上门，求签。小孩病了，就在黄纸上画符，或者给一点香灰，就好了，很灵。

有一次半夜，十二点，我儿子犯症，倒在地上，不行了。是动土了，年三十，有一种鬼怪，谁动土就找谁，一共能犯七个。以前出这种事就去庙里，尼姑用一升米，用七个柳枝尖，七个芭茅尖，埋在动过土的地方，埋了就好了。很灵。

我们吓坏了，小王半夜去庙里，别人都封门了，年三十都要封门，初一才开门。封了门就不能开，过年了。她也封门了，人命关天，她还是开门了。

平时小孩头疼发烧就找她，找了就好了。小孩生病都是信迷信的多。我生病也是信迷信弄好的。

她看小孩的眉毛，小孩发烧眉毛就竖起来了，她一看，就说：哪个祖宗摸了一下，烧点往生钱就好了。要么就是在哪个方向孩子吓住了，用一块青色的布，用小碗装上米、茶，叫"茶花米"，包着布，放在枕头底下。要"叫黑"，拿一个棍子，在水缸里顺时针转三圈，反时针转三圈，用吟的声调叫孩子的奶名：你在哪个塘边啊——吓住了，回来呀——

点个灯笼，母亲在前面走，大哥在后面，母亲唤：你回来呀——兄弟答：回来了！在厨房也喊，有水的地方就行，一路要喊到睡觉的屋子，母亲就摸孩子的头，从后脑勺往上摸，边摸边说：回来了！回来了！要很高兴地说：好了好了，一觉睡到大天亮。第二天就好了。

吃奶的孩子发烧，吃药老不好，抱到她那里让她摸一下就好了，就这么神。

这个女人姓林，叫细容，我们都叫她林师傅。跟普通人一模一样，得道后就显灵，她能过阴，过阴就是到阴间走一趟。她每天晚上都唱，都听得见，初一十五必须唱。唱就是过阴，小王大哥生病的时候也把她接到家里来。她把两手放在膝盖上，"嘿嘿嘿嘿嘿——"像笑一样，很长时间才唱词。哪家有事找她，她就唱：哪方的主人，谁碍你了。

开的方子是，往生钱多少，救苦钱多少，玉皇钱多少。她得道以后老唱，把死去的人的事知道得清清楚楚，大家就知道她显灵了。

那次我犯症，大嫂去找她。女的正月初一不能敲人家的门，结果大嫂敲了门，林师傅的丈夫就死了。

请她到家里来一趟，一般要四五元，到她那去，一般十块，最少五块。

正月初一，男人出方回来，都到她那去，每人给她十元钱，像拜年似的。女人吃完早饭，带上孩子全上她那拜年。

她每年要给县里的佛教协会交几百块钱。

第一六七段　童子经、观音会、黄经

孩子不好了要念童子经，初五初六两天念，不问你要钱，你自己给，请道士要给道士钱。

观音会，二月十九，念经，敲木鱼。一人专门烧黄纸，代表给菩萨用的钱，往生钱是给阎王用的。一般有三个道士。

又有念黄经的，黄经是最大的经，不是随便念的，这么多年就念了一次，念了整整七天。

林师傅回家通知要念黄经，这是很大的事，年成不好，要念黄经渡灾。

去的时候，每人带上钱、米，在庙里吃了，就算在庙里记上了一笔。很多人都抢着吃，上午去，下午回。庙主林师傅是我们村的，她照顾我们，吃完饭她悄悄喊我们进去，到她的房间里，让我们吃米粑。

跪着听念经，上午下午都念，完了以后才回家。

最后一天又去了。念经的人一边念，一边转，花插着走，很好笑

的，但是不能随便笑。有一种走法叫"花枝礼"，五个人，走八字形，五个人在一小块地上你撞我，我撞你，一碰就笑。有个女的特别爱笑，捂着嘴，悄悄笑。

在山上最高的地方，找一棵大树，树上立一根竹竿，竹竿上绑着幡，就是大幅黄布，能拿下来，你有什么要求，就在那里求，黄幡上有七根绳子，下面有小结，别的很多人都在帮你求，都跪着。一放爆竹，黄幡就升起来了，满山坡的人都跪着，风很大，幡下七根绳子互相缠着，如果七根全都缠上，是大吉，吉象，如果七根都不缠，则不好。

谁求黄幡谁放鞭炮，住庙的师傅有专门放鞭炮的，一放就升幡了，像升旗一样。风一吹，又散了，一边嘴里念"菩萨保佑"。完了降幡，像降旗似的，降下来看缠成什么样子，请师傅讲一讲。求得不好也没办法，不能求第二次。

最后一次是起经，从生死庙起到山上。每人手里拿一根点着的香，庙里扎着小红花，每人胸前也挂红花。右手拿一根香，到起经的庙里，把香插上，然后点一根香拿回来。有一个人吹笛子，吹完了往回走，手里拿着一根香。

第一六八段　生死庙

生死庙可以管挺大的地方，管一个乡镇。这个庙的庙戏最长，出钱的人多，能唱十天半个月。每年唱戏他就给人发一个请束，给了你你就要给他钱，二十块。

做生死庙的时候，有两兄弟出了一万，他们是大陈湾的，在天津开家具厂，发财了，出钱多就叫"发泡""发烧"。唱戏他们家点了五本。

做庙的有一个碑，赞助人名字刻在上头。芦山上有一个庙，大庙。林师傅主持好几个庙，每个大庙下面都有好几个小庙。

芦山的庙，前面有一棵很大的樟树，下面有一棵小树。罪犯要在大树前受刑。大树被人偷过，锯了三分之一，这人就肚子痛，打滚，没偷成，这树现在还有一道疤，有十几年了。小树也有说法，忘了。

林师傅每年五月二十五生日，叫"赶生"，就是拜寿，"办生"，就是做生日。

大家都去芦山给她赶生，挺多人。带礼：米，二三升，十五块钱。有的带糯米、梅干菜、腐竹（叫豆棍）、青菜、黄花菜、黑木耳、白木耳，有钱人给钱，一百、五十的。庙挺大的，给钱的记在黄纸上，念经的时候把名字念出来，烧掉。

中午在庙里吃饭，斋饭。十个人一堆，两脸盆菜，都是斋菜，坐在山上，围着，坐在草上。斋菜是一样一样煮，盛在大盆里。有煮豆腐，红枣泡了用红糖炒。黑木耳和腐竹都是用水泡开了炒。海带，煮一煮。罐头，有橘子和梨罐头，有凉拌菜、榨菜、梅干菜，花生都是炒煳的，没有青菜，老人过生日不吃青菜。煮糯米粥，粥里放绿豆、花生米、红枣、莲子、冰糖。

厨房里都是自愿意帮忙的人。

有十种菜，一般老人过生有二十二盆，林师傅是斋菜，少一半。别的老人过生，我们都是边吃边数，快到的时候就吃快点，没到的时候就吃慢点。最后一盆是肥肉，倒数第二盆是一条整鱼，叫"镇鱼"。

凑够十个人就拿两个脸盆，每样菜盛一碗放脸盆里，举在头顶，边走边喊，让开——让开——旁边的人往他头顶的盆里抢挟一筷吃。

人很多，有时筷子和碗都抢不到，但我们不怕，林师傅是我们村的，她媳妇把筷子和碗都藏好了，等村里的人来了就悄悄喊，这边来，这边来。我们你拍我一下，我拍你一下，一个个悄悄地跟进去。

第一六九段　女的在村里说话

我们村女的说话都是这样说的：

狗婆子逼，打牌吧？

谁是逼？

你不是狗婆子逼你是什么？

打就打吧，你干吗骂人。

（拿到一张牌）

她大的逼我不要了。（不要牌）

你不要我要。（我吃了）

逼你都吃。

（大家都笑）

第一七〇段　骂人的话

骂小孩：发瘟的！发伢瘟的！你这个畜生！你找死啊！你想死啊！我打死你！你这个鸡巴！你这个狗鸡巴日的！野鸡巴日的！我打不死你算你命长！你这个绝八代的，抽筋的！

骂女孩：贱逼！狗婆子逼！细逼！卖逼去！

骂人叫"但人"，骂脏话。训人叫"骂人"

第一七一段　虱子

我们那儿差不多每人都有虱子，都说长虱子有福气。这几年我不长了，不知道怎么就没了。我女儿头上也有虱子，给她弄掉了，过几天又有了，她们班同学人人都有。我一次我到兽医站要了去虱子的药水，弄了一盆，她们放学回家，路过我家门口，过来一个我就摁一个的头到盆里洗，这种药水是专门治虱子的，洗了以后虱子就变成了灰。

第一七二段　猪

猪养到二百多斤就能杀。本地猪，大白猪，很少黑的。小猪叫奶猪，到马连店的集市上买，十元钱一斤，三十多斤的奶猪，要三百多元。小的十块钱就能买一头。

吃谷糠，潲水，没糠的时候也有给生米或谷子吃的。

有一次我去买两只小奶猪，到河堤上跑了一只，大家都帮着抓，结果一个人把另一个人的脚捉住了，她说，哎哟，抱我的脚干嘛！那人说，我以为是猪。

猪两个月叫满科，跟小孩满月一样。最小的有八九斤，叫"萝卜棍"，大一点的，二十、三十斤的，叫"头仔猪"。

每家都养猪，养到过年自己杀了过年。长得挺快的，九个月，八月十五中秋也杀。

乡政府在江湾有个畜牧站，治病、配种，二十个大队，每个大队都有一个专职畜医。卖药，养种猪。医生全是男的，卖药的全是女的。

猪会得风火症，叫五号病，难治，身上烫烫的。得的最多就是这病，挺难治的。夏天往草堆里钻，身上发烫它怕冷。一年难得一次，传染的，像猪瘟。只能打针试一下，能好就好了，不好就死了。全村只好了一头猪。

有一年，村里一百多斤的死了好几只，有一只是得肺病死的，杀了，内脏一点没要，吃了肉。我女儿老问，爸爸，我们家的猪什么时候死？

死的那批猪，全都吃了，不用花钱，谁想吃，就去死了猪的那家人讨一点。这家的猪死了，肉吃完了，那家又死了猪。

我家的奶猪一直拴着，系在门上，一放就吃庄稼，小麦，油菜，都吃。我们家没做猪圈，有一个小屋，让它待在屋子里。那年腊月十八，拴着也把我家门口的地拱翻了，不知哪来的这么一股气。那天有人结婚，我帮小王喂鸭子，他去帮人家拿家具。十二点，一个男的提着蛇皮袋，我以为他是偷鸡的，没在意。

我看见猪把地拱翻了，有气，把它解开了，打它，拿棍子打，还想把锄头锄死它。我边打边骂，像骂人似的。中午也没给它吃的，也懒得找，我说，死了就死了。中午也没回来，晚上还没回，我也没找。小王回来找，看见在稻场边的麦地里，让毒鸡的毒死了。让五保户杀了吃了。他自己剥皮，全吃了。

有人专门毒鸡毒狗，没毒的，能吃，毒鸡的药叫"三步倒"。

有一年我家养的两头小猪咬人。我们每年都养两头猪。那时候房子还没盖，只有两间屋，猪在做饭的厨房待着，现在还有很多人家的猪养在堂屋里。猪长大了，吃食在外面，睡觉的时候就回屋。人家上我家买蛋，一边一头猪围着人家，来了生人就咬，我伯来了它就不咬，生人来了它就赶，跟狗似的。后来养到二百多斤就卖掉了，真舍不得。

猪有的时候能听懂人话，说赶紧吃，吃了好杀掉，猪就不吃，说卖也是，说了它就不吃了。有一次小猪从二楼上跳下来，没摔死。晚上睡觉前把猪赶出来一会儿，让它尿尿，它就尿了。有的猪很聪明，到尿尿了就"唔唔"直哼，来回走到处转，不在屋子里尿。牛也这样。猪明的猪是人变的，五爪猪不能养，就是人变的，一般猪只有四只爪。

第一七三段　最毒的农药

最毒的农药是甲胺磷，吃一盖就死。不管什么虫子，稻子、蔬菜，一有就喷。四伯种甘蔗和白菜，长虫子，全喷上了甲胺磷，第五天就吃上，差点没死。小白菜不要了，喂小鸡，小鸡全毒死了。四伯是到医院洗肠才活了。

还有1605，也挺毒的，棉花蚜虫，都能喷，如果买不到甲胺磷就买1605，一斤一瓶，五块六一瓶，甲胺磷是十二块一瓶。1605去年不让生产了。

敌敌畏不是剧毒，用来杀蚊蝇，喝敌敌畏的都不是真想死。以前有一种杀麻雀的药叫芙南丹，日本出的，很厉害。用煮熟的饭拌饭，什么鸟吃了都死。拌的人必须戴上口罩、眼镜、手套，红色的，像沙子似的。

也有人吃这个死的。国产的没这么毒。日本产的毒。下秧的时候，稻种是从海南买回来的，拌了芙南丹，老鼠吃了，就药死了。

我家的细婆，叔叫细娘的，她有　次，想不开，吃了芙南丹，后来到马连店洗肠，吃了半斤，没死。现在人挺精神，头发全白了，八十多了，走路飞快。

喝甲胺磷很容易死。我在娘家的时候，一个男的叫狗子，他妹和妹夫吵架，妹妹回娘家，全家都劝妹妹不回婆家了，结果狗子不知为什么就喝药，这么多人看着他喝，大家都抢，抢得满屋都是，只喝了两口，送马连店，只有两公里，一到就死了。大家都说有鬼，是他妹妹带回来的鬼。

87年，娘家村有个女的，也是喝这个药死的，她家好好的，丈夫吃国家粮，儿子考上大学了，两个女儿，不知为什么就喝药死了。村里的说法是，死人找替身。

跟我同一天嫁的那个女的也喝这个药死了。同一天嫁，谁先出门谁好，晚了不好，如果不同姓就可以抢，都是姓李，要讲礼，她的嫁妆先送，我的后送，出嫁的时候我先走，她后进家门。如果她先嫁来，我就不好。我就下午过去，她晚上挺晚才嫁过来。87年正月，她也喝农药死了，她不让丈夫打牌，说不听，回家就喝了，大伯大妈都在家，药放在一个闲屋子里，甲胺磷，也是喝两口，送到马连店洗肠，洗了还是死了，两个孩子，当时小的还不到一岁。

第一七四段　养鸭子

我们养成土鸭。有专卖小鸭子的地方，叫"抱房"，好几间屋子，搭架子，放蛋箱，底下用煤烧，烧二十天小鸭就出来了。每隔七天出一批。

第一批出来的叫"头水"，有二水、三水、四水，直到七水，七水就叫扫滩的，最不好的是最后的。一出壳就认得公母，把公的挑走，专卖母的。

抱房离村子有十几里地，有好几家，每年都给小王合同。每群鸭子放一只公鸭，能孵小鸭子的蛋叫红蛋。抱房每年二月到各村收蛋，一斤三块钱，比市场上吃的蛋贵一点。过二十多天，有合同的就去挑鸭子。一般挑一百多只，两只竹筐，一块钱一只，公小鸭不要钱。

有一次小王拿了一百多只公小鸭给村里人养，全养死了，抽筋。

鸭子的病一是抽筋，一是肚子里长坨。出来没多久就放水里就抽筋。出来十几天才能下水，刚下水一小会儿就要赶上来。

小鸭子一百多只聚在一起，成团，要放在箱子的格子里，每格放十只鸭，把煮熟的饭，用茶水拌，助消化，吃完用嘴喷一口水给小鸭子，让它理理毛，就休息了。不理毛它就不舒服。

长到二十几天，每天就赶到水田里，插了秧，把饭放在水里，时间长了没喂，它自己就回来了。

母鸭的毛是普通的，公的羽毛很好看，黑的里面有绿毛，闪光，全是麻色的，一百只里面有一只是白的。

小王九岁就放鸭，他知道哪只鸭子下蛋最狠，能看出一群鸭子是一年两年还是三年。鸭子第一年下的蛋小，第二年就是吃的蛋那么大，五六年就老了。

养了一百五六十只，老的卖掉。买一年的鸭子，每天晚上下蛋，有的在早饭的时候下。小王知道哪只鸭子没下蛋。大屋子，四个角放上稻草，每天早上，门一推开，地上白花花一片，一百多只鸭蛋。

全是小王捡，他让我捡，我一下踩破两只，就不让我捡了。我女儿很爱捡。边捡边数，冬天少的时候只有四五个。最多的时候有一百三十多只。六月下一半，每年下蛋都在正月初一，只下一个，叫"开科蛋"，如果下两只，就叫"关门蛋"，不好。到秋天又开始多了。

有专门收蛋的，有冷库，县里。卖给私人做松花蛋。

老有人偷鸭子。97年3月14，鸭子关在小屋里，晚上有一个女哑巴，没地睡觉，在我家窗下水泥地睡觉。十二点半，鸭子像被人赶着跑。小王看见哑巴晃了一下，他说，你走不走，走！哑巴提着裤子正要走，这时屋里跑出两个人，小王哇哇喊，他哥弟都起来了，追出很远，没追着。偷鸭子的袋子是装四百斤的大口袋，两大袋，装了八十几只鸭子。没偷走。

我们就把鸭子拦在厨房。20号晚上，一点多，有月亮，隔墙的鸭子又是在跑。我拉亮灯，也没听见狗咬。推门一看，厨房已经挖了一个大窟窿。我一边喊一边用铁叉冲了一下，没人，他哥他弟又起来了，他弟有摩托车，没穿衣服，光着，他说，给我钥匙，弟媳妇一慌，就给他一只锁。

大眼也扛着叉子，两人赶，没赶着。找着一个扁担，上面有字：1992年，王。是我们家的，放在外面。

养一只鸭子每天要喂三两稻谷。下蛋的时候每天喂四顿，不下蛋每天喂一顿。

第一七五段　叫唤

叫鸭子这样叫：哎——，叫鸡就叫：咯咯咯，叫猪：这儿——，叫牛：哞——，叫狗：呜——喔——，叫羊：羊哎——羊哎——

都不一样。

第一七六段　牛

牛小的时候肉嫩，不能穿鼻，只能戴笼头。一岁的时候就可以教它犁田，前面一个人，后面一个人，两个人喊：沟儿犁——沟儿犁——每天教半小时，教一两个月，就自己犁了。

三类苗的父亲，赶牛过渠，他把细绳缠在手指上，把牛打过去，牛一过渠，细绳就把手指勒断了。第二天痛得打滚，第一天不痛，手指掉了都不知道，后来去马连店医院把第二节指头切掉了。

吃奶的牛五块钱一头，买来养，养了两天，又十块钱卖掉了。公牛便宜，一岁左右的，四百到五百块，母牛要八百到九百块。我们六户合养一头牛，每家放四天，六户放完十六天。都不喜欢放，弄一根长长的绳子，放在干渠上，它自己能吃饱。

第一次养的是公牛，配种一次给二十块，几户分。后来配一次种给四十块。配种都是男的去，女的不去。

公牛到一起打架，母和母不打，所以养母不养公。

马连店随时都有卖牛肉的，都说牛肉没有猪肉好吃，很多人不吃牛肉。小王的哥哥在县城帮人杀牛，牛肝不要钱，每次都带回给我们。用水紧一下，切薄片炒。

杀牛的时候，几个人把牛按倒，一刀捅脖子。也有人把着牛的两眉之间，眉心一点牛就死了。

有的牛跪下来，有的牛流泪，有时用布把牛的眼睛蒙住。

牛皮卖了，骨头全不要。牛肉炖着吃，牛尾巴也切成一截一截的，很好吃，用萝卜，炖满满一铁罐。有个人眼瞎了，很想吃东西，我就用大汤碗给他盛一大碗，他全吃光了，他老婆叫武则天。五保户听说了，也回家拿了一个特大的汤碗来。

第一七七段　老人瘟，伢瘟

有一年，传说要发老人瘟，说老人都得死，要女儿买两斤肉，炖熟给老人吃，而且要吃光，不能剩，就可以不发老人瘟。

后来听说是谣言，是老人想吃肉，有意散布的。

连续两年都说发"伢瘟"，就是"小孩瘟"，小孩要穿姥姥做的红衣服，用棉布做，就可以不发伢瘟。后来滴水县的红布全卖光了，没卖的了。我女儿没穿，也没事。

后来也听说是谣言，是工厂积压红布，卖不掉，资金周转不了。

我们那里给孩子渡灾是吃豆子，和尚给的豆子，他的是熟的，叫豆娘，用豆娘加上自己的生豆子一起炒，炒熟了再给别人当豆娘。每家小孩都吃。有时候放樟树叶、马蹄、黄豆放里面煮。三月三，阎王开放鬼门关，那天要用艾叶枫树上的枫球，用烘炉点着，驱邪。

第一七八段　税太重了，田没人种

王榨只有买菜的，没有卖菜的，主要是懒。每家夫妻俩，只有一人种田就够了，另一个人玩。小王的嫂子成天打牌玩，什么都不干，都是他大哥干。小王的弟弟没种田，他只留了一个人的户口，税太重了，一个人的税就少些。他只有一个人的地，给二嫂种，二嫂一年给他一百斤稻谷。

田没人种，夫妻俩如果都不打工，还能捡很多田种。

一家一般是女的种地，男的玩。我们家忙的时候是我，平时零零碎碎的是他。

第一七九段　打架

其一

我们村每年都要打架，不打就不行，觉得不好玩，打架好玩。有一年，正月初二，一个有功夫的河南人，四十多岁，带着九节鞭来王榨，说要把牛皮客的村子操翻。他们有什么仇不知道，反正就来了。

刚到平板桥，碰到我们村的一个老头，有六十多岁，老头矮，河南人高，够不着，他就跳起来打了河南人一巴掌。细铁他们听到信，一帮人，五六十人都去了。这河南人叫小赵，有点名气，也有功夫，一边跑着一边喊，说要把王榨操翻。他后面跟着我们村的一帮人，追过来。

大家团团围着，小赵根本没法还手，有功夫也没用。冲在最前面的是那个跳起来打他的老头，后面的人也想打，够不着。小王的弟弟在岳父家拜年，一会儿就全都跟过来了。

细铁和他弟带了我家的菜刀，两个擀面杖，一人一个，小赵的九节鞭被缴掉了，小王的岳父劝架，很多人都不打了，只剩细铁和他弟。刀拿了没用，拿擀面杖还在打，你一下，我一下，像打铁似的，使劲打，细铁和他弟都高。看的人都说不行了，说不打了。他们还打，打一下，收一下，一边讲理，说还要不要抖威风？还狠不狠？你狠还是我狠？你操王榨？你还敢不敢操？

后来还是劝走了。小赵只活两年就死了。病死的，跟这架打的有关系，内伤。

其二

有年正月十四，我们村的人上姑爷家玩，回家在路上遇上姓江的，他们的龙灯比我们的还长，人又多，碰上了，两个龙头，谁也不能比谁的高，谁都不愿意走左边。右手是大手，左手是小手。江村的看到王榨的龙头举得高，就动手打。

我们女人全都在家打牌，侄子慌慌张张跑回来报，说打架了！赶快去，打输了，男男女女全得去。

我们四个女的，一人一把锄头，扛着就跑。后边的满村人都跟着跑。到那一看，王榨的人每人脸上都有一道血印子，可能是刺条打的。附近有一条河，堤根上全长着刺条。这河从江湾子一直流到我们村。

男人看见女人扛着锄头来了，赶紧接着。姓江的看见赶紧跑。江湾子也是姓江，就把他们藏起来，关上门。我们把姓江的龙灯踩了，把棍子扔了，女人跨过龙灯是不好的，我们就跨过来跨过去。男人打不着人，满村子找。

我的锄头被细铁接走了，他被人打着头了，他这人有一条，你打着我怎么样，我也要打你成什么样。他找不着人打气得要命。姓江的都从后门偷偷溜走了，细铁逮着了一个人，就往死里打。江湾子的人都在喊：要不得，把人打死了！他把人的头打出一个大窟窿还打。后来被扯掉了，送到三店医院，不敢收。又送到县医院。

回到家，江湾子村来了两个人谈判，让王榨不要打了。姓江的连夜买纸扎龙灯，扎好了才回去。他们要路过王榨，路过的时候锣鼓都不敢敲，偷偷走了。

第二天是正月十五，姓江的扬言要来一百多个人打架，我们也不害怕，都拿好了工具，有锄头、叉子、钉耙、土铳、冲担、菜刀，还有木工用的凿子。

就在稻场上叫，全村一两百人都在叫，拿着土铳对着姓江的村子放铳。

姓江的只来了几十人，没来一百人。最后也没打成，王榨的人都觉得可惜。姓江的人说，怎么王榨的女的也这么喜欢打架。那真是的，满村子都在喊，有什么带什么，没有就拿锄头！

其三

91 年，正月初六，细铁和他哥去给亲爷拜年，亲爷是他爸爸跟那人是很好的朋友，不是结拜兄弟，也不是亲家就是关系很好。走到三店中学，被一辆"神牛"牌拖拉机撞了，把细铁的骨头都撞断了。他哥回来报信，人家把细铁送到三店医院，说治不了，又送到县城。

我们这边的人想打架，那人跟我们村的人有亲戚，没打。

细铁的腿治了半年，里头是钢筋，在县医院接的。上钢筋在县医院，上好了回家养，等骨头长好了再到医院把钢筋取出来。能走路。

钱都是他自己出的，后来打官司，让那人出两千五百块，那人两年了还没出。到了第三年，腊月二十六，这天我们村去了四个人，还有别村的朋友，一共去了二三十人，到撞人的那人家，叫鸭子嘴。去的时候坐了三辆三轮车，租的，二十块一辆，在马连店租的，鸭子嘴离马连店有二十里地。他们手里没拿家伙。

准备去要债，要是他家没钱就拉东西。

他们一进那家就把大人小孩控制住了，搬东西，桌子椅子没搬，粮食也不要，只搬电器，电视、录音机，自行车这些，都搬上。那家女的挣脱了，跟到大街上喊，这鸭子嘴也是一个小街，一听喊，街上的人全来了，几百人，把王榨的人打了，打得不算狠，就是被包了馅，包着打。细铁的弟弟被一帮女的赶到烂泥田里，把脸抓破了。细铁也被人按在地上打。有个人被人追到坜岸上，从低处往高处爬，被人用雨伞的铁尖把屁股捅了个窟窿。就是外号叫三类苗的，他整天病殃殃的，还就爱打架。

小王的弟弟被人赶到女厕所里了，街上的女厕所。他以为人家不敢进，结果人家还是追进去了。打得不厉害，就是狼狈。

回到村里谁都不说这事，家里女人都不知道。

过了一天，鸭子嘴的一个女孩上我家玩，这女孩是木玲的朋友，她说你们村有人上鸭子嘴挨人家打了，都说王榨的人这么厉害这么厉害，昨天上鸭子嘴被人包了馅。村里的女人赶紧问，这才知道。

第二天是二十七，每年二十七都要到县城买菜，买二十八的菜，二十八是还年富。早上要起一大早吃一顿好饭，要有鱼，要先供祖，供祖的鱼要小一点的，叫"听话"，不知什么意思。整条鱼，有头有尾的，煮熟，不能吃，到了十五以后才能吃，先放盐腌。还要有鱼丸肉丸糯米丸，鸡、豆腐，放火锅里，不摆素菜。火锅里必须有一只大萝卜，意思是养大猪能养成。大萝卜是整的，放上鸡蛋，随便几个，叫"元宝"。早上五点起床，前一天晚上就做好，热上半小时，六点吃完就出门了。这就叫"还年富"。

二十七这天，我们村的人打败了，不服气，心想你们去县城买菜非得从我们村路过，他们几个人就守在路边，骑车骑半里路守在路边。

我们村到马连店一里路，马连店到县城二十六里，从鸭子嘴到县城更远，要起早，我们的人去得晚，没看见他们人。那人买完菜三点多才回，就被他们逮住了，但这不是欠钱的人，没打，只把衣服全剥光了，就剩一条内裤，腊月，大冷天，故意冻冻他。几个人在边上看着，不让他跑。那人冻乌了，才让他穿上衣服回家。

欠钱那人外出做木工，细铁也外出做木工去找他。

他在北京老打听那人，听说那人在太原，他就从北京去太原。他把斧头磨亮，守在楼梯口。那人从楼梯下来，细铁扑上去连砍三斧头，肠子都流出来了。砍完了回北京了。他弟弟也在场，他说：我细哥真厉害，真有本领，跟程咬金三斧头似的，砍了三斧头。他在我家说，大家听得笑得东倒西歪的，站都站不住，在我家门口讲的，我家人多。

那人报警了，没抓着他，就不了了之。算扯平了。

第一八〇段 花生

花生很好种，种花生的地里喜欢长草，只喷除草药就行了。不行就得锄地，长草就不长花生。七月半收花生，现在的品种好，扯不断，都连在一起，以前的扯起来一个都没有，但以前的品种产量高，花生香，好吃。现在的叫"红花一号"，两粒米，"川生"，三粒米。

花生杆有时喂猪，晒得很干，用机器一捣，粉成糠。粉糠的钱跟买糠的钱差不多，一百斤十四块。

种得多的人家就榨油，但花生油没人吃，一阵烟就没有了，只拌饭，不炒菜。炒菜用菜籽油，菜籽油好吃，香，煎鱼两面黄。两百斤菜籽能榨五六十斤油。

花生基本上是零食，煮，连壳炒。旱地多的人种得多，有一户一年种了二十多筐，全卖了。

第一八一段 柴火

一般不舍得烧花生杆，喂猪很好，比买的糠好。捡松针烧，山上很多。8月1日，那天刮大风，树上的黄松毛全掉了，厚厚的一层。有一天，大家都干地里的活，那天刮风下雨，我穿着高筒鞋，一个人，下着雨，人家都不去。我捡最厚的地方哈，哈柴。有人上山捡丛菇，看见我，赶紧回家拿耙子绳子。

那次足足哈了十六捆，能烧两个月，让小王往下挑。大家都笑我，说懒时真懒，能干时真能干。中午饭都没吃，我占了一大块，哈了六捆，大捆。整个山都是松树，四季山，不用砍树，很多山。

在娘家的时候烧棉花杆、芝麻杆、黄豆杆、高粱杆、稻草、麦杆，麦子杆烧的时间最长。

现在烧煤。

四五月上山捡蘑菇，很好吃，炒一下，放鸡蛋、葱。箩筐有两三箩筐，吃到开年二三月，有的里面长毛了，陈的不好吃。

第一八二段　黄豆和绿豆

就种在田岸上，三四五月都可以种，有一种品种叫"六月半"，种得早，六月半就可以吃了。闷青豆，毛豆角，整个煮，放上酱油，一点盐。

野兔子爱吃豆子，吃叶子，只剩几根棍，再补，再吃，弄一根棍子，一把稻草，扎一个圆坨，像稻草人似的，吓兔子，它不怕。

割完小麦后赶紧种豆子，端阳节前一天种。什么肥都不用施，特别稀，通风，密了不长豆子。

绿豆也一样，可以种两季，一点肥就长得很好，也不用拔草。

有一种虫叫"吃虫儿"，叶子上有，碰到就不得了，起一个大疙瘩，疼，穿长袖也不管用。黄豆绝对有吃虫儿。

绿豆也可能有，就穿上长衣长裤，戴袖笼。绿豆是摘，不是一次摘，先熟先摘，熟了是黑的，先黑先摘，不停地长，有的还开花。

黄豆是连根拔起。

第一八三段　蛇

干活要穿上筒子鞋，长筒胶鞋，怕蛇咬，土地蛇。插秧的时候穿，叫"农忙鞋"。

土地蛇是最毒的，咬着了马上肿。村里有个老表，双抢，中午摘豇豆，给土地蛇咬了一口，扎住脚脖子，痛得哭，扎着也不行。送医院也不行了。

有人会草药，用草药敷三个月。也可以把蛇打死了，把蛇头砸碎敷，以毒攻毒。有一次我割岸柴，拿梯子割，够不着，看不见有蛇，被咬了一口，把蛇打死，用蛇头敷脚，不那么痛，第二天就能走路。

第一八四段　草

有种草叫"刺"，每年开花都很好看。浅红，深红，白，桃红。小的红刺头，能吃，甜甜的，现在的小孩不吃，我们那时候吃。嫩的，小指头那么粗，能掐下，不扎人。生吃，叫刺芽。老人说：刺芽咧红彤彤，细伢吃了耳朵聋。

有一种叫"丝毛草"，长在高岸上，叫膀田，小山丘上的田。丝毛草很长，有三尺长，做蓑衣的，草心叫毛针，像针似的，能吃，有手指长，剥开，里头有肉，缠成饼。老人说：抽毛针，打毛饼，接细叔，花细婶。现在王榨也有人用蓑衣。

鱼腥草，冲、田岸、高岸有。挺多的，开白花，三八月开花，手掌长，一扯，挺腥的。晒干，当茶喝，没腥味，治病的。有个女的老给她爸爸喝，一年四季都喝。鱼腥草是暗红的，根是白的，茎也是红的。听说能治女人的病。

野菊花没人吃，田岸上一片一片的。

白水草，花生、芝麻地里有，见节开叉，满地爬，一扯一大片起来，没庄稼的地里也是这草。牛爱吃。

系马桩好大一棵，一个人都扯不起来，牛喜欢这种草，吃的时候，使劲扯都扯不出草。牛没有上牙，只有下牙。

贴金帕，就一根，爬地，比白水草叶短，堤岸上全是这种草。马鞭草，路边也很多，牛爱吃。

野鸡冠花，花生地里长的，像狼牙棒，头是尖的。

狗儿草，小时候我们唱：呜——毛狗黑狗出来，里头的黑籽就在手心上了。马拉草是辣的，汁碰到皮肤上挺辣，有的牛吃，有的牛不吃，房前屋后都有。有一种草叫做乌，草上结的籽像芝麻一样，把籽捏出来，放在纸上，"乌"一吹，籽像虫子似的满地爬。

水田里长的是四叶萍，也叫破铜钱，一片片地长，不好。水里还长饭杠草，也叫水上草，样子像饭杠。秧田里长牛毛毡，密密的，很难弄。还有鸭舌草，像三片鸭舌。

地根头能做药，有人收购，以前有人挖根，上面是叶子，只有几片，茎是三角的，用来看生儿还是生女，也叫生儿生女草。

油稀草什么药都喷不死，节节生根，满田都是，最难扯，交错着长，挖也不好挖。死不了。油菜田里长鹅儿草。猪最喜欢吃蒿子草，小时候我们割来喂猪，田岸冲地，到年都有。以前我们还吃一种草，只有一根茎，是酸的，现在没多少孩子吃。枸杞草的子跟枸杞子一样。

巴茅草有齿，割人，里面的心也能吃，有人用来盖猪圈，以前打柴都得戴手套，一不留神就一大口子。

第一八五段　鱼和霉干菜

鱼主要吃青鱼草鱼胖头鱼，做鱼丸子，用刀背剁，放点淀粉，半碗鱼，一碗淀粉，放点葱姜盐，放一盆水，浮起来就好了，沉就不行。

杂鱼（臜鱼），就是把鱼切成块，放上盐、酱、红麯，一搅和，放进瓦罐里，放几个月都没事。吃的时候，夹起来放锅里蒸一下。我们土话说杂巴，就是指不会，糟糕，杂巴饭，就是乱、糟。

鱼和豆腐萝卜煮着吃，叫新鲜吃。先切成块，放盐、酱油、味精，盆里一搅，水开了下锅，放红辣椒粉。炸鱼也吃，放点面粉和盐，一搅，半锅油烧热。腌鱼也做，上午腌下午吃，有一种吃法叫爆腌鱼。

腌鱼有很多水，腊鱼要晒干。把五脏和鳞都去掉，在通风的地方吹干，再放缸里放盐，一层鱼一层盐，腌肉也这样。腌出很多水，有太阳就拿出来晒，晒干留着慢慢吃。

走亲戚给腊肉，腊鱼比腊肉好，不给人。一般第一次去人家家里，给新鲜肉，第二次给方便面、苹果。

霉干菜家家户户都做，现在没有多人喜欢吃。分干腌菜和湿腌菜，干腌菜用萝卜缨和芥菜做，洗了，晒半干，放锅里过一下，再放缸里，用面杖使劲压紧，有许多水，用稻草封住口，扣过来，一夜水就干了，第二天用大锅蒸熟，再用晒腔晒干。芥菜比萝卜缨好吃。

湿腌菜用白菜做，一洗，晒半干，放缸里或桶里，烧开水，放上一袋盐，把开水晾凉，泡上，泡到第二天就能吃了，黄的。

第一八六段　红苔的吃法

除了生吃，还有五六种吃法。都叫苔果。煮熟晒半干，剪成丝，用河里的沙子炒。第二种是生的切成薄片，放开水锅里烫熟，放晒腔里晒干。第三种是去皮，切碎，煮熟，放切碎的橘子皮，在锅里煮熟，用铲子捣成一个粑，像面团似的，盛在盆里，用稻草垫着，现在用地膜，上面再用地膜盖上，再用啤酒瓶压开，桌子多大就压多大，再晒干。下午就可以剪，剪成三角形，再晒一天就可以了。第四种是生的放锅里，糯米也放锅里煮熟，放被子上，把被子弄湿，铺在屋顶上，用泥工用的烫子，烫薄，用油炸着吃。第五种，把米和苔掺着捣碎，像米粉似的，在锅里一烫，掀起来，晾干，剪成三角形，也可以炸，也可以用沙子炒，沙子用最细的筛筛掉，留下不粗不细的，筛子是专用的，叫泡儿筛。沙子留着，第二三年都能用。

第一八七段　面

做馒头、千层饼，抹上一层油一层糖，卷起来，放锅里油煎，都爱吃。

饺子叫包面，像馄饨，皮厚一点，馅放肉末葱酱盐味精，打一个鸡蛋，有地菜，就放一点地菜。

来客人了招待面条，女婿到丈母娘家，做包面。第一次到丈母娘家不能吃鸡蛋，不然就"断了"。（湖北话，蛋与断同音。）

第一八八段　肉

炖肉，切成坨炖，只放盐。不老肉，一滚就吃。炒，切成片，先放酱油盐味精，一拌就炒。做面，客人来了下面，面里放肉，叫下肉吃。卤肉，有卤料卖的，一袋，里头有八角桂皮朝天椒，用布包好，锅里放点水，放酱油，炖两三个小时就好了。过年才卤，卤猪头肉、猪耳朵、猪尾巴，来客了喝酒。卤猪肠洗的时候要放面粉和盐，缩得厉害，老话说：好吃的大娘不买肠，两尺煮成一尺长。

卤好就放在洗脸盆里，或者罐子里，不盖。

第一八九段　蛋和黄豆

直接往水里一打，叫"放水蛋"，这样一般是每人吃一只，也有人不舍得吃。整个煮，叫整蛋。炒鸡蛋也是放点葱。煎鸡蛋要放水，煮一下，用汤来拌饭吃。卤着吃，放点肥肉，连壳煮。无聊的时候，就卤鸡蛋吃，用家里的大锅，卤一百多个鸡蛋，一边聊天一边吃，全吃光了。咸蛋用鸭蛋腌。

黄豆炒来当零食吃。小孩老是吐唾沫，叫"发豆潮"，炒黄豆吃就好了。

第一九〇段　生孩子

以前不能做 B 超，生了女孩子就扔掉，不要。现在有 B 超，马连店就能做，是女孩就打掉。第一胎是男孩，要隔五年才让生，我隔两年生的女儿，罚了一千九百块钱。

现在第二胎要罚一万，都到外面躲着。"林彪"的妹妹怀孕了，就躲到北京，快生的时候回家，在火车上就生了，生了个儿子。

王榨有两家只有两个女儿，没儿子，说话得特别小心，不然她以为是骂她。

生孩子要吃油面，面粉揉软了，一条条的弄上菜油，用一根竹棍，把面条缠在竹棍上。放在一个架子上，扯长了，很好吃。面里放油盐。一生完就吃，放上鸡蛋、肉，不放盐。以前生完喝红糖水，躺着别人喂，现在一生完吃人参，快生的时候就熬上了，人参熬好放红糖。

接生婆叫喜家婆，请一个喜家婆，以前是十块，现在一百块。

这个人厉害，她一摸，胎位不正，就让赶紧到医院去。马连店街上的，有五十多岁。她有油布、止血药、剪刀、注射器。来不及叫喜家婆的，我们村"和尚"也能接。

有时候要几个人帮忙，两人按手，两人按脚，两三小时都生不下来。胎盘放在饭罐里，现在放在药罐里，第二天孩子的爸爸拿到塘里扔，不能回头，不然小孩吃奶就会吐出来。

第二天买肉，送娘家报喜，外婆得抓一只黑母鸡。第二天外婆带着小孩的尿布衣服，叫毛身衣，线头都不剪，还要带一筐面，鸡，鸡蛋。来了把外婆的黑母鸡杀了，鸡毛、泡鸡的水都留着，留到中午，生孩子的妇女要用这水洗屁股，这样就不会得病。九十年代还这样。生第一胎就洗。

喜家婆来洗孩子，带一种药，放水里，边洗边唱，拍拍背，唱：一拍拍，二拍拍，细伢洗澡不着黑，一拍胸，二拍胸，细伢洗澡不着风。

母鸡煮熟了，整只放在堂里供菩萨。

娘家有多少亲戚，孩子的爸爸就得买多少块肉，送到娘家，外婆给每家亲戚分一块，亲戚家就给你抓一只鸡。月子里头十五天吃婆家的，后十五天吃娘家的。十五天，外公舅舅带上钱来，以前十块就挺多的，现在要带一百两百，女的五十。箩筐里装着鸡蛋，十几只鸡，四担八挑。煮二三十只鸡蛋，染红，拿一只红蛋在小孩屁股上滚，红蛋娘家带回去，滚屁股的红蛋要给小舅子吃。

我婆婆吃斋，一点不照顾，全靠二嫂，脏东西、血，都是她洗的。我妹妹木玲白天来帮忙，骑车来，晚上回家。生两个孩子都是小王照顾，一般男的都不照顾。

第一九一段　生孩子死的鬼

生孩子死了就变成鬼，叫月地大姐，是所有鬼里最可怕的鬼，红头獠牙，披头散发，身上惨白惨白的，满月的时候出来梳头。专门埋在不干净死的山上，晚上打牌回家路过山上就能看见。

治鬼用牛赶犁，绕村子犁上三圈，会好一点。拿土铳，晚上朝天放几枪，也能吓鬼。

第一九二段　酒桌

鱼肉豆腐，三大样。二十二盘，有的二十盘，最低十八盘。一定要有三丸，三碗丸子，两碗鱼丸，一碗肉丸，红苕丸炸一下也行。省事的煮鸡蛋，剥皮就算丸，圆的就行，每种丸十个，一桌十人，一人一个。要是小气，叫"奸"，人家看不起。

有肉片炒青椒，肉片炒大蒜苗，肥肉紧一下，做回锅肉，压席。还有瘦肉片炒黑木耳，瘦肉片炒黄瓜，鱼炖豆腐，上三四盘，火腿肠，鸡腿也炒两盘，酱牛肉，卤猪耳一盘，豆腐，酱油干、酱丝、豆皮，一条整的鱼，炸鱼，压席，红枣炖骨头，炖莲藕。

不要青菜，粉丝，海带，土豆都不用。嫁女用。

第一九三段　老死的人葬在祖坟山

分老死和不干净死。年轻时病死不是正命死，自杀的，都是不干净死。小孩没过十五岁死，叫化生子。

老死的葬在祖坟山，化生子和不是正命死的都葬旁边的一个山。老死的叫吃硬脚丸，年轻的死了没酒席。老人死了要守灵，通宵很无聊，请人在家里打牌，打通宵，可以打打闹闹。

抬死人都得挑年轻力壮的，每人给一双鞋，两包烟，一条毛巾。两个人帮死人穿衣服，都是男人，老的。男女死了都是男的穿。王榨是"日本人"和五保户。要给他们一双鞋两包烟、毛巾。

人死了要把寿衣称一称，几斤几两，长子穿上寿衣，往抬死人上山的路转一圈，拿上雨伞，前面有一个带路的，路上不许说话，转完衣，就给死人穿上。请上乐队，马连店的，有个八人乐队，一放炮仗就吹。乐队的头要会说笑，两个人像对对联，你一句我一句，抢着说，把大家说笑，说本来就是喜事。

烧坑叫烧荡子，就得喝彩，乐队的头说上一段，押韵的，从没衣穿没饭吃说起，又说现在政策好了，说一段给一个红包，五角钱就行，是礼。

三天要烧床草，铺的稻草竹垫，鬼要回家找瞳仁，在床草里。有时候会听见门响，有脚步声。

第一九四段　娶媳妇要多少钱

现在一般男的要准备高矮组合柜、床、电视，带音响、影碟机。87年小王家只有床和写字台，没电视，算差的。好的有高矮组合柜，三门的，电视柜，电视，床。

女方要准备大小饭桌两张，炕柜，一种大木箱，装谷子，棉絮。出嫁那天，往炕柜里装八个瓦罐，四大四小，罐里全是吃的，花生、苔果、炒黄豆、米泡、瓜子、红糖、米果。头箱里压箱的有钱，二十块，有鞋垫，一般二十多双，我五十多双，全村的女孩都在我家纳鞋垫，花样不重复。别人两个箱子，我四个。头箱要放自己穿过的裤子，让妹妹在出嫁的前一天晚上偷掉这条裤子，老话说：偷一条裤，两边富，偷一条褂，两面挂。

我家屋前屋后种了很多树，刺槐，有两棵樟树，三棵椿树，床是我家的，我姐的箱子是樟木，又香，又防虫。我爸做了八张大椅，四张中椅，小的两张，松木的，上了红漆。油漆匠得一百多块工钱，一般做家具得男方出木工钱和油漆钱，小王不用出。

第一九五段　找一个媳妇要多少钱

先要看人，第一次去就要带上钱，以前带十块二十块，后来带一百两百，现在要带一千块。然后是认亲，上县城买衣服，带很多钱，以前带三四百，现在带两三千。买衣服，最少的四套，要冬天的衣服。鞋要四双，袜子四双，还要买八件：抹脸抹手油，梳子香水牙刷牙膏漱口杯。

去年我二娘的女儿，我叫姐的，要男朋友四万块钱，她又有哥又有弟，要用这四万给哥弟认亲娶亲。

现在娶一个媳妇，从头到尾，要二万。八十年代，从头到尾，一千五百块左右。

八十年代，认亲时女方要"三转一响"，自行车手表缝纫机。认亲时一块去买，到县里去，媒人跟着，得给媒人一套衣服，五月是夏天穿的，便宜的十块钱一件。现在女方不要衣服，主要给钱，要三金，耳环、项链、戒指。我那时候小王买了个自行车，"黄鹤"牌的，一百多块。家里的缝纫机是我大哥死的时候部队给的。

我嫁过去那年，刚好人家放的鸭子不想养，我爸给小王一百块钱，让他赶回家养，他会养鸭，九岁就养鸭，没读书。

第一九六段　光棍在蜡烛姑身上乱摸

我们这边的习俗，娶媳妇那天，男方这边，要派一个没出嫁的姑娘提着马灯去接，男的提着烘炉，还有扁木箱。提马灯的叫"蜡烛姑"，得任女方村子的人戏弄，男的在人家身上乱摸，用油漆抹脸，用清凉油抹眼睛，用带刺的刺坨沾在头发上，把头发变成一个大饼。要是蜡烛姑长得漂亮就更闹得不行，冷天还扔到田里去。

有个村特别穷，光棍特别多，这个村嫁姑娘嫁到我们村，他们就非得要我们村里出四个姑娘当蜡烛姑。这些光棍在蜡烛姑身上乱摸，还在身上掐得厉害。下着雪，细铁穿着军大衣，护着两个，光棍们往姑娘身上扑，把他也掐着了，他撩起衣服，身上全是掐的青紫印，他说，你们看看，你们村的人。他们不管，出了村，他们拿起地上的泥坨往我们村扔，鞋掉了，他们就扔得你们找不着。蜡烛姑被扔到饭桌上是普通事。又不能哭，越哭越闹。没人护着就闹得厉害。

回到男家又有很多程序。

姑娘出门要哭嫁，要拉着村里人的手哭，村里人要给"眼泪钱"，以前是五角，现在多，要是哥哥弟弟，就给一百元。又要辞祖宗，跪拜。以前走路，现在都租面的，一辆车，租金一百元。

出嫁时嫁妆弄坏了就不好，桌子腿断了，不知应在什么事情上，后来她女儿三十六岁就死了。打碎了碗也不好。有身孕的不让进新房，孕妇到新房，叫"白虎占房"。孕妇在袖子上别一根针，针上是白线，辟邪，或身上带一枚顺治钱，三十元一枚。小孩辟邪就用朱砂、顺治钱、雄黄，装在黑袋里贴身挂着。

第一九七段　穷得要命，人又不好看，就潇洒一生

牌圣的女儿也是招的上门女婿，王榨不歧视，地方好，愿意来，有好几个上门女婿，嫁妆全是女方的。

有一个上门女婿外号也叫猴子，叫猴子的人很多，他是个奇才，相貌平平，但他跟村里好多女的，多着呢。他妻子怄气，伤肝，得癌症死了。平时一块聊天，就佩服猴子，穷得要命，人又不好看，就潇洒一生。

只有九个指头，开手扶拖拉机，给打掉一个大拇指。平时打石头。他老婆没死的时候，他就跟村里的女的好，女的丈夫很老实，也知道，不说什么，这个女的就离婚了，离了婚就上猴子家，打了结婚证。

第一九八段　小孩过周岁

吃酒的时候，抱小孩出来敬酒，敬到谁，谁就给一百块钱。

去年，线儿火的外孙过周岁，她给钱给女儿合买一对金耳环，四百多块钱一对，小戒指一百八十元，在滴水县，人民银行专卖店买的。

我儿子过周岁的时候，我妈送了八双鞋，四套衣服，打了四件毛衣。我得的娘家的东西最多。我嫁的时候小王只有两间房，隔开是一间厨房，一间屋，东西都码着。90年才盖房，房梁是我家种的椿树，瓦是娘家拆的瓦。

第一九九段　盖房税多

盖房一两天就盖完了，管饭，喝酒。盖房税多，有城建税，土地管理税，97年乡城建所所长是二姨家的儿子，才给了五十块，现在要给几千，有的要几百，要是不在原宅基地上建，就要几千。

大湾有个砖瓦窑，一口砖，一片瓦在算在内，连装修在内，建二层楼，要三万块钱。

第二〇〇段　老头过生日

以前老人六十岁以后才过生日，现在邪了，四十岁，三十八岁就过生日。小王也过生日，侄子媳妇闹着玩，买肉，买酒，啤酒一箱，全喝光了。

小孩过生日早上吃粑，扯粑，米发糕，起家糕，有的做米的饺子。一年难得吃上一次的是歇岸粑，做一次得八升米，一升芝麻，两斤糖，一层粉一层糖。用机器捣成粉，用布包好，蒸熟再放芝麻和糖，全家吃，只能吃一升，村里人抢着吃，八升米全吃光了。别人吃粑都是偷偷吃，他们也给我吃，用卫生纸包着送来。

跟小王同一天生日的有个老头，是村长的爸爸。后来他儿子又当了村里的支书，姓李，老头本人是银行退休的，到他家喝酒的人特别多，乡镇的人都来，他的小儿子还在银行上班，女儿是信用社的。老头过生日，小王两个哥哥都去，他大哥是村长，二哥是组长。

第二〇一段　吃斋的婆婆过生日

她吃斋，一般过生日，两个老人都在的，男的办，女的不办。88年她六十五岁那年给她办，兄弟四人，抓阄，小王的弟弟抓着了，第二年他二哥，第三年他大哥，最后一年是我们。

昨晚上我打电话回家，问小王，你妈今年死得了吗？他说死不了。今年她七十八岁了。每家每年给她一百五十斤米，五斤油，五百斤柴，每年还给二十五块钱。

以前过生日，没多少人给钱，自己家的每人给四捆面。里面用塑料袋捆上一块肉，一斤半。吃斋的一般人就不拿肉，但办生日的人花钱太多，亲戚也会拿点肉来，我办婆婆的生日，我姐就会拿肉来。来的人，先来的，要给人家下一碗面，放上肉，叫下肉吃。

在正月过生日最好，人人都吃不多。有的人夏天过生日，人都饿荒了，吃得光光的，出来一盘就抢光了。大人带小孩，主人不喜欢。我不计较，但有的人小气，脸色不好看，我就不带。有的人家好说话的，我就带女儿去。大桌十个人一桌，带多少孩子都一样，添人不添菜。有时候吃喜酒，都约好了，十个人都带小孩的坐一桌。

除了办酒席，还放两场电影。有时候是大队送的，现在叫村里。小王他大哥是村长。放一场电影一百多块钱。全是武打的，香港片，银幕就在我家门口，牵的绳子是我家的。现在不怎么喜欢看电影，窗口上放我都不看。以前放电影，很远的人都来，90、91 年，来的人最多。

五保户也过生日，侄子帮过，大队出钱。

第二〇二段　电视台的站在我家的屋顶上

小王的大哥今年才当了三年村长，二哥当了三年治保主任。有一年，全黄岗的治保主任都来参观，很红，村里人从来没看过这么多小车，四十多辆，全是小车。有电视台的摄像，站在我们家的屋顶上对着他们拍。他大哥二哥都没怎么读过书，不会算数。都挺厉害。

实际上他弟弟最有势力，认识黑道上混的人。

第二〇三段　水

我们吃自来水，有一个抽水站，一个水塔，在山上。每个人出一点钱，每家都有自来水。是二组和七组共建的，抽水小屋水塔都是我们的地，后来不让七组的吃了。

现在村里有五口井。二组的两口井不用了，七组的三口井还用，把钱退给他们。

洗衣服是塘水，或干渠，干渠一般是割了油菜才有水，四五个月有水，水清，一人多高，大人也淹死。我家最近，我在家最爱洗衣服，坐在一块石头上，光着脚，有树荫，挺舒服。前年水最大，平了河堤。每年老历八月初几就没水了，关闸了。有的村不行，干死了。

屋里也打井，夏天把东西放井里挂着，村里的小卖部也有冰柜。

大门那边有塘，叫门口塘，脏，牛粪猪粪都有冲进去的。干渠旁边有一口塘，下雪天挖的，叫雪花塘，也脏，老头老太太在这里洗衣服。干净的人跑到田冲里的塘。老话说：腊八腊八，打阳叉，什么东西全洗一遍。到小鸡塘、中塘、菜疙瘩塘洗，这塘鬼多，死了一个人，水深，很清，有人不怕。

第二〇四段　现在不叫郎中了

八十年代还叫郎中，现在小孩不知道郎中是什么。我们村有一个，在乡镇医院，退休了，他儿子儿媳妇都在医院里，儿子在 B 超，儿媳妇在放射室。过节全都回来打牌。

第二〇五段　村里有几十个人修表

这些人以前全是木工，86 年以前，那年跟亲戚学了，就全出去混。全是二三十岁的，不会修也跟着去，有一个人会，就带一个人，就都带上了。"日本人"的五个儿子全是木工，现在修表。全是混的，学了几天，赚昧心钱，都是骗人的，没坏也说坏了，换零件。修不好就拿给真会修的人修，也有真会修的，小王大哥的女婿就真会，什么表都会。别人修不了就给他。我们村修表混的全到河南去了，在开封、安阳的商场租摊位。

第二〇六段　木工也是混的

以前要跟师傅学三年，现在全是瞎来，混，自己不会还带徒弟，孩子带孩子，二十岁带十四五岁的，全到北京去了，在丰台开家具厂。在北京容易混，在农村根本没人找这些混的人做，都找老师傅，结婚做家具都找会做的。以前是一天五块，现在是一天二十五块。出来混的，在北京混的，一天就能挣几十块，手艺根本不行，不打眼，拿起钉子就钉。北京的活好干。

在北京混的木工也有二十来个，都是王榨的。

第二〇七段　贩牛叫打牛鞭

一头牛买来的时候就要看好不好，"敲针"，就是走路互相碰，顶人叫"挑草"，有的牛教不会，只会一点，就是"翻生牛"。一头牛好不好，要看走路，后脚步印要超过前脚印才好，超不过叫"越灶"，不好。还要看牙齿，我不会看。

贩牛要能说会道，把牛说成是马，把高的说成是矮的。王榨有三个人打牛鞭，小王的大哥，他什么都干，还上县城弄菜回来卖。三类苗的爸爸，还有一个年轻的，三十多岁，叫细痢痢。

一头小牛要六百到七百块，大的一千多块，八十年代小牛一头四百五十元就行。一岁多才卖。一头牛一胎只生一头，水牛怀十二个月，黄牛十个月。孕妇不能跨过水牛的牛绳，不然就得怀十二个月，叫"挨月"。

第二〇八段　贩药的有钱

贩药的叫大黑皮。他有一个老表，在武汉一个药厂当检验员，合格的他也说不合格，就给他拿回家，主要贩给私人门诊，马连店乡医院也来要。

他偷偷的，税务局知道还要交税。中成药，药片，康泰克，村里的人直接从他手上买药吃，比到医院便宜一点。我也买过，感冒药，治咳嗽的，康泰克。他有钱，爱赌。

第二〇九段　治咳嗽的偏方

治咳嗽，用棉籽油，炒鸡蛋，要单个的，一个三个五个，都可以，睡前吃下，有效。先用棉籽油炒饭，颜色是黑的，先睡一会儿，等肺张开了，躺着不动，用小勺喂吃，现在棉籽油很少了，别的村有，带回一两斤，炒不了饭，用鸡蛋炒，吃两三次就好。

治咳嗽还有一个办法，把芝麻炒热，红糖化开，把芝麻倒进去，一搅，当零食吃。

第三种，用腊肉骨头、芝麻、芦根、红糖、棉籽油，分别炒熟，一起煮，喝水。

第四种，用火石，在河里泡了两年以上的，在火上烧，用一块瓦烧，最好是煤火，烧热，放碗里，滋水，喝水，水是白的。小王喝了三次才好。罗姐也喜欢用这个方，一点钱都不花，她家没有煤火，她不烧煤，老到我家烧。

第二一〇段　治吃撑，外伤

得看吃什么吃伤了，要是吃扯坨粑（即驴打滚）吃撑了，肚子胀，就用扯坨粑，烧一烧，冲水喝，就消了。

要是吃皮蛋吃伤，就用皮蛋壳，烧成炭，冲水喝，就好了。皮蛋是寒性的，人体热，吃下去一激。

外伤就用火柴头，或者用一块猪肉贴在上头，要新鲜猪肉，木匠经常切着手，都是用一片薄薄的肥猪肉贴着，很快就好了。还有就是用香炉灰，还有用吸烟的烟灰。

第二一一段　治牙痛

用石膏煮鸭蛋，用七个青皮鸭蛋，不放盐，煮熟为止。要单数，双数不行。

或者也用七个青皮鸭蛋，放在童子尿里泡一夜，茶叶根炒热，跟鸭蛋一块煮。还有一种，挖野草根，叫野芥禾，洗干净晒干，炒一下，放红糖，也治牙痛。

细铁的妈妈吃了野芥禾，不行，痛得很，来不及找童子尿，自己在自家的尿桶里舀了一大勺，吃了就好了。以后她就什么都不信，就信这个。

第二一二段　治杏核和肚子疼

治杏核，即淋巴结肿大。用七根绣花针绑在一起扎在淋巴结上，扎一次不行，要扎几次，扎一次十块钱。

油巴，布做的，绣有花，巴掌大，沾上热油，盖在小孩子肚脐眼上，肚子疼就好了。

第二一三段　当教师没什么好

以前有一个女的，姓罗，在四季山小学教书，现在她上北京好几年了。她87年结婚了，父母全死了，上过高中。

还有一个姓陈的，男的，书记是河那边的，不让这边的人教。现在没五年级了，少了一个老师，刚好死了一个。姓陈的老师挺老实，我们王榨造反，要是减了陈老师，王榨的全不上学。文教组的路过，王榨的人全站在路边，像开会似的，就没减成。我们就是人多势众。三组一整组才五十多人，我们两个组，有三百多人。

学校有四个年级五个班。一般校长水平都不高，就是能干。以前这校长的哥是书记，他哥退休了，他就没干成。

小孩上三年级，要交二百四十块，四年级，二百五到二百六，考试的每一张卷子都要两块钱，本子自己买，打预防针，有人就偏不打。有一段搞计划生育，传说给小孩打针就绝后，谁都不让小孩打。

卷五　现在

时间：2004 年 7 月

地点：北京东四十条

讲述人：木珍，女，三十九岁

第二一四段　去天津杨柳青看儿子

一

我心想着，九点钟的票，八点半从家里走，可能半个小时肯定来得及。后来叔叔直催，我八点过五分就走了。坐 24 路公汽，等了一会儿，到了长安街，差不多停五分钟。我一想，这下完了，还差二十分钟就九点了。

　　我进去还得找地，不像西客站，我熟，北京站我不熟，进去还得找。过了过街天桥，我就赶紧跑，跑到北京站的大厅，我就看那大屏幕，这一急，什么都看不见。我就问旁边车站里的员工，我说我九点的车在哪等，她说，上二楼。我就站在电梯上再看。到天津的，是在中央检票厅，差十三分钟九点。找不着，中央检票厅在哪儿啊。

　　我一直往里头挤，挤到那里头，空的。里头也有往外挤的，也是一边走一边问，在哪，在哪。也是很急的。都快到点了。我就问：你们上哪儿啊？那些人就说：上天津，你看都九点了。我说，我也是，都找不着地儿。他们说：是啊，我们也找不着。

　　这时候，我心里就不急了。我就跟着那几个人。他们到小卖部问，全都摇头，都不知道。后来看见补票的地方，站着一个员工，但围的人挺多的。就听见说：晚点了，晚点了。我问：上哪儿的，晚点了。他们说，上天津的，九点的。这时候还没来车，不知道什么时候能走。又问那个员工，能退票吗？那人说不能退。

　　这时广播里就播了：4405 次列车的乘客注意了，由于列车晚点，不知道什么时候开车，请在大厅里等候，什么时候能走再通知。

　　我一想，完了。怎么办？等到什么时候，晚上能不能回来？晚上我住哪里？我站在那，坐的到处都是，全坐在地上，一堆一堆的。我就想，广播里怎么还不通知。我就到进站的地方等着。我看见有人上那补票，我问：你们补到哪？那人说：我们上天津，晚点了。我说，行，我也补去。

　　也有一个女的问我，我说，上天津。她也上天津。她说你是几点的票？我说是九点的。我问你是几点的？她说是十点二十的。我说你这可能不用补吧？她说不知道。我问她这票多少钱，她说三十一。我就想，可能能多给点钱，我这买的不是十九块一张的吗。

我就在那补票。那女的根本不用补，她的车没来呢，是对开的，从北京开往天津的。我们是过路的车。是开往哈尔滨的。

我就补了票，就进了站。每个车跟前都站着一个列车员，我就问她，我是这个车吗？她说是。我就问：是不是每节车厢都能随便上？她说：不是，你们上十号车厢。这节车厢，是留给北京的车厢。进的时候，都问：你有座吗？你问我，我问你，都问，都说：没座。车厢是两层的，两层都能座人。放包的地方挺矮的。不用站在椅子上放。

有个人说：要什么座啊，随便坐。就是留给北京的。

我看到有一排椅子，只放着一个口袋，对面坐着一个小伙子。我问：这有人吗？他看着《北京青年报》，摇摇头，把口袋拿走了。我坐在窗口那。到开车还有五分钟，坐满了，这时候进来一个女孩，她拿着一张车票，找她的座位，我们都是拿纸条，只有她一个人拿车票。她在那找，找到我们这排，刚好找到我们这排，找到中间这个小伙子，我就想，这人怎么这么倒霉！她跟那小伙子一说，小伙子也没看她的票，二话没说，拿着他的报纸，就走了。

后来又有进来的，我就想，可别有找到我的位置上的。陆续进来的几个都是拿着纸条的，那就不怕了。

二

车开了，旁边那个男的说：这个小伙子可真倒霉。他跟那女孩说：你的位置是在后边。那个女孩说：我也是第一次去天津，我不知道怎么看。为什么那个小伙子刚才没说呢？

这女孩大学毕业几年了，宁夏的，在北京工作。对面坐的那个女孩，还在念大学呢，在南开，读的是西方经济，是研究生。这女孩看不出是大学生，她穿的衣服，领子捂得挺紧的。她说她喜欢茜茜公主那种款式，还有中国的旗袍。说她不想上学，说她从出生到现在，一直念书，一点社会经验都没有。

那个男的就说，也是。女孩说，她就是放不下她爸她妈。刚上车的时候，她就给她妈打了个电话。她说：妈，我想回家长住。她妈不同意，就听见她说：好好好，我不回，我回学校。我一看，她还是学生啊，一点都不像，就像社会上工作很久的人。

后来我们就在那聊，南开的这个女孩说她不想读书，想出来做点生意。她有个北京的同学，有钱，那个同学投资，不要她的钱。（说到这里，我跟木珍说，这女孩肯定是骗子。）那个男的就说，我看你挺像学生的。那个女孩说，不是，每个看见我的人都说我不像学生。那个男的说，你挺像学生的。女孩说：我是不是挺傻的？男的说：不是。这男的有四十多岁。女孩就说：这话我爱听。

跟她一排的两个男孩没吭声，一句话都没说。过道那边的男孩还搭话，他们是同学，一块进来的。女孩说，还想出国呢，就是挂着她爸她妈。

宁夏那个女孩主要跟那个四十多岁的男的聊，说北京人挺会吃的。男的就说：咳，北京人还会吃呢，你上天津看看去，看看那些好的餐馆，你看看是天津人会吃，还是北京人会吃。我心里想着吧，可能还是南方人会吃，天津人和北京人都不会吃。我心想，什么菜都凉拌，那有什么好吃的，还北京人会吃呢！

我心里想呢，你上武汉吃吃看！说不定到了天堂呢！

后来那个男人接着说，北京人就是油搁得多，可能以前苦了点，没有多少油水。现在生活好了，就多吃油吧。就问那个女孩，是上天津玩还是办事。女孩说：办点事。昨天打电话约的。女孩问那男人，天津中午午休吗？男人说：休息到两点。女孩说：完了。那我还得等到两点。这时候已经快到站了。男人就说，那你找一个好的餐馆，边吃边等呗。女孩说，是啊，是得找个好的餐馆。

下车的时候，那男人跟女孩说，你手机响了。那女孩把耳朵贴在包上听了听，说没有响。这两人就一块下去了。

那个南开的研究生女孩，进来的时候头发全是披着的，快到站的时候她说，这包背着特沉，她就把包里的发卡拿出来。哎呀，好多发卡！她一个劲地往上卡。她卡起来还挺好看的。她说，每次出门，她都把发卡带着，能穿的衣服都穿着。我就想，这发卡怎么会挺沉的，你带在头上还不是挺沉的。她问：哪有镜子啊？男的说，厕所里有，不过现在关了。你这不用照了，挺好看的。就是四十多岁的这个男的说的。

后来他们就都下车了。

三

我出了站，私人开面的的就上来问我到哪，我说我上杨柳青。那人就说：正好，我就是去杨柳青。顺便，我带你去，给三十块钱就行了。我说不上你的车，我不去我不去。我一直往左边走，那从就一直跟着，说二十块钱行不行，二十，行不行。我说不行，我不坐你们的车。后来他又喊了一个人来，这两人是一伙的，他也问我，上哪上哪。那个人就赶紧说，上杨柳青。后来的这人又说，正好正好，我顺道。我说我不上，我坐 25 路。

其实我还不知道 25 路在哪呢。那人就一直跟着我，我就没理。他也就算了。

我走到那边问警察。我说：警察同志，我打听一件事。去红旗路坐几路车？警察说：坐 50 路。又问 50 路在哪？他往右边指了指，说在前面。其实天津那的汽车站没北京的好，北京的写得清清楚楚的。

走了一段，没看见车站。我想，你问路，问老一点的，也不知道车站在哪。我又问踩三轮车的，他说你上哪？我说我上红旗路，再坐车去杨柳青。他说：嘿，前面就有直接到杨柳青的，你还费那个钱。我心里挺高兴的。我说有多远，他说，不远，就在前面。他说那我送你去吧。我问，那要多少钱啊？他说就三块钱。我心想三块钱还是能接受。还不知道多远呢。

我就坐上去了，他踩得挺快的，就一两分钟就到了。我想就这么点近啊！不过心里还是挺高兴的。他指点我就在那。我一看，怎么那么小！不像北京的公交车那么大。我还有点怀疑这车是不是上杨柳青的。后来就看到那车上的玻璃写着，有到杨柳青的。

那人走了，我上去，一看，怎么只有一个开车的和一个卖票的。我问，是去杨柳青的吧，他说是。我坐下，车里没有别的人，我心里还是打鼓。想这公交车怎么跟我们县城的一样，我们县城比这还大呢。我心想，那是不是也是跟我们县城一样，得等，等人满了才能走。

我心想，天津还是大城市呢，跟北京比，还是差远了。我又等了好一会儿，还是我一个人，我问什么时候才能走，卖票的人说，过几分钟，我们也得到点。快走的时候，才上了一个人。我说这车跟北京的真不能比。才走了一会，有人招手，他就停了，人就上来了。跟农村的车，没什么两样。我想，北京跟天津那么近，就差得那么远。

我也跟师傅说，我到杨柳青坐175路车，我在哪里下好？到时候叫我一声。他说行。我问回来的时候这车是不是还开到天津站东。他说是。我又问了回来的时间，他说随时都有。

就到了，刚好下了就是175站，我就等着。后来来了一个175，跟来杨柳青的车的方向是相反的。我一招手，那车也停了，上去我就问司机，这车是不是上田园，他说没有这地。我想着，可能坐反了，我就到对面等着。结果等了半个多小时，就没有一个175从那边过来。

旁边有一个保安，我问这边有没有175，他说他不清楚。我又站着等，这时候已经两点了。我又问一个老头，老头说，我也不清楚。我又再等了一会，又来了一个老头。那老头说，好像这没有，上那边等去。我又走了一段路，那时候好像快要下大雨了，天都暗了，我想，下雨我上哪躲着去？

来了一个人，我这么打听，我说：师傅，你是本地人吗？他说不是。我说算了。他说有什么事？我说我想坐175，他说：这就有。你一招手，他就停。来了一个车，我问是去田园吗？司机说，不是田园，是园田。我说我从来没到过这地，要是到了，你就喊我一声。他说行。

也是一路有上的，有下的，招手就停，我心想着，他别忘了我在哪下。

到园田了，司机就喊：园田到了！下车。我赶紧哎了一声就下了。

四

我一看，哎哟，这也够荒凉的。挺大的一个畈子，也就那么几个屋在那。马路那边有一个小河，河里还有水。我就想，七筒的堂哥，叫揣子哥，他告诉我，说那个厂房的后面就是几个大的水池子，里头有鱼。我心想，莫非这地就是？车开过了，拐了一个弯，停了，就是这！我一看，也没看见"园田家具厂"的牌子。我就想，上哪找啊？这。只知道园田这地，后来我就问一个人，正好出来一个老头，我说：老师傅，向你打听个事，这家具厂在哪啊？老头说：是湖北人开的吧？

我赶紧说对对对。他说你过了这小桥，顺着路边往回走，你再到里头问就知道了。

我谢过他，过了马路，往回走。走到那，出来一个拉板车的，我又向他打听。问他这里头是不是湖北人开的厂。他说不是，是福建人开的。他说是两夫妻吗？我说不是。他说没有湖北的呀！我说不可能，刚才一个老师傅说，这里是湖北人开的。他就说，哎呀，那我也不清楚，你进去问问看。

我一进去呀，他那一溜房子，根本没人，都锁着。我看见那锁着，我问：家里有人吗？没人应，一看，哎呀，门锁着呢。这可怎么办，上哪找人去？我就上那边，右边找去。院子里有门敞着，我一看，没人。我又出来了。

又往前走，到那儿吧，哎呀，那么大的一条狼狗，不知道拴没拴着。这一个人都没有，这可怎么办？我又回来了，怕那狗。我又到那院子里去，看有人没有。

我又问：有人吗？后来出来一个男的，问：什么事啊？我说：打听一下，湖北人开的家具厂在哪？那人说，往那前面走。我说前面不行，有一条大狗。他说没事。我一看，两三条狗都出来了。我说那么多狗，怎么办啊。那人说没事，这狗不咬人的。我硬着头皮往前走。那个人就在那吹口哨，两条大狼狗就到他那去了。

最后是一条狐狸狗，它一直看着我，不走。我就硬着头皮过去，手也不敢摆。那人还说呢，木门进去那狗可咬人。我心里想，那可怎么办。

刚好又出来一个人，我就问那人，你这里头是家具厂吗？他说：不是。我说那你知道哪是家具厂吗？他说不知道。我就在那站着，那个院子里的狗在叫，汪汪直叫。就出来一个女的，我又打听，她就用滴水话问：你找哪个咧？

我赶紧用滴水话跟她讲。我说我来看我细伢，不晓得他在哪。她问那个老板姓么西。我说：哎呀，还不晓得。她说：那不，从电线杆那进去，找找看，试下。

就又往回走，走到厂子里，那个院子倒是挺大的，我先上右边的一个屋子里，挺大的，没人。就听见左边的屋子里敲得响。我就上那边去。在屋子的门口，看见几个小孩在弄一块木板。十七八岁的孩子。我就用滴水话问他们：细伢，问你下。那孩子就说：问么事？我一边问一边往屋子里头看，一看就看见我那七筒了。

五

他就放下手里的活出来了，也没叫妈。我就挺高兴的，没哭。我说：哎呀，细伢。我就把他的脖子挽着，他比我高一点。我就一边笑一边：晓得我来吗？他说晓得。我说你又打电话去问的是吗？他说：哎。很老实的，他才十五岁。

我看他，还是那么黑，瘦倒是不瘦，胖了一点。我问他吃饭吃得饱不饱。他说吃得饱。我问他早上吃什么。他说吃油果子（油条）和粑（馒头）。我问：吃烧饼吗？他说：吃了，一点都不好吃。他那脸上，一块白的，一块黑的，一片片的，成花脸了，在家也有，没那么多。我问他：细伢，你的脸么的？他说：更是花花吧。我说：是的呀。他说他也不晓得怎么成了花花的。

我心里想，说不定，过了一段就好了。

我跟他进了他的屋子，挺小的一个小矮屋。小屋子就放得下两个单人床，就跟这里的厨房那么大。还放了一张小的桌子，人只能侧着身站，横着就不行了。四个人，两个人睡一张床，比细胖哥还好多了，细胖哥他们十几个人睡一个屋，还睡地上。这有床睡就不错了。我就想比上次去丰台，那些同乡那里，弟兄四个人也是住一个屋，还在那屋做饭吃饭，比那好一点。

就带着他上小卖部，那有长途电话。他要买拖鞋，我牵着他的手，问他想不想家，他说，他不想家，一点都不想。小孩想个屁呢！他说全都是我们那的人，又不用讲普通话，都是讲滴水话，就像在家似的。

我想，要是大家讲普通话，都不讲滴水话，他就肯定想家。

问路的老头又出来了，他说，嘿，你找着地了？我说找着了。就买东西。我问七筒想要什么吃的，我给他买。他说他不爱吃零食，什么都不要。我就给了他两百块钱，也不知道少不少。让他想吃什么自己买去。他就挑了一双拖鞋，买了一瓶洗头的，才五块钱。最便宜的。我想肯定是大伙一块用，他说不是。我心想，他那两双皮鞋，在家定做的，挺好的，不是让人穿了吗，有一双穿了就扔了，他不在，人家就扔了。另一双让人家穿得全脱线了，那人不好意思，上杨柳青给他上线。才没几个月，最多半年，还不到，就穿破了。在家做了新鞋他还不舍得穿，给他买的新衣服，他也留几天才穿。

还买了个耳塞，我不是给他买了一个小收音机吗？他就买一个耳塞，在那试，我们就在那聊天，全都用那个小录音机录下来了，那人按错键了。是他们自己用来试电的，不是卖的。

就出来了，什么吃的都没跟他买。

我跟他说，你就回去吧，我还要赶火车。他就拿着东西，要过一个马路，车开得飞快的，我说你慢点。他说不怕，没事。他走得挺远还冲我招手呢，这家伙。

六

我就在那等车，后来那店里的两个女的出来就跟我聊天。说，这是你儿子啊？我说是。她们就说，哎呀，你真年轻！我说年轻个什么呀，都快四十岁了。她说你是从北京过来的呀？我说是。她说，你们两口子在北京打工啊？我说不是。我说他爸爸在家，还有一个女儿，他带着女儿在家。他说那你为什么不把你儿子弄到北京去呢？我说他这师傅挺好的。就让他师傅带着吧。她们又问师傅叫什么，我说我只知道姓潘。那两个女的就知道了，说了他的名字，我也记不住。那两个女的说，是是，他挺好的。又问我怎么进城，我说坐175。

175就来了，一招手，它就停了。坐在车上，这车开得挺慢的，慢慢地晃到天津东站，我一下车就赶紧跑，跑到那，一看，四点五十六的，上面还写着：有。一看还有十几分钟，在那排队，买了一张，问还来得及吗。她说赶得上。我拿着票就进站，一看还没让进呢。说是还晚点了。我挺高兴的。还是挺顺的。

也是没座。上车一看，全都有座。也是上下两层。这回我走到上层，有一个男的，头发染黄的，像鸟窝似的，只看见头发，看不见脸。

一下我都不敢耽误，怕叔叔着急，他老怕我丢了，那么大个人，捡着有什么用？我赶紧找24路，已经关门了，我举一块钱，让他开门，上去以后发现，后面还有一辆。

到家已经七点过了十分，一天没吃一口东西，只喝了水。那水还没喝完，没有家里的水好喝。

第二一五段　东直门，"全他妈假的！"

上午去东直门买菜，看见几个人在摆摊，摆了一溜，像课桌似的，卖手链和项链，几个女的在卖，一个男的举着喇叭喊：你们看看这些金链子，三块钱一根，他妈的都是假的！从清朝到现在，哪有这么便宜的大粗链子，三块钱一根，随便挑，随便拣，不中意随便换！

我看见一个老头，挑了十根，老头说二十五块，小伙子说不行，你这有十一根了，老头说没有，小伙子说那就数数，老头就一根一根地数，手颤颤的。小伙子给了老头两个塑料口袋装着。有个老太太挑了三个白金的。全是老头老太太，还有中年妇女，还有小伙子买了白金的项链，他买得多。

卖的人不停喊：全他妈假的！全他妈假的！一个真的也没有！可不得了！可不得了！你们挑吧，挑吧，挑出一个真的不要钱！又说，这些东西都是不值钱的，挑好了别忘了给钱。就跟那年我们在黄石卖的一样，他们比我们卖的好看些，粗些，我们进价就是8块。那人喊：商场拆迁没办法，你上商场看看，每个都28块。

第二一六段　带八筒上天安门

（八筒一放假就闹着来北京，只好让她来，木珍带她上天安门。）

坐地铁到前门，出了地铁口，一出去就赶上排队看毛主席。

上次带小王来没那么长的队，这次差不多把纪念堂都包围了，差不多成四方的了。我在那伸着脖子看，我说怎么没看到天安门。也就排队。广播里喊：大包小包都不能带！喝的水也不能带，枪支弹药更不能带，穿拖鞋的也不让进。

我看也有人穿拖鞋。我就跟女儿说：说不定别人不让你进呢。去年带小王来的时候也是，有人穿拖鞋的，就提出去了。

我的包也没存，得上马路对面去，我好不容易排那么长时间的队。我跟女儿说，要不，你穿我的鞋，你进去看，我在前门出口的地方等着你。她说算了，那就不看了。其实那人没怎么要求。开始走了很长也没听人说不能穿拖鞋。

就出来了，没看成毛主席。

去天安门广场，在路上边走边指给她看，这是人民大会堂，这是纪念碑。她不知道，课本书上有一幅图，没说是什么。有一个女的，拿着一个牌子，喊：照相了照相了。十五块钱四张。我说去年我也照了，十块钱四张，怎么涨钱了。

其实去年我们照的是一分钟快照，十块钱一张，四张是四十块，这个还便宜。就问多长时间取相。她说半小时。她说历史博物馆的第三个窗口下面取去，我们是正规的。

照相的那个人戴着一个树叶做的帽子，挺好看的。我说把你的帽子借我用一下，他说，送给你都行。我说那可不敢当。照完了，就在灯杆下的阴影地站着等。等了十几分钟，走到那，就半小时了。窗口下面两个取相的地，一个是牛皮纸的条，一个是白纸条。我们是白纸的，我就问，说还得等二十分钟。又等到十一点，又去，他还让你排队呢。前面那个老太太，照的是三十块钱八张的，她每张都加压膜。再下来一个男的，他不压膜，那人说，不压膜很快掉色的。那男的还是不压。又问我，压不压，我说压吧，十五块都花了，压一个膜一块，四张四块。

就进天安门。

过地道。我跟八筒说，这河叫护城河，这桥叫金水桥。前面走着有一群幼儿园的小孩，每个前面都挂着一模一样的水壶，衣服、帽子，都是一模一样的。

看了大炮。就去看那个穿古装衣服照相的。人太多了，排大长队。有穿将军服的，有穿皇帝衣服的，还有穿太子服的，妃子的，都有，还有老外照皇上照的，在我们前面，有两个喇嘛，也穿将军服照相。衣服一大长溜，还有帽子，随便你挑。

我就想带女儿看看，照是不照了，四十块钱两张，够贵的。后面听见有人讲滴水话，三个大人，两个小孩，他们也照。女孩跟我女儿差不多，她穿的是蒙古格格的衣服。我想，她也是滴水的，可能一辈子也就来这么一次，去年那个女的，她挺想照的，在那看了一上午，就是觉得贵了一点。她说她一生也就来这么一次。我就决定给女儿照了，就这么一次，就当她进了故宫。

女儿就挑了一个小姑娘的，格格的衣服。她有专门的人给你穿，化妆又是另外的人。我女儿长得黑，我说，没有这么黑的格格，这是农民格格，你给多涂点粉，弄白一点。她说化妆费还得另给，要五块，我说给吧，四十都给了。就给她抹点粉，画一画眉毛，弄个红嘴唇。正化妆的时候，一个男的来了，穿着皇上的衣服，他也要化妆。这人自己喊：皇上来了！皇上来了！我坐哪？我要化妆！大呼小叫的。我心里想，这皇上怎么没带随从啊。

我和女儿就去照相。照完了，十八分钟就可以取相。就去脱衣服。这时候，忽然听见"啪"的一下，扭头一看，就是刚才化妆成皇上那人，在拍光盘。他坐在龙椅上，旁边有一个妃子，还有一个太监，他读圣旨，"皇帝召曰"，跟拍电影似的，一模一样。

我就想，怎么像神经病似的。小孩子照照差不多，他几十岁的人了，还弄这个，真是神经病。这时候，忽然听见有人说：同志，让一让，我扭头一看，是中华人民共和国的士兵，不是太监的时代。

就去取照片。都在那排大队，有人守着，不让插队。等了半小时，又排队，排了十多分钟。让女儿自己取，我说怎么了，又加了八块钱，压膜要四块钱一张。

完了就找地方吃饭，吃了刀削面，六块钱一碗。去年我和叔叔在这吃过，五块钱一碗，涨了。

第二一七段　不肯回老家就是在北京有男人了

那天去西客站接八筒，没接着。她跟强子来的。强子就是六姐的女婿，细铁的妹夫。

打强子的手机，说他直接去公主坟那边。我就坐702直接去桥南。要是从家里走，坐地铁，就是公主坟下来，坐811或者936，到桥南，走到看丹，那都是我们滴水人，在那开家具厂的，好多。强子这次带了十二个小孩和一个老人来北京，全都是在北京打工的，小孩放假了，来玩。八筒说，在车上查票，拿出一叠，列车员看了一眼，数都不数，说算了。

强子跟我说：回去吧，回去吧，在这干嘛？我说不回。

他说那我回去跟小王说，你在这有男人了。

第二一八段　去天津接七筒来北京

七筒的师傅打电话来，说他要回家搞双抢，也让七筒回，七筒不愿意，就让我去接。我就没接，挺麻烦的。就过了一天，师傅上午走的，七筒下午就打电话来，说他没地方住，本来那房子也是租的，四个人租一间房子，一个大通铺，四个人睡。师傅把七筒送到师傅的侄子那，这是侄子他们租的房子，我觉得七筒有地睡觉就行了，吃饭可以买，哪知道他恰恰相反，饭有吃的，没地睡觉，人家四个人一个大通铺，七筒来了就五个人，根本睡不下。

没办法呀，就得去接去。他从家具厂到天津市里，再一个人从天津市回家具厂，我还怕他丢了，他要是不回到家具厂，我就找不到他。他一个人还真回去了，老板娘说：哎呀，你师傅把你搁哪了？你一个人还回来了。

接他挺顺利的，就是觉得麻烦。我说你这孩子真是的，你跟师傅回去多好，他回你也回，他来你跟着来。他回家双抢，你回去又不用你干活，我家只种了一季稻，不用双抢。他说师傅也没说让他回去，以为在他侄子那里待十几天就行了，也觉得麻烦，要是带回去，路费两人还得五百多呢。

七筒学木匠也没学着什么，问他学什么了，问学了锯没有？说是电锯，老板不让动，怕把手锯了。我们村有个人外号叫九个半，就是有个手指头被锯掉了。村里还有几个人也是手指被锯掉了。七筒的师傅也是，手指也锯成了两半。电钻也是，电刨可能安全一点，打眼还是自己学。

现在这种学木匠，根本就是骗人的，就是个划线，数学好这个不难，数学不好，这个就挺难的。七筒数学很差，只会个加减法。叔叔问他学几年，他说学两年，我说他得学四年，他数学不好怎么弄啊。现在的木匠做活都是用胶水粘的，哪有像我伯那样，结结实实的，几十年不变形。不用一个钉子，全都是榫。

我伯不同意七筒学木匠，说他学不好的，让他学油漆算了。我伯差不多是全滴水县最好的木匠，什么都能做，什么都会算。有一年在武汉，有个专家问我伯是什么大学毕业的，我伯说根本没上过学。那专家一点都不信。再复杂的东西，我伯用尺子一量，心里一算，马上就能做。所以他觉得七筒根本就不行。学不出来。

七筒老驼着背，我说他他也伸不直。他说跟师傅送货，有时候上十几层，不能上电梯，可能也就是那点苦呗。我问他，师傅骂不骂，他说骂，哪有不骂人的师傅。

另卷　在湖北各地遇见的妇女

洪湖老湾乡，2004 年 5 月

一路上风雨兼程。心中只觉得山河浩荡，且波澜壮阔。与友人约定，用三年时间，相伴走遍湖北。千湖之水原来就是这样藏着隐秘的呼唤。如同隐约的耳语。

但她们的笑声是很响亮的，甚至性感。

云很低，雨又要下了。空气中满是细小的水滴，比水滴还细，你看不见，但皮肤和眼睫毛却都是知道的。她们七八个人等在学校里，在二楼。

棉花苗已经长得一拃长了，油菜正在收。有不少活要干，好在下雨，她们就来了。

谁先说呢？

年纪大的先说。

四十九岁，张三英。她说她没上过学。全家九口人，三个儿子，两个媳妇。小儿子当兵，在福州，今年二十四岁，当了五年兵，回来过两次，可能有对象了。

她说现在生活可以，以前放鸭子，现在开米厂，加工一百斤粮食收一块二，一年有万把块收入。钱都花在孩子身上了，大儿子娶亲花了两万，三金花了三千多，金戒指、金耳环、金项链，在洪湖市买的。

你戴的金耳环花了多少钱呢？

家里养了猪吗？养了鸡吗？鸡蛋卖给别人吗？

娘家几姐妹？几兄弟？

张三英的后面六七个人坐成了一排，她们听着，就揭发说，她认得字！还会写！

就让她在我的本子上写她自己的名字：张三英。

七〇年的时候扫盲，培训了五十天。七二年当妇女主任，入党了。一打三反工作组来搞的扫盲班，在晚上。还上过党校，洪湖市党委的。

如果现在有人教你，你愿意学吗？

她说想学，想多认得些字，告诉孙子。想学抄字，在米厂经常要抄字，有业务就要抄。爱人认得字，偷偷跟他学。五组的人名基本上会写了。全村的名字认得，就是不会写。

银手镯？是媳妇买的，她打工，在广州的鞋厂。大儿子也在广州，搞电焊。过年回来一趟，都回来了家里就有八九个人，平常就是祖孙苦在（待在）家里。一年到头都有人到家里玩，有茶喝，打点小麻将，赌小钱，赌烟，开开心。

种多少田？只有三亩水田。种油菜，现在割光了，下秧苗，撒谷种。种了二亩半油菜，一亩地收四五百斤油菜籽，吃不完，换百多斤油，一百斤籽换三十二斤油。

生孩子在家里生，接生婆是本村的。合作医疗。生第一个孩子的时候二十一岁，提倡晚婚，当时是妇女干部，自己带头。做领导干部的，不带头就说服不了别人。盖了两层楼，93年盖的，花了两万多。

汤仁美，1956年生的，也是四十九岁。

眼睛不行了，看电视看坏了。远视，看那边看得到。我从科里村嫁过来的，81年嫁，自由恋爱的，有两个孩子，一儿一女。大的二十岁，儿子，上大学，襄樊师专，本科的。第一年考了550分，考上本科没走，第一志愿报昆明理工大学，第二志愿是华中师范大学，报高了，没录取。现在挺风头的，拿到了奖学金。

原先种了十五亩水稻，别人到武汉郊区种蔬菜去了，田就给我种了。棉田也种了二亩七分棉花，种了七年。后来搞鱼塘了，不种了。年龄大了种田不容易。

丈夫不帮忙吗？

他是小学校长，能帮忙，亲戚也帮。

读过三年小学，家里兄弟姊妹多，有八个，我是老六，四个女孩四个男孩。我有想法，家里不让我上学，我想上，家里要我引伢（带孩子），就没去了。难过，没办法。后来上培训班，78、79年。我77年入的党，在党校扫盲。那时候经常去党校，一去就是个把月。村里也搞了，晚上扫盲班，青、妇、贫三方联合。妇女队长专门管，要写心得体会，背语录。

现在基本没有文盲了，我的女儿今年上高三，普通高中。我自己没读过书，现在让我的女儿多读点书。

来月经？叫"洗身上"，现在早，现在有十一岁就有发育的。不来了就叫"转去了"。我是四十八岁转去了，早的有四十五岁的。我二十四岁结婚，我妈一辈子都用布，不能见阳光，晾在厕所里。我们用卫生带和草纸。以前有好多妇女病。有规定的，来月经、产期、上环，一个星期不干活。妇女干部管。有的男干部不愿意，说妇女光鬼（即麻烦事多）。

生了两个孩子的以结扎为主，一个孩子的以上环为主。孕检每月一次，自己自觉去计生服务站。原来收费五元，现在不收了，三个月检查一次，查上环的，查环查孕。

上环腰疼，月经量多，上环有时候没用，照样怀上。现在都皮埋了，只管五年，有人月经也不正常。计生的人说，皮埋增加性激素，人显年轻，就是贵，一百元。个人不出钱。我们村有两个皮埋的，没有副作用。现在妇女病少多了，以前特别多，一皮条子（形容特别多）。我当了十九年妇女干部，知道。

黄四新人最老实，肤黑且瘦，不太能说，不笑。但很认真。

读了两三年书，家里姊妹多，有七八个。在家是老三，84年嫁过来的，从黄家口嫁过来的。有三十里地，是人家介绍的。

他家困难，就给买了两套衣服，到街上买的，他陪着去的。还买了一双鞋，皮鞋，青的（即黑色的），现在坏掉了。腊月嫁过来的，办了上十桌，前后花了千把块钱。

有两个儿子，大的十八岁，小的十六岁。大儿子当兵了，在广西桂林，前年去的，虚报了年龄。他不肯读书，自己要去，没走后门，关关都过了。小儿子去武汉玩，住在我姐姐家。初中毕业就去了，让他学手艺，他说晓得的。走的时候给了他三百块钱。

现在养鱼，有鱼塘，养"四大家鱼"，一年的收入有万把块。主要是赚钱娶媳妇。去年寄了两千元给当兵的儿子，让他交朋结友。

结扎了。小儿子一岁多就结扎了。那时候老腰疼，活多，要干活，不能休息。丈夫有手艺，是个瓦工，有时候去别的村干活。一天有二十块钱工钱。

都爱用"娇丽"牌卫生巾，有两块的，两块五，三块的。用"海飞丝"洗头，两毛钱一袋。小时候用洗衣粉洗，头发洗得很枯。母亲用草木灰洗头，用芝麻梗、黄豆梗烧灰，用布把灰包起来，泡在水里，就用这个水洗头，还洗被子。75年、77年，都用过。还用碱洗衣服，粉的，也有块的，烧手。碱是买的，用鸡蛋换，用多了衣服都会烧坏。

能认一点字，没有扫过盲，没有学习机会，以前学的字都忘记了。如果现在有人扫盲，愿意学。现在分田到户，各干各的，没多少时间，不识字的人也少。原来扫盲是公家的事，去扫盲有工分。现在单干了，没时间了。

几个女人中李小菊最好看，圆脸，大眼睛，一笑一口整齐的牙齿。她不停地笑，不笑的时候眼睛里也满是笑意。说的是谈恋爱的事，大家都很兴奋，笑得很响，一直传到学校的大门口，在那等我的朋友都听见了。他们很纳闷，这些女人怎么会笑成这样呢？真是太难理解了。

我跟他是娃娃亲，他是姑妈的儿子，表兄妹，不是亲的。十五岁的时候听妈妈说的，很认真地说。十三岁来的月经。以前过年过节看见表兄来，不明白，说他老上我们家来搞么家（干什么）？到87年二十岁了，就结婚了。

两个人约会吗？他送给你东西吗？两个人去看电影吗？结婚之前在家里住过吗？他亲过你吗？他不来你想他吗？你送他什么东西呢？

大家一次次笑得很响。

十七八岁的时候就约会了，他到家里来，平日就是空手来，过节的时候带酒的点心来，带茶来。茶指的就是点心，不是茶叶。蛋糕和金果，按节气，过年就是金果。每年春节，我送他一双鞋，是自己亲手做的，布鞋，鞋里放一双鞋垫，也是自己做的。

他有时候一个月来几次，骑自行车来。婶娘说，搞个瓜物堆，看它结不结果。就是说，我给你一根藤，看能不能结果。去看电影，到河里镇看电影，晚上，露天电影。看的有《一江春水向东流》《三打白骨精》，还有《瞧这一家子》。

一点都没有亲热，拉手、亲嘴，一点都没有，一直到结婚。未婚先孕更没有，绝对没有。下雨的时候就在我家住，不下雨就让他滚。怕别人说闲话。以前没有什么感情，娃娃亲。他不来也不想他，真的没想。

他送了一双袜子，还有肥皂、手帕。有时候把手帕拿出来看一看。袜子是尼龙袜，大红色，省着穿，想一次穿一次。（这句话是旁边的妇女帮她说的，她笑。）有时候他也想亲你，有一点点，就赶紧推开，怕，一亲热，就怕。

郑小菊67年生的，三十六岁了。

马喜善比郑小菊小两岁，回族，她是自由恋爱，跟本村的青年恋爱。开始时我跟朋友说，要找一些文化程度低一些的妇女聊天，最好是文盲，我打算将来当志愿者，搞一个妇女扫盲班，编一个实用的识字课本。

喜善却上过高中。穿着也是最时髦的，墨绿色紧身高领上衣，上面有许多向日葵，眉毛修过的样子。前面的小菊是娃娃亲，轮到喜善，一旁的妇女抢着说，她是自由恋爱！好像她一个人的自由恋爱是大家共同的喜事。有一种喜悦洋溢在教室里，湿润的空气也有一点乐滋滋的。

他家里什么都没有！他跟我一样大，那时候也是二十岁，他家六兄妹，我家也是六兄妹。他长得帅，又是高中生，在小学当教师，现在转到高中教书了，教语文，他参加高自考，拿到了大学本科文凭。

我爸爸是教师，中学教师，妈妈是农村妇女，我上过高中，没毕业。队里只有我一个女孩上高中，别的女孩都干活。我就跟我妈妈说，别人都干活，我不要一个人读书，我也去干活。我这个人就爱做。

半年之后就去教小学，就跟他认识了。是同事，就认识了。我是回族，回汉是不能结婚的，我爸爸反对，我们谈了三年，最后结婚了。91年结婚。没去看电影，是秘密的，地下的。开始的时候是心里知道，你心里喜欢我，我心里喜欢你。（一个妇女插话：阴得搞。）

同村的好朋友第一个发现了，她观察，看眼神。（好朋友在旁边插话：我第一年就发现了，后来我弟弟也告诉我了。我就成了她的嫂子。）

家里不同意，做了蛮大的斗争才结婚。结婚之后，生米做成了熟饭，就好了。父母现在很喜欢他，又有才，又乖，又孝顺，长得又帅。生了一个儿子，92年10月10号生的，十一岁了，丑的地方像我，好看的地方像他爸爸。很满足，很幸福。

他是公办教师。我86年当教师，92年回村。种田，七亩，自己种。（旁边的人插话：她特别能干，会做事，是"一棵手"，一棵手就是一把手，一把好手。）我什么事都不让他干，打农药都是自己打，要耕地就换工。

村里有喝农药自杀的妇女吗？以前有喝农药的，一年总有个把人，夫妻合不来，经济不好，喝"1605"，还有老鼠药，有的救过来了。想不开的都是女的。也有死的，死的最年轻的是一个二十六岁的，最大的是八十七岁，她活得不愿了，儿子也孝敬她。她耳朵聋了，她八十多岁，儿子说：说不定我还死在你的前头。老太太平时都听不清，喊她吃饭她也听不清，就听到了这句说不定我还死在你前头，就这句听到了。

村里八十岁以上的有十个以上，有一个都九十了，活得蛮健旺（很健康）！

天正在黑，又飘着细细的雨丝，风一阵一阵的，有点冷。妇女们各自散去，只有喜善陪着我。这时我才知道她是现任妇女队长。她说，让找人采访，到哪找人啊！到处都在打菜籽，都忙，还好下雨不打了。有两个是下雨了才过来的。还有一个在栽棉花，我想找哪个？就看哪家事情做完了吧。看各自的农活。本来还有一个没谈，她要做饭，先回去了，叫但汉英，姓但，二十八岁，头胎生了一双女孩，就结扎了，是个计生模范。

公社合作化的时候每个队就有一个妇女干部，现在也有。当妇女干部待遇跟民办教师一样的，民办教师能转正，考试，达到分数线，就交两万块钱。现在民办教师一年三千，一个月三百，现在都转正了，叫聘用。

老湾街上有一个清真寺，每年开斋都很隆重。都信伊斯兰教。万一有谁不知道，把猪肉带到家里来了，就要挂红，放鞭炮。我们丧事不放鞭炮，喜事放鞭炮。祖籍不在这里，听父母讲过，是一个叫野鸡滩的地方，是个小地名，不知道是哪里的野鸡滩。

和喜善说着话就到了路边张三英的家。一进门，堂屋里迎面就是毛主席像，十大元帅像。厨房门口贴了一副对联，蒸焖煎炒是×××，鸡鱼鸭肉××××，横批是调整美味。有趣，而且热闹。厨房里堆着土豆和柴火，有棉梗、油菜梗，也有蜂窝煤和煤气罐，在雨天，更显热烈兴旺。院子里有一口井，井上有两层很大的盖，猪圈也在院子里，有一只母猪，两只小猪，正哼哼唧唧来回走。给母猪配一次种要花四十元。院子的后面还有院子，后院种着黄豆、空心菜、豇豆、菱角，还挖了一个甲鱼池，一亩二分。丈夫就回来了，她喊道：牛犊子，来人了！丈夫的小名叫牛犊子。

红安七里坪天台山，2004 年 5 月

红安有天台山，是明朝李贽晚年归隐处，又是佛教八大宗之一的天台宗诞生地，风光很好，也是山河浩荡。但是没有知名度。谁会想到上天台山呢？山上的松树石头和红色的野百合，也都有几分隐士的样子。

白天爬山还好好的，夜来风雨大作，树叶哗哗响成一片，抽掉了一整包烟。失眠。早晨起来看见窗外的树木草叶在风中奔涌，乱云飞渡，耀眼的绿色湿淋淋的，凄艳之极。只觉得触目惊心，像是有一片悲声直击心头。无端想哭一场。

但是刘汉珍却来了。

她的声音在廊里响起，她是我的工作。工作总是好的，多少冲淡愁绪。就像一声响镲，把人的心思转移了。

便不再想心事，起床梳洗，对着刘万珍微笑。

她也对着我微笑，她很好看，跟她的年龄相比，她的容颜要年轻上十岁。她说她已经四十五岁了，59 年生的，但怎么看都像三十五岁

上下。她的微笑对我来说，就像是整个人间的微笑。她的声音也像是人间的款款低语，连绵不断地，带着体温。

她说的是捡一个女孩的故事。

91 年，在这里的银行的路边，是别人看见的。村里的陈广娇叫我去看看那个小细伢，我那时候在小卖部做生意，我锁上门就去了。走过去两三分钟，就到了。前面湾子的人把她捡了放在簸箕里，用稻草盖着她。天好冷，二月份，下着雪，我穿着棉袄，家里还烤火。细伢没哭，湾里的人给她喂奶粉了，她没哭。不知道是谁丢的孩子，刚刚生的，十一点才生的，下午就捡了。

细伢的妈妈把她的生辰八字写上了，只有两块片子，一个帆布包。听三大队的人说，是来打工的河南人生的女孩，是他们扔的。生男孩就带回家，生女孩就扔掉。

我看那细伢好可怜，小脸都冻乌了，旁边的人让我捡回去抚到（抚养），我丈夫不同意，说：你没有帽，找个瓢罩倒。意思是你找个麻烦。他说你今天抚一夜，明天还送回原场。我说：要有人要，别个就捡走了，不能送回，送了就饿死了。

那天是清明节，公公来了。我说：他叫我把细伢丢掉，我说丢了就饿死了。公公就跟他儿子说：你要把细伢扔掉，你就放五百元在那给她。他就没吭声。就把孩子抚了。搞计生的公家人来，要罚款，要六千元，我说谁罚款，谁就把孩子抱走。没抱，还抚着。现在十三岁了。

我们两人给她取了名字，叫徐海霞。生得好，有我这么高，下半年就上初中了。她知道我不是她亲妈，有时候也打也骂。听话，还可以。

生儿子是在家里生，村里老人接生的。全是早产，七个月就生。怀孕的时候什么都干，承包了六百亩荒山，种杉树，天天爬山，开荒种树。第二胎生了就结扎，做手术，医生上门，村里有个小卫生所。

有一段我家没油吃，肉也没有，承包荒山，都投资了。现在树长大了，二十多年了，都成材了，如果不砍就太密集了，对树不好。现在没砍，投资出去没收回来，没收入，主要靠小卖部的收入。生意一般。砍树可以，划不来，脚力远，运不出去。也有人偷，得雇人看林，不用给钱，算帮忙。是一个河南人，他过来了没地方住，给他一个落脚的地方，有地种，他自己管自己。

原来杀猪，现在要定点杀猪，个人就不杀了。以前是我杀。

第一次杀猪是86年，怕也没办法，为了生活。找人杀还得给钱，二十块。杀了卖肉，一星期杀一头，一天挑两遍去卖，走六里路，到河南去卖，那地方叫卡方。我丈夫他不杀，他按着猪，总得有人按着，他力气大，他就按着，我用刀捅，有时一刀捅死，有时两三刀才捅死。一共杀了有两三百头猪。两块多一斤，便宜。一头猪就赚四五十块钱。交税？小卖部是一年一交，一年两三千块税，现在还没减。

我娘家是河南新县，头门村。我高中毕业，77年毕业，考大学，没考上，就在家种田。有两个姐姐一个哥，两个妹妹，还有一个弟弟，我是老四。大队让当妇女队长，当了一年。我娘家爸爸也是队长，几十年的队长。爸爸是残废军人，爷爷是牺牲的，爸爸享受待遇一直到他死。我妈是我爸当兵带回来的。

我有个叔叔在湖北，是个残废，只有一只脚，二叔，叫二父。他一个人，家里让我来湖北照顾他，我就来了。这地方叫徐家旺，他在大队当村主任。79年，我刚刚二十岁，开始谈恋爱，谈了半年。到乡政府参加一个班，会计培训班，一二十天。

在大队还搞过宣传队，过年过节，演点把，唱着玩的。（唱的什么？）不记得了，都是老歌。时间太久了，记不得了，结婚以后就没唱过歌。（仔细想一想）《大海航行靠舵手》，边唱边跳，上十个人，打锣的不止一个，有四五个，有拉二胡的。还做过竹船。白天干农活，晚上排练。白天排练就记工分，就几分，一天一个劳动日，二角九分钱。大队有个苹果场，场里有知青，是回乡的知青。从初一演到十五。（演的什么？）《国际歌》陕北民歌，还有《英雄儿女》《红灯记》《映山红》，都忘记了，你不唱，我一句都记不起来了，很多年不唱了，结婚以后就没有精力唱歌了。80年结的婚，买了一台缝纫机，花了一百四十元。

我跟他谈恋爱，他家大人不喜欢，他原来订有亲。我就跟他说：你要是喜欢我你就把亲退了，什么东西都不用你家买，你给那女孩买的东西就算在我头上，我不要！他就说退。

退婚的时候买了十斤猪肉，还带了点心去退。当时他去退亲，没跟这家大人讲，在那家也没跟女孩讲，不敢讲。那个女孩把他送到半路，在半路上才讲，说完他就走了。（旁边的一个妇女说：太残酷了。）回来就对我说，已经退掉了。

我自己就到他家来了。他家大人不高兴，原来的那个女孩个子比我大，能干活。他就跟大人说，我要智力不要体力。当时女孩上高中的很少，我是当地第一个。什么都没买，袜子、手绢，他也没买，大人也没买。缝纫机是我要的，是他自己的钱。

现在有肉吃，统一价，七元一斤，个把星期能买一次肉。鸡蛋三块四一斤，比武汉还贵，武汉才两块八一斤。油是菜籽油，四块一斤。这里是林区，种不了油菜。学费每学期一百零六元。大儿子现在在常州搞御膳，小儿子在家，去广东打工，在电子厂。

说完话仍风雨不住。下山。漫山郁郁葱葱。

乡村修女，2004 年 8 月，湖北利川

（稿不全，此段为后来所加，暂略——林白注）

（说明：卷一至卷五中的地名人名均为虚构，另卷中的地名为实名，人名为虚构。）

后记　世界如此辽阔

　　我对自己说，《妇女闲聊录》是我所有作品中最朴素、最具现实感、最口语、与人世的痛痒最有关联，并且也最有趣味的一部作品，它有着另一种文学伦理和另一种小说观。这样想着，心里是妥帖的，只是觉得好。如果它没有达到我所认为的那样，我仍觉得是好的。

　　它使我温暖。

　　多年来我把自己隔绝在世界之外，内心黑暗阴冷，充满焦虑和不安，对他人强烈不信任。我和世界之间的通道就这样被我关闭了。许多年来，我只热爱纸上的生活，对许多东西视而不见。对我而言，写作就是一切，世界是不存在的。

　　我不知道，忽然有一天我会听见别人的声音，人世的一切会从这个声音中汹涌而来，带着世俗生活的全部声色与热闹，它把我席卷而去，把我带到一个辽阔光明的世界，使我重新感到山河日月，千湖浩荡。

所有的耳语和呼唤就是这样来到的。

我听到的和写下的，都是真人的声音，是口语，它们粗糙、拖沓、重复、单调，同时也生动朴素，眉飞色舞，是人的声音和神的声音交织在一起，没有受到文人更多的伤害。我是喜欢的，我愿意多向民间语言学习。更愿意多向生活学习。

大地如此辽阔，人的心灵也如此。我首先要做的是，把自己从纸上解救出来，还给自己以活泼的生命。

我爱你们。